深度赣鄱书系

李目宏 著

大地星空

DADI XINGKONG

江西高校出版社

图书在版编目（CIP）数据

大地星空 / 李目宏著.—南昌：江西高校出版社，
2014.12
　（深度赣鄱书系）
　ISBN 978-7-5493-1112-5

　Ⅰ.①大… Ⅱ.①李… Ⅲ.①散文集—中国—当代 Ⅳ.
①I267

中国版本图书馆 CIP 数据核字（2014）第 276438 号

责 任 编 辑	邱建国　李宇超
装 帧 设 计	邓家珏
排 版 制 作	邓娟娟
出 版 发 行	江西高校出版社
社　　　址	江西省南昌市洪都北大道 96 号
邮 政 编 码	330046
总编室电话	（0791）88504319
编辑部电话	（0791）88595397
发行部电话	（0791）88517295
网　　　址	www.juacp.com
印　　　刷	江西龙莹印务有限公司
经　　　销	全国新华书店
开　　　本	700mm×1000mm　　1/16
印　　　张	18.5
字　　　数	235 千
版　　　次	2014 年 12 月第 1 版第 1 次印刷
书　　　号	ISBN 978-7-5493-1112-5
定　　　价	36.00 元

赣版权登字-07-2014-635

自序

写这本书的时候,我一直在琢磨"文化软实力"这个词组。

能显示实力的,通常是经济和军事,加上个"软"字,就说明不是通常所说的经济和军事力量了。是什么呢? 就是前面那个词:文化。

提升文化软实力现在已经成为世界共识。

将文化转化为实力,这一点美国做得很突出。他们的好莱坞、迪士尼、肯德基,在风靡全世界的同时,悄悄地卷走了大把大把的银子,而且你还心甘情愿,乐意。真的好"软"。

其实,美国建国才二百多年,是一个缺少文化底蕴的国家,所以他们对自己短暂历史中的纸角片语都格外珍惜,精心打扮,尽量放大,人人熟记,成为一种民族自觉。

美国只有二百年多的历史,中国有五千年的文明史。但美国的文化产业占了这个世界经济"老大"国内生产总值的约四分之一,而中国的文化产业还不足它的零头,这似乎有点不相称。

但认真一分析,我们不应该妄自菲薄,而更应该信心十足。你看,美国的文化输出巨头好莱坞、迪士尼、肯德基,沿着这些元素一勾勒,这样的文化等级并不高,处于儿童或少年时代。

而中国呢? 远古的神话就有女娲补天、夸父追日、精卫填海、嫦娥奔月,加上那一个盘古开天,我们民族的文化一出场就惊天动地、气吞寰宇。稍往后,启蒙第一课就是朗朗《诗经》。这样的内容等级无论是重量还是品位,美国文化和我们都不在一个层级上。而现在,从2004 年 11 月首家孔子学院在韩国首尔成立,至 2014 年 9 月,全世界已有 122 个国家开办了 457 所孔子学院和 707 个孔子课堂,这些学院和课堂成为汉语教学推广与中国文化传播的全球品牌和平台。

孔子是和释迦牟尼同时代的中国睿哲先人、儒家学说的创立者和代表人物,他去世十年左右苏格拉底才出生。他一出场,就是一个白髯飘拂的精神文化导师形象。还有那位比孔子年龄还大、孔子向他问过礼的老子,一篇《道德经》影响中国和世界两千多年,至今魅力不减。美国一份很有影响力的大报曾公布过人类自古以来影响世界的十位写作者,中国的这位老子排名第一,正巧应了一句中国的俗语"老子天下第一"。而孔子和老子的出现,并非孤独的高峰,仅仅是同时期在中华大地上密集涌现的诸子百家中的两个代表。所以,今天那些进入孔子学院和孔子课堂的洋学子们,不同颜色的瞳仁里闪烁出的崇敬目光投向孔子这位精神文化导师时,他们的目光还应投射得更深广一些,向中华民族远古的盘古、女娲、夸父、嫦娥投去崇敬的一瞥,因为他们的精神文化养分不仅滋养了像孔子、老子一样的众多华夏先哲,而且历经数千年至今不衰,仍在滋养着更为广阔地域的后人。

你看,作为太爷爷辈的文化智者,其文化力量会比不上一个处于吃着快餐看动漫、热衷于在迪士尼乐园游玩、幻想机器人和外星人打斗层面的少儿?这样说并非有意贬损美国的文化,而是通过比较,我们更有充分理由相信自己文化基因的优秀和生命力,并为之自豪。

或许是因为文化底蕴太过丰厚,因此反而有所忽略;或许还没有真正理解软实力也是实力,因此有所不在意;或许探寻的目光多停留在追赶硬实力上,还没花大气力将丰厚的文化资源转化为实力的通道完全打通,所以,时至今日,我们的软实力还硬不起来。

一个国家、一个民族的发展,都带有自身历史文化的印记。这个印记就是一种文化基因。

中华民族的文化基因是很优秀的,这一点已经被历史证明,放眼望去,世界四大文明古国,现存的只剩我中华民族了。这样的文化基因,生命力何等顽强,历经数千年现在依然生机勃勃,这是优势而不是负担,认清这一点很重要,能帮助我们看清前行的方向。

中华民族深厚的文化积淀和悠久的历史传承已经让我们触摸到文化的力量:可以让一个人永恒,可以让一种事业复活,可以让一个民族的自信心提振,可以让人类共享其成果。

要将优秀的文化基因培育出更多的果实,当下要做的,是要扯去攀附在我们文化基因上的枯藤朽枝,扫除尘埃污垢,让国民重新认识到我们民族文化是优秀的、依然充满生机的,应当继承和弘扬,让这种共识形成一种文化自觉;由自觉提振我们的文化自信:我们有足够的底气为自己的文化骄傲,有足够的底气能在当下的国际文化背景下将我们的文化发扬光大;由这样的自信转换为动能,将软实力做硬。

要将软实力做硬,最为关键的是创新。创新不是简单的怀旧、复述、模仿,而是在前人成果上的再创造,是继承上的发展,是哲学上的扬弃,是智慧的花朵,是社会发展的推进剂,是一个民族发展强大的根本所在。中华民族五千年的文明史证明了这个一点。你看,远古的神话、《诗经》是创新,诸子百家是创新,四大发明是创新,"车同轨,书同文"是创新。进入近现代,世界范围内的科技创新如井喷式涌出,快速地改变人们的生产生活方式,推动社会的发展。如果没有创新,现在出行还只能在马车上或船舱里慢慢晃悠,没有广播电视,连电也没有,只能点上油灯或松明子熬过漫漫长夜……

文化也是如此,如果没有创新,我们可能还在用利器往龟甲或竹简上刻字,没有绘画、戏剧、小说、电影,更不会有现在的动漫。

现在,当高科技将文化创新带入到一个全新的快速发展轨道时,我们不能抛弃自己的文化基因,不能忽视自己的文化土壤,而应当在这块土壤里播种优秀的文化基因,创新培育出富有中华民族特色的文化成果。我们已经进入到一个应当有不断文化创新的时代,因为三十多年的改革开放提供了丰富的物质成果和文化创新素材;社会的开放提供了一个开阔的国际视野;文化体制改革业已完成,文化自主创新的领域更为广阔、机制更为灵活、形式更为多样、内容更接地气。当然,文化不像其他科学领域,出成果可能会慢一些,但这不会影响创新,相反,经过深思熟虑的沉淀,我们能将创新的道路看得更为清晰。

我们不能错过、更不能辜负这个充满激情和梦想的时代,这是每一个中国文化人应有的责任和担当。

记录下写这本书时关于文化的一些思考,权当为序。

二〇一四年九月

目录

CONTENTS

你好，惶恐滩

　　吉安县城有一座文天祥纪念馆，正门上的题词是书法家舒同的手迹，纪念馆匾额为启功所题，馆两侧门柱的楹联"人生自古谁无死，留取丹心照汗青"，则是毛泽东手书文天祥《过零丁洋》诗中的两句。国家最高领导和两位一流书法家同时为一个人题词，这样高规格的纪念馆在国内不多见。吉安县是文天祥的家乡，古时叫庐陵。

　　中国的英烈很多，从古到今，多到难以计数，如果统计出来，也一定是个天文数字。所以多年来我一直在想，那么多的英烈，为什么文天祥能被后人牢牢记住，千古传颂？

　　当然，文天祥的《过零丁洋》写得气贯长虹，立意高远，一直作为激励后人的经典并常常被引用，这是一个重要原因，但不是全部。

　　还有，文天祥是个文人，他的文学

吉安县文天祥纪念馆内的文天祥雕像　旷喜保／摄

成就在中国文学史上占有一席之地。我重新翻看了一下三十多年前我上大学时用的课本——朱东润先生主编的全国高等学校文科教材《中国历代文学作品选》，其中收录了文天祥的一首词、两首诗、一篇文。一首诗是《正气歌》，文是《指南录后序》。翻到书上《正气歌》那一页，有我当年写下的密密麻麻的注解。但宋代著名的文学家多了去了，苏轼、辛弃疾、范仲淹、王安石、李清照、欧阳修、黄庭坚、陆游、晏殊、范成大等等，可以开出一长串的名单，单就文学成就而言，文天祥不一定在他们之上。

一定另有原因，让文天祥一直在人们的心里活着。

二

在和元军的抗争中，文天祥被俘过两次。第一次是在景炎元年（1276）。这年正月，元军兵临临安，文武官员纷纷出逃。谢太后任命文天祥为右丞相兼枢密使，派他出城与元将伯颜谈判，企图讲和。文天祥到了元军大营，希望以谈判的方式来刺探蒙古军情。但万万没料到的是，这是一次万分憋气的出使。他后来在《指南录后序》中回忆："不幸吕师孟构恶于前，贾余庆献谄于后，予羁縻不得还。"

文天祥作为大宋朝廷代表，来到元军驻地，一见到伯颜，文天祥就问：你们大兵压境，是打算要消灭宋室、吞掉我朝呢，还是另有所谋？伯颜没料到文天祥会这样单刀直入，一时间语塞，他支支吾吾地说：这个这个，我们还是坐下慢慢谈吧。文天祥态度鲜明地说：交战与议和由你们选择。议和，双方同修于好，对大家有利，以免生灵涂炭；要战，我大宋还有大片土地，还有数十万军队，输赢还未定，你要想清楚。见文天祥义正词严，伯颜一时气馁，还摸不清对方底细。而就在双方谈判胶着时，文天祥最担心的事情发生了：宋朝左丞相吴坚和刚任命的右丞相贾余庆来了，他们不是来帮文天祥谈判，而是带着皇帝的《降诏》，向元军投降的。《降诏》说："……我皇削去帝号，以两浙、福建、江西、湖南、两广、四川、两淮现存州郡，悉上元朝。……"此时元军占领了临安，但两淮、江南、闽广等地还未被元军完全控制和占领。没想到，朝廷这一帮奸臣贪生怕死，竟欺骗蛊惑小皇上不战而降。就这样，两个降臣回去了，而文天祥被元军扣押。伯颜企图诱降文天祥，利用他的声望来尽快收拾残局。但文天祥宁死不降，伯颜只好将他押解北方。途经镇江时，文天祥在随从帮助下逃脱。

这一路上文天祥思绪万千感慨万分。他踏入官场时，大宋王朝已经处于风雨飘摇的局面了。宝祐六年（1258），元军分三路大举进攻南宋，朝廷畏敌如虎，宦官董宋臣主张迁都逃跑，京城弥漫着一片迁都逃跑的鼓噪声。次年，刚守孝三年回京任承事郎、签书宁海军事节度判官厅公事的文天祥见此怒不可遏，立即就奏了一篇《己未上皇帝书》，旗帜鲜明地反对迁都逃跑。他在奏中说：陛下为中国主，则当守中国；为百姓父母，则当卫百姓。要求立即斩董宋臣以安定人心，并提出强国御敌的四项建议：一、皇帝"用马上治"，实行战时体制；二、建立方镇，加强地方官的权力；三、实行征兵制度，加强军事力量；四、打破用人专重资格的习惯，主张"进英豪与资格之外"。文天祥一入官场就犯大忌，不仅高调亮相，而且内含杀气。可想而知，文天祥的净言不仅没被采纳，还和官场的权贵结了怨。才十几年光景，朝廷就被元军逼上绝路了。时至今日，大宋王朝落到这种地步，责任在谁呢？

文天祥一路把所思所想写了下来，有十几篇诗文，他归集起来叫作《指南录》，表示他坚决抗元、忠于朝廷的一片赤诚之心。他为这本集子写了一篇后序，就是前面提到的《指南录后序》。文中写道，自被拘以来，"予之及与死者，不知其几矣！"他细细数来，竟有十八次险情的场合但都没有死,诸如,痛骂元军统帅该当死;辱骂叛国贼该当死;与元军头目相处二十天,争论是非曲直,多次该当死;离开京口,带着匕首,几次想要自杀死;经过元军兵舰停泊的地方十多里,被巡逻船只搜寻,几乎投江喂鱼而死;被真州守将逐出城门外,几乎彷徨而死;到通州,几乎由于不被收留而死……。诸多次死的险境,有的在敌方,有的在己方,但这一次次险情与国之存亡比又算得了什么?他已将个人生死置之度外了。

三

文天祥第二次被俘,是祥兴元年(1278)在广东海丰的五坡岭。

镇江脱险后,文天祥和几位大臣拥立益王赵昰于福州,文天祥也官复原职,但他选择了一条凶险无比的路:坚决辞去官职,请求开府聚兵抗元。

他到汀州组织义军,许多旧部们听说文丞相起兵抗元,纷纷率兵投奔到他的麾下。景炎二年(1277),文天祥率抗元大军由梅州北上,开始了反攻江西,收复失地的决战。抗元大军士气正旺,连克会昌、于都、兴国。文天祥的大都督府已成为东南抗元武装力量的中枢,文天祥也因此成为元军的心腹大患。到了祥兴元年,元军十三万人马围剿文天祥,他率领的小队人马在五坡岭遭元军包围,一场殊死拼杀过后,义军寡不敌众,文天祥被俘。被俘前,文天祥取出早已准备好的冰片服下以求一死,但未成。这天是12月20日。

元军抓住了南宋抗元主帅文天祥,欣喜若狂,想收服他为己所用,像许多南宋官员一样。但他们不了解文天祥,不了解一个有民族气节的文化人的内心世界。他们更不了解,对一个民族,你可以占领他的土地,掠夺他的财产,奴役他的人民,但对一个历史悠久、幅员辽阔、文化体系完整的民族，你无法毁灭。你如果想简单地用暴力方式企图做形式上的征服，实际上是在进行一场文化自杀。

元军一路劝降。这天，船过珠江口外的零丁洋，看到海上宋元两军对峙的军队，目睹眼前的破碎河山，而自己身陷囹圄，徒有一腔报国之志，文天祥思绪翻滚，他拿起元军备下劝降的笔和纸，一首滥觞于心中的诗喷涌而出：

辛苦遭逢起一经，干戈寥落四周星。

山河破碎风飘絮，身世浮沉雨打萍。

惶恐滩头说惶恐，零丁洋里叹零丁。

人生自古谁无死，留取丹心照汗青！

这首《过零丁洋》写得何等豪迈，其铮铮铁骨、一片赤诚，跃然纸上。元军元帅看了也赞叹不已：文丞相气壮山河，志不可夺。文天祥知道，心中的痛苦、郁愤、无奈、憋屈都没有用了，此身报国已无望，只得将国之山脉锻造成骨骼，将河川凝结成血肉，用这样的骨骼和血肉铸就忠诚，将忠诚谱写成诗，用诗连接，将心送达。这个逻辑程序有些复杂，但一定是这样。

四

我在探寻着文天祥最后的心路历程。

哀莫大于心死。心已经死了，躯体还有何用？文天祥死志已决。

祥兴二年（1279）4月，元军将文天祥押往大都（今北京）。从广州出发，由陆路过梅关，至南安军（治所在今江西大余）转而走赣江水路。进入家乡了,放眼望去,江南正是草长莺飞时节,春光无限,但国破山河碎,物是人已非,文天祥感慨万分,作《南安军》诗:梅花南北路,风雨湿征衣。出岭谁同出,归乡如不归。山河千古在,城郭一时非。饥死真吾志,梦中行采薇。诗中明确表达绝食自尽的决心。是时候了,国破家亡,已无再苟活下去的理由了。

就在两个多月前,元军押着文天祥在崖海观看宋元两军的最后一战。宋军主将张世杰指挥在崖山海面以船构建成堡垒,结巨舰千余艘,用粗绳连接起来,四周搭起楼棚像城堡。元军船队来攻,舰队坚固不动。见此状况,元军改变战术,用弓箭射火烧船,宋军舰队因为用粗绳连接不能自由行动,三国时曹操赤壁之战的错误在这里重演,宋军一败涂地,溃不成军。文天祥本来十分盼望宋军能抓住最后机会扭转败局,但没有。他看到宋军大败,丞相陆秀夫背负着小皇帝赵昺一起蹈海自尽。曾经在中国历史和世界历史舞台上有过辉煌一页、持续了三百多年的宋王朝大厦,就这样眼睁睁地在他的眼前崩塌、消失。

就在一年多前,在江西永丰的空坑,文天祥率领义军与元军一战,义军遭受重创,七个将领或战死或被俘杀害,文天祥的妻子儿女六人被俘,有两人跳崖身亡,次子失踪。这一切,也发生在他眼皮底下。

文天祥开始绝食了,想以死报国,以死明志。元军不让他死,捏着鼻子给他灌粥,连续八天。这时,一个叫张千载的义士上得船来,说服了文天祥进食。文天祥的心路历程在这里拐了一个弯。

这个弯拐得突然,有点蹊跷,究竟是什么原因让死志已决的文天祥放弃自绝?我遍查资料,没能找到明确答案,只能从有限的留存资料中稍稍加以分析,试着解读。

文天祥被捕的消息传开后,世人关注,尤其在江西,许多人为此焦虑不安。其中一些人想营救文丞相，让他作为一杆旗帜，继续带领大家举兵抗元。而另一些人呢，则担心他投降，希望他死。这就让人感到心伤、匪夷所思。希望文天祥死，而且大张旗鼓地劝文天祥死的，由一个叫王炎午的人领头。

王炎午是文天祥的邻县人，文天祥在赣州起兵时，他投军抗元，后因母亲生病回乡，避免了战死或被俘的命运。此时，躲过了噩运的王炎午听说了元军押着文丞相从水路经过江西，他和另一个叫刘尧举的在赣州为文丞相担心，担心他像不少宋朝官员一样变节降元，他们两人躺在床上流着悲怆的泪水，你一句我一句、你一首我一首地赋诗唱和，"谨采西山之薇，酌泪罗之水，哭祭于丞相文山先生未死之灵"。几首诗过后，王炎午觉得这样还不能完全表达自己的意愿，挥笔写下了一篇一千七百余字的《生祭文丞相文》，文中翻来覆去列举了种种可死的理由，"斯文不朽，可死……为子孝，可死……功名事业，可死。仗义勤王，使用权命，不辱不负所学，可死……虽举事率无所成，而大节亦无愧，所欠一死耳……"。核心一句话："大丞相可死矣！"满腔激情地写完，两人又冒着酷暑，挥汗如雨地抄写了十份，"字大如掌"，然后，从赣州到南昌，在"沿途驿站、水铺、山墙、店壁处张贴，希望文天祥能看到"（《江西省人物志》2007 年版 135页"王炎午"）。

这让人看到了一幅怪异的场面：一只领着群羊作战的头羊被俘了，群羊不安起来，一阵商讨过后，其中几只羊鼓噪着要头羊速死。鼓噪完了，羊群恢复了平静，群羊们继续做沉默的羔羊。

这就很奇怪了，头羊被俘，不去营救，不再产生新的头羊带领羊群继续作战，而是高声鼓噪，劝头羊去死，而且将这个过程铺陈得大张旗鼓、轰轰烈烈，以证明这个主张的"正统"和代表性，这不仅耐人寻味，更令人心情悲凉沉重。

人们深为敬重的文丞相被人劝死,这样的想法还得到相当一部分人的赞同、共鸣。赞同的认为这篇祭文写得"感情壮烈""气势磅礴",共鸣在"气节",认为文丞相为保气节,当死。

包括《江西省人物志》在内的不少典籍中都记载了文天祥得知《生祭文丞相文》后,写了一篇《谢王炎午生祭文》,这篇答谢文是文天祥就义后在他身上发现的,王炎午见到此文后,痛哭流泪,将此文小心收藏。但据后来一些专家学者考据,认为这篇"谢文"是后人伪造的。

细细品咂这篇"谢文",我的第一个怀疑是:王炎午看懂了这篇文章吗?"谢文"不长,将中间一段录下,和大家一起品鉴:"非王君无此伟业,非王君无此奇文。非王君莫能勉我,赴沸汤而尽节;非王君莫能励我,蹈白刃而安身。叠叠千言,洒尽啼鹃之血;洋洋百转,销余蜀魄之魂。义昭日月,气塞乾坤。药石投遥,良友无愧为敌友;复亡莫救,罪臣岂得号忠臣。呜呼已矣……"。"伟业"、"奇文"、"非王君莫能勉我,赴沸汤而尽节"、"良友无愧为敌友",这些词句真的看不懂吗?文丞相说得够明白了。文天祥以他的冷峻,抹去了王炎午们脸上的汗水泪滴,拨除了他们撕心裂肺般嘈杂的叫喊,看清了夹杂在这篇"奇文"字里行间的真实用心。

不管是否有没有这篇"谢文",文天祥的心路历程在此拐了一个大弯倒是千真万确。

面对这样来自同胞的言之凿凿的劝死呼声,当张千载告诉文天祥时,我不知道文丞相心里做何感想,我只是感到心情沉重,全身冰凉。

这件事情牵涉到一个千古命题:一个人的生命究竟属于谁? 当然,为了信仰、国家或民族大义,会有不少人慷慨赴死,诸如裴多菲诗"生命诚可贵,爱情价更高。若为自由故,二者皆可抛"。这是自己的选择，生命属于自己，别人不能干预，更不能"劝死"。

这样的劝死，在中国古代很有市场，而且是属于正统文化。有人为气节而死，很好，官府表彰，家人骄傲，族人大修牌坊，志书上还要记上一笔。你还没有死，或你并没有打算死，就有人急了，他们怕你不死，就急忙来劝你速死，这样他们就心安了。至于他们遇到这样的情景，只会低头沉默，是万不肯去死的。漠视的是别人的生命，自己的命要紧。

"王炎午"们的所为，就是中国古代"气节"文化的典型案例。

敌人不让他死，而自己的同胞却急不可待劝他速死，这件事怪异得有悖常理。文天祥毕竟是有大智慧的，劝死的嘈杂鼓噪声反而激起了他让生命活着的勇气，我还有要事没做完，不能这样稀里糊涂去死。

这，大概是文天祥心路拐弯的原因。

文天祥被关进了元大都的牢房。元朝枢密院提审，问，你有什么话说？文天祥回答：作为宋朝的丞相，宋朝灭亡了，我忠于朝廷应当死；被你们俘虏了，按你们的法律也应当死，有什么话可说？

忽必烈于是让已被俘的宋恭宗来劝降，希望文天祥能尊君臣之道投降。此时的恭宗皇帝已经降元，并下了诏书命天下州郡降服，但文天祥一见恭宗就泪如雨下，边哭边说：圣驾请回，圣驾请回。

按理说，君要臣降，这不能算不忠，何况满朝文武多已归降。但文天祥认为，"国亡不能救，为人臣者，死有余罪，况敢逃其死而二其心乎？"在文天祥看来，爱国重于忠君，这是大节，不能有二心的。

见此计不成，元朝又让被抓到大都的妻子欧阳夫人和两个女儿柳娘、环娘写信向文天祥求助、劝降。自空坑兵败后，她们母女几人被元军掳到大都，软禁起来，算来也有三年多未能见面了。收到女儿来信之后，文天祥硬着心肠，作《得儿女消息》一诗："故国斜阳草自春,争元作相总成尘。孔明已负金刀志,元亮犹怜典午身。肮脏到头方是汉,娉婷更欲向何人? 痴儿莫问今生计,还种来生未了因。"

他对妻妾子女说:你们不是我的妻妾子女呀? 如果真是我的妻妾子女,难道会背叛我而跟从贼寇吗? 他在写给自己妹妹的信中说:"收柳女信,痛割肠胃。人谁无妻儿骨肉之情? 但今日事到这里,于义当死,乃是命也。奈何? 奈何! ……可令柳女、环女做好人,爹爹管不得。泪下哽咽哽咽。"

不断有人来劝降。有降元的南宋官员、元朝大臣,还有已在元朝任官的亲弟弟。对敌人和降臣的劝说,文天祥只有愤恨和怒骂,对于自己的亲弟弟,文天祥除了愤怒,还有几分伤心和无奈。能怎么样呢? 国已破,宋已亡,满朝文武死的死降的降,自己在大牢,不能要求大家和他一起死。他知道,文家一脉和自己的后事,还得靠这位弟弟。文天祥的心中,还保留着一丝柔柔亲情。

五

《正气歌》就是在元朝的大牢里写的。写诗的起因是他在牢狱里饱受各种邪气的侵扰,他粗粗归结了一下,有七种:涨水灌入牢房的水气、水退后房里的泥气、天热室内的暑气、在屋檐下做饭的火气、仓库里陈米发霉的霉气、厕所和死人死鼠的臭气、犯人和杂役身上难闻的人气。在这种恶劣环境下两年多文天祥竟"幸而无恙",他引用孟子之言"我善养吾浩然之气",他认为,彼气有七,吾气有一,以一敌七,吾何患焉! 况浩然者,乃天地之正气也。

能够在这众多的污浊之气中生活两三年而且生活得还很平心静气,是需要超乎寻常的心理定力的,一般人很难做到。这就是文天祥,他有超凡的毅力、胸有大海般的潮水却不外泄的定力。借用西班牙超现实主义画家达利的一句话，我和疯子的区别就是：我不是疯子。

最近一次去文天祥纪念馆是 2011 年岁末。纪念馆是爱国主义教育基地，免费向社会开放。纪念馆正室前有一巨大石刻，镌刻着谱了曲的《正气歌》，童声合唱，清脆的歌声在馆内整日回荡。为什么是童声？开始我还不太理解，后来领悟，不得不佩服作曲家的匠心：童声清丽无浊，童心纯净无邪，正合诗意。歌声排空而上，直达天庭，文天祥听得到。

六

文天祥始终不屈不降，在朝廷上下一片杀声中，元世祖忽必烈不得不下决心了。他作了最后一次努力，亲自劝降。元十九年十二月初八(1283 年 1 月)，忽必烈召文天祥进殿。侍卫官强行要文天祥下跪，他挺立不动。忽必烈对文天祥说，你如能改弦易辙，以对宋朝的忠心来侍奉我，我就用你为中书丞相。文天祥回答：我是大宋状元丞相，宋朝灭亡了，只求一死，不愿贪生。忽必烈又说，不愿当丞相就当枢密使。文天祥毫不含糊地说：不能当。忽必烈又问，那你愿意怎么样？文天祥语气坚定地说：但愿速死。

看着兀立在殿下的文天祥，忽必烈十分不解，那看似弱小的身躯，怎么会有这么强大的能量支撑？他分明已经被俘三年，却从来没有被征服。他知道文天祥的价值，这是汉人的一杆旗帜，他不倒，这杆旗帜会随时直捣元廷；他如果能为元朝所用，其价值能抵得上所有降元的汉官。可是眼下的文天祥是硬也不屈，软也不吃，忽必烈心里是几分恼怒、几分惜才、几分无奈。他摇摇头，让人把文天祥带下去。

第二天,文天祥在大都菜市口就义。在刑场,文天祥向南拜了几拜,索来纸笔,书就《出狱临刑歌》二首:

昔年单舸走淮阳,万死逃生辅宋皇。

天地不容兴社稷,邦家无主失忠良。

神归嵩岳风雷变,气吐烟云草树荒。

南望九原何处是? 尘沙黯淡路茫茫。

衣冠七载混毡裘,憔悴形容似楚囚。

龙驭两宫崖岭月,貔貅万灶海门秋。

天荒地老英雄丧,国破家亡事业休。

惟有一灵忠烈气,碧空长共暮云愁。

写罢,文天祥掷笔于地,从容受刑。

据 2011 年 9 月出版的《青原区志》(注:文天祥家乡吉安县富田镇于 2000 年划归吉安市青原区管辖)记载,文天祥就义后,其妻欧阳氏收尸时,见文天祥面色如生,并在他的衣带中发现遗书:"孔曰'成仁',孟云'取义',惟其义尽,所以仁至。读圣贤书,所学何事? 而今而后,庶几无愧!"谜底终于揭开:文天祥自被俘到死,他一直在证明自己既不是贪生怕死之辈,也不是草草赴死的鲁莽之士,作为大宋王朝的一位饱学之士和高官,他历经磨难从决死到不死,是他还在奋力寻找着人生的真谛——如何将自己民族的文化继续传递。真谛未找到就不能死;找到了,心无悔,人格就完整了。

文天祥本是一介书生,当年科考,以钦点"第一甲第一名"荣登状元,他的诗、词、文都写得很见功力,后人评价:得风雅正教,有《中国历代文学作品选》为证。如一心从文,凭他的才华,其成就定会达到一个高峰，但他偏偏又一步跨进官场、一个正走向衰败的官场，昔日北宋的"靖康耻，犹未雪"，一百六十多年的盖世繁华，只留下一幅《清明上河图》让后人寻找、回味。南宋就更不济，皇帝昏庸、奸臣当道，都城一迁再迁，留下岳武穆一首《满江红》和他背上的四个字让人喟叹。而他偏偏与皇帝和奸臣们格格不入，屡次谏言均未被采纳；偏偏又遭外族入侵，他一个柔弱的状元郎又主动提起五尺之剑去带兵打仗，结果是文也未大成，武则更不济。当然，在文天祥心中，个人的事小，毁家纾难直至家破人亡他都放得下，只一心想凭借匹夫之责救国为民，可最后，国也亡了，两个皇帝一个降了一个死了，还剩什么呢？轰轰烈烈死一场，像那些抗元官兵义士那样吗？那倒是痛快，他这样做过，没成。在元大牢里三年还是有机会死的，但他没有像刚被俘时那样去寻死，作为一个有人格气节的文人，他要先给心灵安排好一块高地，并在这块高地上竖立起一个坐标，让后人找得到，之后，肉体才能逝去。哦，文天祥集箕子(商代贵族，纣王的叔父，官太师，曾劝谏纣王不得，反被囚禁)之囚，比干(商代贵族，纣王的叔父，官少师，因屡次劝谏纣王而被剖心而死)之谏，伯夷、叔齐(商末孤竹君长子和次子，武王灭商后他们逃避到首阳山，不食周粟而死)之饿，诸葛武侯(三国时期蜀国的军师)之鞠躬尽瘁于一身，就是在为心灵苦苦寻找这样的高地和坐标。这是一个隆重的文化仪式，因了这个形式，生命反倒显得不那么重要了。"朝闻道，夕死可矣。"心已抵达，命何足惜？文天祥用生命将人格推上了巅峰，生发出熠熠光华。

写到这里我想起了余秋雨先生在《一个王朝的背影》中的一段话：一个风云数百年的朝代，总是以一群强者英武的雄姿开头，而打下最后一个句点的，却常常是一些文质彬彬的凄怨灵魂。

文天祥让大宋王朝真正意义上的灭亡推迟了四年。

我常常发问：文天祥死了吗？作为物质的生命，他确实已经消失,但他的文化基因却保留下来了,存在于他的诗文中,仍焕发出旺盛的生命力;而他的灵魂呢,已依附在中国文化史上,无法割舍。"一切文化都沉淀为人格。"六百多年后,瑞士的一位心理学家荣格经过大量研究得出这样的结论。这个结论回答了此文开头的疑问。

后世英烈中,和文天祥最后的历程有些相似的,是瞿秋白。也是一位高层领导,曾担任过中国共产党的总书记;也是一介文弱书生,其文学成就很高;也是被敌人所俘,在狱中写了一篇长文总结从事革命工作的经验教训,并解剖自己;也有很多达官要员来劝降,蒋介石一直在期待,但他始终坚守着自己的信仰而毫不动摇。临刑时,他在一块芳草地上环顾四周,说,此地甚好。遂席地而坐,从容就义。

七

千里赣江的上游水道险峻。江水不断聚集,冲击而下,丛山峻岭又不肯轻易放过它们,山不断阻隔,巨石沙滩又扯去一块。江水聚集了力量又再来一次冲击。这样,水和山反反复复地搏击,翻滚纠葛,无休无止。来到万安县城边,江水挟前面十七滩的躁怒作最后一搏,斜刺里拦腰又杀出一条龙溪河加入进来,更助长了江水的淫威,形成了最为凶险的一滩。从赣州到万安短短一百来公里的江中形成了十八个险滩,最后一个、最险的一个,也是最著名的一个险滩叫黄公滩。古人有一篇《水中石头记》描绘此滩:"石多如牛者、如狗马者、如龙蛇而狞欲飞走者、如猿而上下其臂或蹲似啼者,皆激水者闻百里……舟行无不动心,稍不慎则又啮之而碎。"历来舟子们视为畏途,临行前,必到岸上的肖公庙烧香,求菩萨保佑。溯江而上的船只还得请有经验的滩师带过险滩。1094 年,苏轼被贬谪广东惠阳,路过万安,留有诗篇《八月七日初入赣,过惶恐滩》,不知是误听还是有意,他把黄公滩写成了惶恐滩,后人便沿袭此名。

万安地处吉州(今吉安)、虔州(今赣州)之间,为水路交通要道,因此,历代常有文士骚客、达官要人途经万安,过十八滩,或传经讲学,或吟诗填词,有唐代的张九龄、张籍;宋代的欧阳修、苏轼、辛弃疾、胡铨、周必大、文天祥、杨万里、朱熹、周敦颐;明代有解缙、罗钦顺、罗洪先;清代有王士祯、袁枚等,这些都是在中国文学史上有一席之位的大家,是他们构建了十八滩文化的厚实基础。旧《万安县志》刊载保存的诗词有几百首,大部分与十八滩有关,这些诗词或明丽清新,或豪放雄健,其代表人物是苏轼、辛弃疾、文天祥。他们给十八滩文化注入了民族的精髓。

据当地学者考辨,十八滩文化的另一个重要组成部分是书院文化。宋代以来,万安著名的书院有三家,其中廉溪书院以周敦颐(别号廉溪先生)命名,他是北宋著名的文学家、哲学家、教育家、宋明理学的奠基人;云兴书社是朱熹改的名,朱熹是程朱理学的集大成者,他的学说影响了后世八百年;昂溪学社是文天祥在此讲学后命的名。就像大学有了大师一样,这三个书院培养了一大批学人,万安宋、明两代文风蔚起,考中进士一百一十五名,高于江西各县平均水平。

现在,万安县城靠近惶恐滩的江边,还保留着一段古城墙,江边围栏的一溜石壁上刻着一百首古代文人们写的十八滩诗词,这一片形成了十八滩公园。作诗填词的人早已逝去,他们的灵魂还在这里愉快地呼吸着、歌唱着,构建成现代人的一个精神家园。

八

1978 年的某一天,一支部队浩浩荡荡开到万安县城驻扎,携带的大型装备轰轰隆隆,被惊醒的惶恐滩睁开眼睛打量着这支部队,不觉掠过一阵惶恐:已多年没有战事了,这是……

这支部队是武警水电二总队,是来建造万安水电站的。这是国家的一项重点工程,也是千里赣江上的第一座电站。我当年多次到这里采访。

水电大军日夜奋战,大坝一天一天长高,当最后一车石料将赣江水截住时,千百年来桀骜咆哮、暴烈凶险的惶恐滩第一次裸露在江底,它眨了眨迷惑的眼睛,发出一声无奈的轻叹:一切都过去了。惶恐滩、十八滩、赣江的历史翻开了新的一页。

水电站如期竣工发电,为江西乃至华东地区输送了强大的电能。

2011 年 12 月,我又一次来到万安,来到电站大坝上,来到惶恐滩边。

站在大坝上往上游看,高峡平湖一汪碧水;转过身来往下游看,冬日阳光的余晖给县城、给大坝、给惶恐滩涂抹上一层金辉。也许是冥冥中的天意,大坝在惶恐滩身边横江一拦,将它与十七滩分开。百米高的大坝雄踞江上,昔日狂暴的十七滩静静地躺在水底,水波不兴。距大坝下游一公里左右,惶恐滩沙滩裸露,拾起一块鹅卵石吧,你能品得出它过去的沧桑;身边细流淙淙,掬一捧水吧,江水婉约清凉,传递着十七滩、大坝和水电站的信息,你能感觉得到一种 80 后新生代的青春活力。水就是这样潺潺流着,流走了历史,流向明天。惶恐滩就这样仰望着大坝,与大坝平静地两相眺望,以这种定格的形式作超越时空的千古对话。没有了喧嚣,没有了凶险;再也听不到人们的厮杀、船工的哀号;过往文人们的长歌已经远去,文丞相的仰天长叹已在历史的屏幕上定格。惶恐滩一片平静。

你好,惶恐滩。

田园梦

　　他一生有大半时间躬耕在庐山脚下的田园里,却无意间创造出一个高度,这个高度来得那样突兀,犹如他身旁那座天天看得到的庐山,"一山飞峙大江边",让人仰之弥高。这个高度是属于中国的,也是世界的,因为他开创了一个全新的诗派,还顺手一描,就描绘出了一个生动、全新的社会样式。这个新的社会样式是那样的诱人,以致令后世人向往寻找了千年,至今还在苦苦寻找。他因此将中国文学、中国文化、中国文明推进到一个空前的高度。这个人大家可能已经猜到了,他就是庐山脚下星子县人,叫陶渊明。

　　他用三个里程碑式的阶梯组接成历史的高度。

　　其实一开始,他的志向并不在文学。

　　他出生在堪称乱世的东晋。前面的秦汉一统江山已被三国搅得支离破碎,一批乱世英雄横空出世,一番轰轰烈烈的事业竟犹未竟,又匆匆离去,留下多少遗憾、喟叹。文坛呢?三国时,曹氏父子已开出一派天地,豪迈壮阔,令人仰慕,而他们身后,只留下一片萧疏贫瘠。

　　年少的陶渊明也曾向往干一番轰轰烈烈的事业,像他的东晋开国大司马曾祖父或大将军外公一样,他那时的志向豪迈而高远:像大鹏一样展翅飞翔,遨游四海("猛志逸四海,骞翮思远翥"——《杂诗》)。

机会还真的向这位有志青年招手。在他二十八岁那年(东晋太元十八年,393年),他第一次出仕,担任江州祭酒。虽说这个官职不大不小,但如果坚持做下去,倒还是可以在这个舞台上一步步实现他"大济苍生"的抱负的。但很快他感到失望,他身处的官场和他理想中的舞台不一样。他理想中的舞台是素净、雅致、敞亮、高尚的,而身边的官场是那样的纷乱、龌龊、阴暗、卑鄙,在一个这样的舞台能有什么作为?在这样的地方连自己的人格也要受到污染。那就先退出,再换个舞台吧。第一次步入官场不久,他就以辞职草草收场。

他伺机再找一个理想的舞台来实现自己的宏大抱负。但他没想到,理想是那么的美好,在现实的官场上却处处碰壁,碰得头破血流。对他来说,踏上仕途,噩梦才刚刚开始。

隆安二年(398),陶渊明重返仕途,在坐镇江陵的荆州刺史兼江州刺史桓玄手下担任幕僚。没过两年,桓玄图谋篡晋,在饱受儒家诗书影响的陶渊明看来,这种事为大逆不道,为儒家所不齿的不仁不义,这种人当尽量远离。隆安五年(401)冬,陶渊明借口母亲生病辞职。他的理想在现实面前再次碰壁。

心有不甘的陶渊明还在寻找机会。东晋元兴三年(404),刘裕打败了篡权的桓玄,担任都督八州诸军事、镇军将军、徐州刺史,他启用陶渊明为参军。陶渊明带着几分欣喜几分豪气赴任。但很快,他又对官场的尔虞我诈、钩心斗角感到失望、痛苦,他思念家乡清静的田园生活,他叹息"望云惭高鸟,临水愧游鱼"。当年他就辞职回家了。理想之梦又一次破灭。

第二年,坐镇浔阳(今九江)的建威将军、江州刺史刘敬宣请陶渊明出山担任参军,因为离家近,陶渊明又满怀希望上任了。但不久刘敬宣调离,陶渊明不愿与不熟悉的上司共事,再次辞职。

当年(405),对仕途心灰意冷的陶渊明为生计所迫,出任离家不远的彭泽县令。虽说在当时,县令只是最基层的官员,但统管一方,还是能干点事的。陶渊明又一次怀揣希望上任了。不久,郡里派了督邮下来视察,县吏提醒陶渊明,应当穿戴整齐的官服去迎接。这个督邮是个多大的官呢? 在当时,每郡分成若干部,每部设一督邮。督邮代表太守督察县乡属吏、宣达政令、检核司法、索验刑狱等,无所不管,这个职务位轻权重,所到之处,地方官员对其敬畏三分。下属对陶渊明的善意提醒,反倒激发了他对督邮这种盛气凌人驾临的愤慨,他喟叹道:我岂能为五斗米折腰,去面对一个小人。他当天就挂印辞职,算来,他在这个职位上只待了八十来天。

他在踏入官场时在心里给自己预设了一条人格底线,当官场的种种纷扰、下作、钩心斗角、尔虞我诈不断冲击他的底线时,他做过抵抗、回避,但他的这种抵抗、回避在强大的官场势力冲击面前显得十分脆弱,他要么被冲垮,被裹挟在这种泥潭之中随波逐流;要么就彻底离开,保留自己完整的人格。他一次次满怀理想和激情上任,又一次次满怀失望和激愤退出,陶渊明的理想在现实面前碰得粉碎,灵魂备受煎熬,只得以辞职的方式结束他十三年的仕宦生涯。

他的满腹感慨与悲愤化作一篇《归去来兮辞》,这是中国古代一位文化人悲愤思考之后的一篇政治宣言,他以这种形式表明其与统治阶级的决裂和不与世俗同流合污的决心。显然,在当时,一个七品芝麻官的这种呼喊声在中国坚实的统治政权面前是显得十分微弱的。他满腔"大济苍生"的理想抱负,却满怀失望终至绝望,仕途的梦碎了,他用《归去来兮辞》对他的入仕历程做了一个归结:快回去吧,田园都快要荒芜了,为什么还不回去?你看,我远远看见自家的陋屋就高兴地直往前跑,僮仆欢喜地前来迎接,幼儿倚靠在大门上等候。

回去吧，既然回家了，我就要与外人断绝交往。农人们告诉我，春天来了，我要去耕耘田园了。

陶渊明愤而辞职，这一次是坚决的、不回头的。他决然而去，背对的是肮脏污浊的官场，面向的是大片贫瘠荒芜的田园，从心里发出了急急的呼喊，快快回归田园吧。

我曾长时间思考陶渊明的这次转身。这次转身的结果世人已经看到，他留下了不朽的篇章。但这仅仅是拔腿离开官场，抬脚迈进田园那么简单吗？如果仅仅是离开官场回到田头就能成就一位世界级的文豪，那可能效仿者会趋之若鹜，如过江之鲫。

那陶渊明的转身意味着什么呢？我以为，他的这次行为，是一个有理想追求的知识分子对自身人格定位的理性回归，它标志着这类知识分子有意识地摆脱对官场政治及任何社会群体的依附，成为具有独立精神人格身份的人。这一步，有的人可能也想到了，有的人一辈子在犹豫徘徊，只有陶渊明毅然决然迈出。这一步刻铸了他的思想行为高度。

陶渊明的这一次转身，在中国文学史上留下了一个亮洁、高雅的身影，这身影之高拔，让后人难以逾越。

《归去来兮辞》是他登上历史的第一级阶梯。

二

他的田园有两块，一块用锄耕作，一块用笔。用锄耕作的田园除了提供保障他和家人生活的物质，还为他提供另一块田园的创作灵感和素材。由此看来，他耕作的田园，其价值无与伦比。

"方宅十余亩，草屋八九间，榆柳荫后檐，桃李罗堂前。"（陶渊明诗《归园田居》其一）这是他躬耕的场所，也是他的精神家园。

　　和泥淖般的官场相比，田园是多么的清新美妙，听得到清脆的鸟语，闻得到青草和野花的清香，看得见满目葱茏青翠。阳光照耀，雨露滋润，农人勤苦地劳作，万物静静地生长，一派自然风光。陶渊明心醉了。这些正是入诗的好料啊。你看，这些元素，《诗经》里就有。"坎坎伐檀兮，置之河之干兮。河水清且涟猗。""蟋蟀在堂，岁聿其莫。今我不乐，日月其除。""蒹葭苍苍，白露为霜。所谓伊人，在水一方。""采薇采薇，薇亦作止。曰归曰归，岁亦莫止。""隰桑有阿，其叶有难。既见君子，其乐如何？""呦呦鹿鸣，食野之苹。我有嘉宾，鼓瑟吹笙。"这些劳作的欢愉歌唱、大自然的风光动静，在《诗经》里比比皆是，真应该感谢那些远古的人们，他们一边在劳动创造，一边还能从事着最原始朴实的文学创作，这些随口吟唱的作品流传开来、经文字记录保存，就成了千古经典。

　　眼前的田园风光唤醒了陶渊明心灵深处的冲动，打开了尘封的一扇门：他听到了远古诗人们的呼唤，捕捉到了那些诗歌的韵律。把眼前的风光用远古的韵律来谱写，正好。

　　于是，在陶渊明笔下，《归园田居》《饮酒》诗汩汩流淌而出，醉了自己，也醉了别人。"种豆南山下，草盛豆苗稀。晨兴理荒秽，带月荷锄归。道狭草木长，夕露沾我衣。衣沾不足惜，但使愿无违。""狗吠深巷中，鸡鸣桑树颠。户庭无尘杂，虚室有余闲。久在樊笼里，复得返自然。""结庐在人境，而无车马喧。问君何能尔？心远地自偏。采菊东篱下，悠然见南山。山气日夕佳，飞鸟相与还。此中有真意，欲辨已忘言。"你看，种豆、荷锄、草木、夕露，狗吠深巷、鸡鸣桑树、采菊东篱……没有在田园劳作，不可能将这些鲜活生动的场景搬到诗中；但即便在田园劳作，没有将远古诗人们的吟唱韵律熟记于胸，也不可能将这般多充满生活气息的元素，恰到好处地嵌入诗中。这就是陶渊明田园诗之高。

在中国文学史上，三国之后已经看不到像样的文学作品了，很大一块的田园出现了荒芜，这样的荒芜比之自然界的荒芜更为可怕，这是心灵贫瘠带来的荒芜，因而更受到当时魏晋之士的关注和呼喊。这些文士们的关注、议论、呼喊日益兴盛，形成了当时的一股社会风气：玄谈。有识之士们热衷于玄谈，误了国事，也误了文学，所以后人评价：玄谈之罪，深于桀、纣。鲁迅先生批评玄谈之风时说："许多人只会无端的空谈和饮酒，无力办事，也就影响到政治上，弄得玩'空城计'，毫无实际了。"

厌恶官场回到田园的陶渊明看到了这一点，他无心再播弄政治，就转向文学；他无力改变现状，就先从自己做起。于是，人们看到，陶渊明笔下流淌着田野的清新之风：没有绚丽的色彩，只有水墨画；没有繁复雕饰，只有平白无华；没有古奥深邃，只有简朴通直。他对身边汉赋的刻意雕琢、工整、华丽投去轻蔑的一瞥，快速绕过，朝着远方的《诗经》奔去，直接回归了田园。

陶渊明的诗从田园开始，后期随着年龄的增长，慢慢转向对生命的思考。在他的一百多首诗中，有几十处提到老和死，可能是写老和死最多的人。他写老和死不是消极的、无望的，也不是那样激昂的、妄想的，而是体现出一种平和、坦然的生命意识，能与大家的心灵接通，得到普遍接受。他专门写了《挽歌诗三首》。在"其一"中写道："有生必有死，早终非命促。昨暮同为人，今旦在鬼录。……千秋万岁后，谁知荣与辱。但恨在世时，饮酒不得足。"在"其三"中写道"亲戚或余悲，他人亦已歌。死去何所道，托体同山阿。"你看，在他的挽歌诗中，看不到他对于生命逝去的悲戚情感，表露的是能够与青山同在的坦然（托体同山阿）和几分顽皮（饮酒不得足）。算来，陶渊明一生留下来的诗歌有一百二十五首，由归隐后写的《归园田居》五首，《饮酒》诗二十首，《拟挽歌辞》三首，这三个板块的诗歌为主，构成陶渊明田园诗的文学成就,这是他通往历史的第二级阶梯。

读陶渊明的田园诗是要有意境的,"心远地自偏",当是放下仕途和世俗的一切纠葛烦恼,择仲春晴好时节,约三五好友,来到山清水秀的田园边(最好在柳树下,陶渊明喜好柳树,号称"五柳先生"),沐浴在暖暖阳光下,伴和着鸟语花香。音乐是不可少的,嵇康的《广陵散》有些古奥苍凉,就听古琴《春江花月夜》吧,声音轻一点,犹如新发的柳枝随风轻拂在琴弦。年轻点的听贝多芬的《田园交响曲》也还切合。在音乐轻轻伴奏下,大家轮流朗诵着陶渊明的诗。你看,这些诗的要素都齐了,诗意也就出来了。

归隐田园的陶渊明也有过磨难,那是在他回家三年后,正当耕种渐入佳境、小日子过得滋润时,一场大火把他的家烧得干干净净,这一下又把他和全家的生活拖入困境之中,上天好像有意考验这位文弱诗人归隐的决心。这天清晨,一个老农叩门来访,携酒与他同饮,劝他出仕,说,你看,这个世上都是些是非不分的人,你也应该和他们一样同流合污(一世皆尚同,愿君汨其流)。陶渊明断然作答:我们一起喝完这杯酒吧,我的志向已定,是不会回头的(且共欢此饮,吾驾不可回)。

后人读陶诗有些为我所用,不得志了,就拎出一句"采菊东篱下,悠然见南山",吟给人听,表示看破了,无所谓了,要像陶渊明一样归隐了,但一转身却躲在不远不近的地方观望着。一旦感觉风头转了,机会来了,又面露微笑两眼放光冲将上去,吟过的诗早忘在脑后了。其实,陶渊明《饮酒·其五》前面几句是至关重要的,"结庐在人境,而无车马喧。问君何能尔?心远地自偏。"不彻底放下尘俗,怎能抵达到"心远"的境界呢?不进入这样的境界,那吟出来的"采菊东篱下,悠然见南山"就变味了,不符合陶诗的原意。

三

如果仅仅满足于田园耕种、酒足饭饱后吟诗作文的日子,恐怕就不是陶渊明,过这种日子的古代文人多不胜数,但他们进不了历史。陶渊明能够在历史的高地上耸立,成为一支标杆,除了他开一派田园诗派,在诗中注入了对自然、生命、生活的全新意识之外,还在于他勾画出了一个朴实而又诱人的全新社会形态,他把想象得如梦幻般美好的社会写成了一篇《桃花源记》。

你看,一个捕鱼人偶尔走入一片桃林,从桃林边的山口进入一个洞中,里面住着一些远古打扮的人,一问,是他们的先祖为避秦乱而躲入洞中。他们在洞中开垦种地,建立家园,繁衍生息,自得其乐,一派祥和,竟不知今夕是何年。这情景令渔人惊喜叹惋。他出去后带人去找,却怎么也找不到了。短短三百多字,向世人描绘了一个太平祥和的世界。这样的描绘激活了世人心中向往多年的一个梦,这是一种美好的理想社会:人人参加劳动,没有欺压盘剥,大家和睦相处,没有苛捐战火(春蚕收长丝,秋熟靡王税),家家住有所居,人人怡然自乐(不知有汉,无论魏晋)。这样的社会在哪里呢?就在桃花源里,赶紧找吧,但却再也找不到了。

陶渊明描绘的“桃花源”,几千年来因为领土、利益、信仰而战火不断、纷争不休的人类一直在苦苦寻找。

柏拉图在寻找。公元前三百多年,希腊的柏拉图写了一本书叫《理想国》。在这部书中,这位哲学家设计了一幅理想之邦的图景:国家规模适中,以站在城中高处能将全国尽收眼底为宜。国中的公民分为治国者、武士、劳动者三个等级,分别代表智慧、勇敢和欲望三种品性。治国者依靠自己的哲学智慧和道德力量统治国家;武士们辅助治国,用忠诚和勇敢保卫国家的安全;劳动者则为全国提供物质生活资料。三个等级各司其职,各安其位。治国者和武士没有私产和家庭,因为私产和家庭是一切私心邪念的根源。劳动者也绝不允许拥有奢华的物品。理想国还很重视教育,因为国民素质与品德的优劣决定国家的好坏。全体公民从儿童时代开始就要接受音乐、体育、数学和哲学的终身教育。在柏拉图看来,这是"第一等好"的理想国。不知道柏拉图在设计这个理想国时,是否受到蜜蜂或蚂蚁王国的启发。大哲学家的跳跃性思维,一般人难以跟上。

英格兰的托马斯·莫尔也在寻找。1516年,莫尔用拉丁文写成《乌托邦》一书,此书对以后社会主义思想的发展有很大影响。《乌托邦》一书的全名翻译过来为《关于最完美的国家制度和乌托邦新岛的既有利益又有趣的金书》。这部书是他出使欧洲时期,用拉丁文写成的。书中叙述了一个虚构的航海家航行到一个奇乡异国乌托邦的旅行见闻。在那里,财产是公有的,人民是平等的,实行着按需分配的原则,大家穿统一的工作服,在公共餐厅就餐,官吏由秘密投票产生。他认为,私有制是万恶之渊薮,必须消灭它。因此,莫尔第一次提出了公有制的问题。但是在当时的那个时代,莫尔的想法只能是一种空想。

德国的马克思也在寻找。面对疯狂发展的资本主义,这位出生在1818年的犹太人把资本主义像标本一样,放在他的书桌上细细解剖。马克思认为,人通过自己的物质实践活动认识世界和改造世界,而人自身也在这种实践活动中得到改造,获得自己的新的质量和素质。人类社会就是在这种精神生产随着物质生产的改造而改造的变化中持续演化着。他相信总有一天,人类必将因无产阶级的解放而彻底解放,完成对人的本质的真正占有,完成从必然王国到自由王国的飞越。而人类的生产模式也随之改变,全人类进入"各尽所能、各取所需"的共产主义社会。这位至今依然受到全世界认可和尊重的伟人,向世人描绘出一个人类社会发展的最终也是最完美的形态——共产主义,他也因此创立了一门科学——科学社会主义。

俄国的列宁也在寻找。他信奉马克思的学说,并积极地将这一种学说放在俄国加以实践。他的创造性实践取得了成功——1917年,他领导俄国的工人阶级推翻了沙皇政府,创建了人类历史上的第一个社会主义国家——苏维埃社会主义联盟共和国。此后,社会主义运动在全世界蓬勃发展。人类向马克思设计的最完美的社会形态迈进了关键的一大步。

在中国,寻找的人更多。

孔子崇尚"仁爱",讲究的是建立一种等级森严的官场秩序,然后推及社会秩序、家庭秩序,形成"君君、臣臣、父父、子子"的社会政治格局。但这种社会形态显然与民众所期待的比较远。

墨子讲究"兼爱",主张人与人之间不分地位的高下,首先是平等的,只有实现了人与人之间的平等,才能在此基础上建立一个公平的社会秩序。这样的社会形态会得到民众的欢迎,但会受到统治者的极力阻挠和扼杀。

20世纪初,孙中山想把中国人的千年梦想变为现实,但这个梦刚刚开了个头就很快破灭。

直到20世纪中叶,毛泽东和他的一群同事,经过几十年的努力,把中国这个世界人口最多的古老国家带入到马克思设计的国家形态轨道,建立了社会主义制度,向人类梦想追求的理想社会迈进了一大步。

没承想,陶渊明在一千多年前的轻轻一描,就勾画出人类社会出现以来,大家关注、追求的最大痛痒点。本来他年轻时是奔这个痛痒点去的,但官场抵拒,没有接纳他。无奈之下,他来了一个华丽的转身,转向田园,将他的田园侍弄得一片葱绿,劳作累了,喝点自家酿的酒,躺在田头一梦,就梦见了桃花源。这大概是人类最美妙的一个梦。很多人做过这样的梦,但他们缺少描绘或实践。陶渊明以从官场转向诗文的观察角度,从官员转为农人的思维方式,将这梦轻轻勾画,让人们长时间咀嚼、向往。从官场转身直奔田园,陶渊明在那里收获了他的第一个理想;他接着穿越田园奔向桃源,勾画出了他的第二个理想,这个理想是那样高耸,直抵人类追求的最高境界。

《桃花源记》是陶渊明登上历史高峰的第三级阶梯。

四

本来文章写到这里就可以结束了,但有几件后面发生的事还应该交代一下。

其一。在写完《拟挽歌辞》后两个来月,陶渊明就去世了,享年六十有三。他觉得自己就像田园里的一茬庄稼,一轮季节到了,庄稼熟了,就完成了一轮生命的过程。他感觉到了这个季节的来临,对他来说,生命也如同田园诗,无须太过繁复、铺排。这个年龄在现在看来仅仅过了花甲,但在一千多年前,这个寿命不算短。陶渊明能够颐养天年,我想多半归于他能够果断放弃功名利禄,放下沉重的"理想"包袱,从环境恶劣的官场抽身,回归清新田园的结果。

其二。犹如好酒越陈越香。在魏晋时代,也许限于传播渠道的褊狭,也许人们还沉湎于玄谈中没有醒来,大家并没有发现陶渊明的价值,到唐代时人们才开始慢慢认识陶渊明。唐朝的山水田园诗人孟浩然对陶渊明十分崇拜,他在《仲夏归汉南园寄京邑旧游》中写道:"尝读《高士传》,最嘉陶征君。日耽田园趣,自谓羲皇人。"李白更是仰慕陶渊明的人品和诗作。他在《戏赠郑溧阳》中写道:"陶令日日醉,不知五柳春。素琴本无弦,漉酒用葛巾。清风北窗下,自谓羲皇人。何时到栗里，一见平生亲。"李白那种"安能摧眉折腰事权贵"的思想，和陶渊明"不为五斗米折腰"的精神，是一脉相承的。中唐诗人白居易非常敬仰陶渊明的为人。唐元和十年（815），白居易被贬为江州司马，离陶渊明的家乡浔阳很近，曾去拜访陶渊明的故居，写下了《访陶公旧宅》这首诗。诗中用"尘垢不污玉，灵凤不啄腥"颂扬陶渊明高尚的人格。两宋时期，陶渊明在中国文学史上的地位，得到了进一步的巩固和确定。欧阳修盛赞《归去来兮辞》说"晋无文章，唯陶渊明《归去来兮辞》"，他还说"吾爱陶渊明，爱酒又爱闲"。北宋王安石曾说过，陶渊明的诗"结庐在人境，而无车马喧。问君何能尔，心远地自偏"，是"有诗人以来无此句者。然则渊明趋向不群，词彩精拔，晋宋之间，一个而已"。宋代的文人雅士们彻底读懂了陶渊明，并纷纷推崇他的诗文、佩服他的人品。其中，最真诚的崇拜者首推苏东坡。他在《与苏辙书》中说："吾与诗人，无所甚好，独好渊明之诗。渊明作诗不多，然其诗质而实绮，癯而实腴，自曹、刘、鲍、谢、李、杜诸人，皆莫过也。"他纤口一吐，认为陶诗超过了李白和杜甫，真是语出惊人。晚年的苏东坡又说："深愧渊明，欲以晚节师范其万一。"当代学者余秋雨先生不止在一篇文章中说过，20世纪80年代，他在上海戏剧学院院长的位置上干得有声有色，各方面好评如潮，上级已经启动提拔他的考察，但他却一连写了几个辞职报告，坚决辞职。他说，这时他听见了陶渊明《归去来兮辞》中"归去来兮，田园将芜，胡不归？"的呼唤。在学院接受他辞职的欢送大会上，他还特地引用了陶渊明的这首诗。众所周知，余秋雨先生现在已成为蜚声中外的文化学者。这说明，陶渊明对后世的文学创作乃至文人的人格走向，都产生了深远而且深刻的影响。

不仅在中国，陶渊明的文学思想还在朝鲜半岛产生了深刻而全面的影响。从新罗末（788）开始，随着陶渊明的九篇诗文进入科举考试的科目,陶渊明开始为朝鲜半岛的文人所接受,一直到朝鲜朝末期,历经新罗、高丽、朝鲜朝三个朝代。陶渊明和他的作品及文学思想被朝鲜半岛文人全面解读、阐发、理解和效仿。最为突出的是高丽中期的李仁老,他创作了朝鲜半岛文学史上第一首《和陶辞》,并引发追随之作达一百五十多篇(崔雄权《接受与书写:陶渊明与朝鲜半岛古代山水田园文学》,《新华文摘》2013年第1期)。

其三。后世对《桃花源记》情有独钟,各地纷纷寻找,欲考证桃花源属于本地。看来,爱美之心人皆有之,古今都是如此。陶渊明在文章中写清了桃花源的发现者为“武陵”人,这个武陵在湖南境内,湖南人当仁不让,抢先设立了一个桃源县。但后人又考证,陶渊明出生并长期居住在江西九江的庐山下,这里离湖北近,湖北有个地方与《桃花源记》中的描绘很为相像,桃花源在湖北的什么地方比较合理。我为写作此书搜集了不少资料,其中一本《九江史志》杂志刊登了一篇文章,作者考证桃花源就在九江地区的武宁县,理由有:一是“武陵”“武宁”谐音,后者与陶渊明家乡星子县相邻,陶渊明虚构一个找不到了的桃花源,用不着舍近求远。二是武宁县确实有一个地方像桃花源中描绘的情景。看到这里,我会心地笑了。有资料说,现在全国有三十多个地方争相考证陶渊明笔下的桃花源就在当地。这股热闹劲丝毫不亚于对香格里拉的争夺考证。一篇短文,一个地名,会在一千多年后引发出这么多的争执,这么大的动静,这倒是陶老先生当初下笔时万万没有想到的。

九江县马回岭是陶渊明的最后归宿。陶渊明去世后,后人称之为“靖节”,他的墓称靖节墓。墓坐落在庐山西南的面阳山南坡,北依汉阳峰,南为黄龙山。每年秋天菊花盛开时节,黄花遍野;附近村落和山里的依依烟幕,淡淡飘荡在黄龙山,既满足了他“居止次城邑,逍遥自闲止”的意愿,又呈现出“采菊东篱下,悠然见南山”的情致。

陶墓之所以选址在这里，是根据陶渊明的"遗愿"选定的。他在临终前不久写的《挽歌》中说："严霜九月中，送我出远郊。四面无人居，高坟正焦峣。马为仰天鸣，风为自萧条。"面阳山正符合"足以安魂"的条件。墓碑为三块碑石组成，并配以石柱，形如"山"字碑头，中间碑石上额镌"清风高节"四字，额下竖刻"晋徵士陶公靖节先生之墓"字样，左边刻《归去来兮辞》，右刻墓志。两边石碑左碑刻"五柳先生传"，右碑刻陶氏立碑者姓名。

站在陶渊明的墓前环顾四周，我在想，陶渊明真的死了吗？我怀疑。他只不过是彻底回到了他醉心的田园，将身心融入其中，听身边鸟儿歌唱，风儿吹拂；南面庐山就在眼前，天天看得到；远处村落鸡鸣狗吠之声隐隐相闻；农人春耕夏收，且忙且闲，悠然自得；庄稼和菊花就在身边，散发阵阵清香。多么醉人的田园。

这是人类永恒的家园。

拥有这样的田园也就拥有永恒。

《牡丹亭》的前世今生

　　我一直犹犹豫豫迟迟疑疑不敢动笔,怕弄出的响动打扰了这位归隐乡梓潜心戏剧创作的大师。但细想一下又好像不是这样,戏剧的效果就是要追求热闹,终极目标是台上台下一起互动。你看戏剧开场之前那一通喧天锣鼓,敲得是热闹非凡先声夺人,要的就是这热闹的效果。他当时将人世间应有的美好化作一个个瑰丽的梦境写进了他的剧本,让世间很热闹了一番。尤其是那出杜丽娘和柳梦梅穿越生死相爱的戏剧,真是惊世骇俗,轰动异常,"家传户颂,几令《西厢》减价"(明代文学家沈德符《顾曲杂言》)。四百多年后,他的瑰丽之梦再度在世界绽放,绽放得比当年还要绚丽。

　　东方的莎翁,这些,你看到了吗?

　　不知道这些个瑰丽的梦境究竟在何时生发成的,但可以肯定的是,在他初入社会时,他大脑皮层里的梦境并不绚丽,甚至还很晦暗、荆棘满布。

　　他二十一岁就中了举,按他的学识,考中进士应该是没问题。但在当时,考试成了一些权势营私舞弊的幕后交易,成为确定贵族子弟世袭地位的骗局,而不以才学论人。万历五年(1577)和万历八年

(1580)两次会试,当朝首辅张居正要安排他的几个儿子取中进士,为遮掩世人耳目,想找几个有真才实学的人作陪衬。他打听到当时最有名气的举人无过于汤显祖和沈懋学等人,就派了自己的叔父去笼络他们,声言只要肯同他合作,就许汤显祖等中头几名。张居正何等人也,万历初年,神宗皇帝年幼,张居正以当朝首辅(明朝官制不设宰相一职,首辅相当于宰相)之职主持裁决一切国家军政大事,前后十年,可谓权倾一时。这等有权势的人许多官员都唯恐攀附巴结不上,何况找上门来。面对许多人梦寐以求的诱惑,沈懋学等把持不住出卖了自己,果然中了高科;但汤显祖却洁身自好,一无所动。他虽然并不反对张居正的政治改革,但作为一个正直的知识分子,他憎恶这种腐败的风气,因而先后两次都严词拒绝了招揽,并说:"吾不敢从处女子失身也。"结果是可想而知的:虽不失身却名落孙山。

抚州汤显祖公园内的汤显祖雕像

而且,在张居正当权的年月里,他永远落第了。但汤显祖却因此以高尚的人格和洁净的操守,得到海内人士的称赞。张居正死后,张四维、申时行相继为首辅,他们也曾许以翰林的地位拉汤显祖入幕,都遭到汤显祖的拒绝。直到万历十一年(1583)汤显祖三十四岁那年,他才以极低的名次中了进士,布满荆棘的仕途从此开始。

他先在北京礼观政(见

习），次年以七品官到南京任太常寺博士，一住七年。自永乐以来，南京只是明朝的留都，虽各部衙门俱全，实际上毫无权力，形同虚设，太常寺尤为其中的闲职。有人咏诗曰："印床高阁网尘纱，日听喧蜂两度衙。"其闲寂可想而知。然而，当时南京却是文人荟萃之地，诗文家群聚。仅戏曲家，前后就有徐霖、姚大声、何良俊、金在衡、臧懋循诸名家。汤显祖在这里一面以诗文、词曲同一些人切磋唱和，一面研究学问，作书中蠹鱼。虽至夜半，书声琅琅不绝于口。别人问他：老博士为什么那么喜欢读书？汤显祖回答，我读书不问博士非博士。这种恬淡自得的生活和因投靠张居正而终于被严厉处分的文人形成鲜明的对照。

如果就这样读读书，广交文友，著著诗文，这日子过得清淡，倒也是自得其乐，自由自在。可读了书就喜欢想问题，发现了问题就要说出来，而且动不动就要上书。这个读书人普遍有的毛病，汤显祖有，而且还不小。

万历十九年（1591），因为天象变化，皇帝严厉责备言官故意欺骗隐瞒，并处罚停薪一年。此时汤显祖在南京礼部祠祭司主事的任上，这事与他无关，但他觉得皇上这样做很不妥，便上了一篇《论辅臣科臣疏》，严词弹劾首辅申时行和科臣杨文举、胡汝宁，揭露他们窃盗威柄、贪赃枉法、刻掠饥民的罪行。汤显祖本来就支持同乡友人丁此吕和万国钦的政见，他们都是正直敢言的御史。丁此吕揭发考试作弊，万国钦斥责对外妥协，因此触犯执政申时行，先后被革职。汤显祖的奏疏以他们为例，指出目前言官之所以噤若寒蝉，不敢作声，是由于申时行专权。如果疏文仅此而已倒也还罢，但汤显祖写得兴起，接下来对万历登基二十年的政治作了毫不客气的批评。他说，现在朝纲混乱，我觉得皇上有四个可惜：朝廷用高职位和俸禄培养好官员，但现在是一些个人门下枝繁叶茂桃李遍地，这是高职位和俸禄的可惜。群臣作风腐败糜烂,到了不知廉耻的地步,这是人才的可惜。辅臣们越过制度私下给人富贵,不见他们对朝廷感恩,是制度的可惜。皇上治理国家二十年,前十年辅臣张居正强横张扬而权力欲望强烈,公开坏了朝纲;后十年辅臣申时行阴柔专横而权力欲望旺盛,暗地里搞坏了朝纲风气,这是圣上执政的可惜。疏文一出如晴天响雷震动朝廷,神宗大怒,下诏切责汤显祖,又下诏劝慰申时行。神宗皇帝叫朱翊钧,在中国历史上称得上是个典型的昏君,他在位四十八年,亲政三十八年,却居然有二十五年躲在深宫不上朝也不见外人,不知道这次他怎么看到了汤显祖的奏折,引起了他的勃然大怒。五月,汤显祖被贬逐到雷州半岛的徐闻县为典史(添注)。添注是编制外的官员,并不办事。两年后遇赦,内迁浙江遂昌知县。

对于汤显祖来说,他应该知道冒犯至高无上的君王的后果,仕途的终结可能还是轻的,肉体惩罚、牢狱之灾甚至生命的结束都是有可能的,但他对此并无顾忌,就像批评一个寻常的文人一样写下去,丝毫不考虑皇帝的权威和面子,也不顾及自己的前途甚至生命。

人生命运在这里拐了个大弯。在汤显祖的大脑里,这是个噩梦。

得罪了权贵惹怒了皇帝,汤显祖仕途的门关闭了。他来到浙江遂昌县,命运又给他打开了另外一扇窗,他依着自己的审美好恶,把窗外的风景打造得绮丽多彩。

当时的遂昌还没什么名气,经济也不怎么发达,汤显祖上任后便把这里作为自己实践政治抱负的基地,按自己的意愿来耕作理想了。于是,遂昌的街头巷尾、田间地头、书院监牢,便处处闪烁着汤显祖的身影了。

　　在他治下,去除酷刑,平反冤狱,任期的五年内没有打死过一个囚犯,没有拘捕过一个妇女;他经常下乡,鼓励农民发展生产、学习文化,奖励农桑,提高农业生产技术;相圃书院建起来了,藏书阁也建起来了,让更多的人能读书,培养了遂昌人的读书风气;他惩治豪强,维护普通百姓的利益;当地虎患为害,他组织百姓灭虎,保护了百姓的生命财产安全;他还常年与青年才俊切磋文字,谈经论典。这种古循吏的作风,终于使浙中这块僻瘠之地大为改观,桑麻牛畜都兴旺起来,学风也昌明起来。

　　汤显祖显然是把遂昌当作他的理想王国了,为实施自己的政治主张无所顾忌。要过年了,他的眼睛在他治下的属地逡巡扫过,最后停留在了一个社会的暗角——监狱。他想,春节是万家团圆的幸福时刻,漂泊的游子们都要赶回家赴这个千年约定,一个家庭如果在春节缺了一个成员,是不完美、有缺憾的,监狱的囚犯也是如此。于是,在这样的理念支持下,他竟然擅自放监狱中的囚犯回家过年。元宵节那天,他的"万民同乐"的观念继续延伸,组织监狱的囚犯们上街观灯。当这种突如其来的幸福降临时,不少囚犯及其家属感泣涕零。

　　如此破天荒的胆大妄为之举,终于让他的政敌抓住了把柄,待考核官员的时机一到,他们就出来暗语中伤。汤显祖自然知道有人想赶走他。万历二十六年(1598),听说朝廷将派员来遂昌调查考核,他不堪忍受,便不待别人攻击,就给吏部留下辞呈,也不等批准,便辞职封印扬长而去,回到家乡临川。后来,当吏部和都察院以"浮躁"为由正式给他一个罢职闲住的处分时,他已回家乡三年了。

　　汤显祖的仕途之梦被戛然剪断。他经纶满腹却因拒绝权贵张居正笼络,想保持自己的人格不遭受污染而两次会考落第;他不与权贵同流合污想实施清正政治的远大抱负,却受到辅臣申时行的打击而无法实现；当他试图通过那份《论辅臣科臣疏》来改变政治环境，却遭到当朝君主的毁灭性一击。

仕途的梦彻底破灭，乡关在远方召唤。

三

汤显祖在实施了一把他的带有鲜明浪漫色彩的政治抱负之后，回到家乡，经过短时间的精神休整，一些过去在他大脑中停留过的梦的断片渐渐清晰活泛起来，他明白了自己今后的使命：把这些梦一个个做完。既然官场这个舞台不允许推行我的理想吏治，那我就自己搭建一个舞台，让这个舞台上的人来完成这个理想。

于是，一个个瑰丽异常、绚丽多姿的梦出现了：《牡丹亭》（又名《还魂记》）《邯郸记》《南柯记》，加上前些年写的《紫钗记》合称"临川四梦"先后绽放，令人们眼前一亮。四梦在当时引起了极大的轰动和关注，其最负盛名的就是《牡丹亭》。

《牡丹亭》是汤显祖的代表作，倾注了汤显祖理想、情感和心血。剧中描写南安太守的女儿杜丽娘，不满于封建礼教，游园后在梦中与理想的情人柳梦梅相会，因情思成疾而逝。后托梦于柳梦梅并经他调护，情之所至，杜丽娘死而复生，二人终于结成夫妻。这样一出表现男女爱情内容的戏剧，现在看来是寻常不过了，但在当时，无疑像在一潭死水中扔进了一块巨石，引起了冲天水柱和层层波澜，因为这个梦太异常、太炫丽，像一把挠子在人们的心中痛痒处狠狠地挠了一下。挠的痛痒点很精准，不仅挠在人们心中的痛痒处，还挠在了当时社会的痛痒处，挠在了中国历史的痛痒处。

有专家考证，明朝是倡导妇女守节最为严酷的时代，《明史》中为之立传的节妇烈女人数为二十四史之最，有二百六十五个之多。

而能进入这类国家级典籍的还只是冰山一角。有专家统计,仅徽州一地,明清两代立的节妇碑就有六千多座。而据歙县地方志书记载,这一地区的节妇烈女多达六万五千多人!明清两代,中国大地上的贞节牌坊是历代此类牌坊总和的几倍,妇女恪守"二从四德""从一而终"一类的礼教被视为美德,官方要予以褒扬,其家族以为荣耀。这些沉重奢华的牌坊在各地乡间如雨后春笋般闪现,向人性投去蔑视、扭曲、扼杀的挑衅。鲁迅先生写过一篇文章《我之节烈观》,其中有这样的文字:

　　女子自己愿意节烈么?答道,不愿。人类总有一种理想,一种希望。虽然高下不同,必须有个意义。自他两利固好,至少也得有益本身。节烈很难很苦,既不利人,又不利己。说是本人愿意,实在不合人情。所以假如遇着少年女人,诚心祝赞他将来节烈,一定发怒;或者还要受他父兄丈夫的尊拳。然而仍旧牢不可破,便是被这历史和数目的力量挤着。可是无论何人,都怕这节烈。怕他竟钉到自己和亲骨肉的身上。所以我说不愿。

　　我依据以上的事实和理由,要断定节烈这事是:极难,极苦,不愿身受,然而不利自他,无益社会国家,于人生将来又毫无意义的行为,现在已经失了存在的生命和价值。

　　临了还有一层疑问:

　　节烈这事,现代既然失了存在的生命和价值;节烈的女人,岂非白苦一番么?可以答他说:还有哀悼的价值。他们是可怜人;不幸上了历史和数目的无意识的圈套,做了无主名的牺牲。可以开一个追悼大会。

　　我们追悼了过去的人,还要发愿:要自己和别人,都纯洁聪明勇猛向上。要除去虚伪的脸谱。要除去世上害己害人的昏迷和强暴。

我们追悼了过去的人,还要发愿:要除去于人生毫无意义的苦痛。要除去制造并赏玩别人苦痛的昏迷和强暴。

我们还要发愿:要人类都受正当的幸福。

而《牡丹亭》却不仅不理贞节这一套,还来了个背道而驰,让青年男女自由相爱,爱得死去活来,还匪夷所思地穿越生死来爱,这怎么不会让人心痛心痒、想入非非?

明代戏曲作家张大复的《梅花草堂笔谈》里记录了这样一个故事:一个叫俞二娘的在读了《牡丹亭》以后,用蝇头小楷在剧本间作了许多批注,深感自己不如意的命运也像杜丽娘一样,终日郁郁寡欢,最后竟"断肠而死"。临终前从松开的纤纤素手中滑落的,正是《牡丹亭》的初版戏本,而且"饱研丹砂,密圈旁注,往往自写所见,出人意表"。汤显祖得知消息后,痛心不已,挥笔写下《哭娄江女子二首》:"画烛摇金阁,真珠泣绣窗。如何伤此曲,偏只在娄江。何自为情死,悲伤必有神。一时文字业,天下有心人。"你看,这个痛处挠的,把一个鲜活的生命给生生地挠死了。

世上痴情的女子还不只俞二娘一个。杭州一个叫商小玲的女伶,唱《杜丽娘还魂记》至"寻梦"这一出时,悲愤伤心过度,气绝于台上。还有一位叫冯小青的才女,读完《牡丹亭》后题诗:"冷雨幽窗不堪听,挑灯闲看《牡丹亭》。人间亦有痴于我,岂独伤心是小青。"

先别急着悲伤,事情到此还没完。汤显祖逝世后一百五十年,与他同为江西人的蒋士铨写了一部《临川梦》,这部以剧作家汤显祖为主角的传奇分上下两卷,共二十出。传奇中多次出现特殊人物俞二娘。例如第四出《想梦》,写俞二娘枕读《还魂记》,柳生和杜丽娘竟幻影现身。第十出《殉梦》,写俞二娘读《还魂记》断肠而死(与张大复的记载相同)。可是到了剧本的下卷,故事情节的变化超出了人们的想象。例如第十五出《寄曲》,写俞二娘死后二十多年,她的乳母将俞二娘批点的《还魂记》送到了汤显祖手里。第十六出《访梦》,写俞二娘的亡魂打算拜访汤显祖,以此意诉之释尊。第十九出《说梦》,写汤显祖长子死而归天,与淳于芬、卢生、俞二娘、霍小玉(除俞二娘外均为汤显祖的剧中人)等人在天王前相会,论世事皆梦。最后一出,则写汤显祖在玉茗堂睡觉,睡神引俞二娘的灵魂进入汤显祖的梦中,与之相会,汤显祖感其知己,淳于芬、卢生、霍小玉等人也来见。玉茗花神传天王法旨迎众人入觉华宫(青木正儿《中国近代戏曲史》,中华书局版)。

这倒是大大出乎汤显祖的意料。他写《牡丹亭》是抒发一个美丽的梦,在这个梦里,他用艺术的手法将一个死去的生命用爱感动活了,但万万没料到,却把现实中一些鲜活的生命折磨死了。世上女子所受的苦难,汤显祖看到了、听到了,他不能在戏剧里直接写这些女子对世风的反抗,这样写通不过,社会容纳不了,对那些弱女子也无益。而这些苦又淤积了千百年,而且越来越重,总得有个地方宣泄排遣,没办法,只得把戏剧写得怪诞些,让美好穿越生死,让幻想覆盖现实,在舞台上来一场轰轰烈烈酣畅淋漓的爱,让压抑的情感稍稍喷发一些出来。中国总有太多这类题材的文艺作品,一触及这样的梦,就是悲剧,于是就有了《西厢记》《红楼梦》《梁祝》。汤显祖无法改变这种社会状况,也无法改变众多女子的命运,只好托梦,试图让梦来冲淡一些现实的苦涩。但岂不知,梦很快醒来,依然会更加苦涩。如俞二娘、商小玲,如果没有汤显祖的梦,她们也许会活得更长一些。

面对一个个痴情女子的惨剧,汤显祖目瞪口呆,实在想不明白这究竟是不是自己的错,这个错又在哪里。只有写下一首悲伤的诗来告慰死者、安抚心灵。除此之外他想不出更好的方式来弥补自己的过失。直到这位蒋士铨的戏剧家又写了一出剧,把被汤显祖无意中折磨死的生命复活了,这才对为俞二娘惋惜的众人和汤显祖有个稍稍的安慰。对于美好生命的祈愿,大家的心绪都是一样的。

四

2012年4月下旬,正是春暖花开时节,我来到赣南的大余县。一进县地方志办邓主任办公室的门,就看到桌上放着一本厚厚的《2006·中国·遂昌汤显祖国际学术研讨会论文集》。我感到十分意外,因为我来这里的目的事先已告诉了他,是来看梅关古道和陈毅元帅当年打游击的地方,与汤显祖无关。我和邓主任是第一次打交道,他并不知道我正在写汤显祖。我好奇地问,你在研究汤显祖?邓主任回答,《牡丹亭》的人物、故事和场景的原型就在大余。此言一出,令我大吃一惊。

杜丽娘的父亲是南安太守,大学教科书上是有的,我还约略有点印象。古代南安先为军,后改为府,辖大余、南康、上犹三县,后增加崇义县,这也是知道的。但文学作品中的人物和场景是可以虚构的,可以把天南海北的人物、故事、场景捏在一块。如汤显祖的其他三梦,《紫钗记》是根据唐人小说《霍小玉传》改编的,《南柯记》是根据唐人小说《南柯太守传》改编的,《邯郸记》是根据唐人小说《枕中记》改编的。还真有《牡丹亭》这么真实的活剧吗?通过与邓主任的交谈、这本厚厚的论文集和《大余县志》帮我解开了这个谜。

古代的南安府治在大余(古代称大庾,因大庾岭得名),县境内有一条官方驿道,为唐开元初张九龄(政治家、文学家,任尚书、丞相)奉旨开凿。驿道连接南雄,是江西通往广东的唯一陆路通道,也是沟通中国南北陆路的交通干线。这条驿道在中国古代发挥过重要作用,而大余因此成为这条驿道上的中转枢纽:达官贬臣经此迁转;经济技术在这里传播;南来北往的货物在此集结分流;文人墨客到此游览歇足。

汤显祖被贬正是通过这条路去徐闻,从徐闻去遂昌也是经过这条路。据学者们考证,汤显祖往返驿道,都在南安住过。第一次是去徐闻任职时,乘船到达南安,在南安住了两天,游览了府衙后花园的园林景色,听说了在当地流传的"杜丽娘慕色还魂"的故事,只因当时他的心情郁闷,这个绮丽的故事在他的大脑皮质上只轻轻划过。他在那里只留下一首凄婉的诗《秋发庾岭》:"枫叶沾秋影,凉蝉隐夕辉。梧云初掩霭,花露欲霏微。岭色随行棹,江光满客衣。徘徊今夜月,孤鹊正南飞。"两年后他从徐闻往遂昌赴任,再次来到南安,由于天旱水浅无法行船,汤显祖在南安滞留了一个多月。这次他的心情大好,拜访了好友谭一召,详细听说了当地流传甚广的"蕉龙成精"的故事。故事说的是南安府衙后园内有一棵铁树,俗称凤尾蕉,树龄有二三百年了,当地百姓称之为蕉龙。这蕉龙年久成精,常化作美色男女与府衙相公、小姐相恋。太守知道自己的女儿和蕉精相恋后,怒不可遏,责骂他的女儿,致使他的女儿忧郁而死。太守将她葬于梅树下,她的尸体不腐,灵魂不散,托梦于途经此地赴京赶考的一位书生,许以终生。书生中魁,掘坟寻美,小姐得以还魂,两位有情人终于团圆。据史料记载,明时南安府衙建有后花园,设东西两园。府台大人用东园来招待来往的达官贵人,也常邀文人墨客在园内吟诗作画。所以园内遍种珍贵的花草树木,连北方的牡丹花也引进来了,哄传一时。园内主要建筑有舒啸阁、绿荫亭、玉池、玉池精舍、吟风弄月台、蕉轩等。

据 1990 年版的《大余县志》记载:牡丹亭旧为府衙"花园十景之最",始建于何年无详载。据民国八年版《大庾县志》载称,牡丹亭从清光绪六年(1881)至民国七年(1918)的三十七年间就先后修葺六次。原为八角形,双重檐,正门悬"牡丹亭"匾。亭旁有丽娘冢、梳妆台、绿荫亭等建筑。《南安府志补正》卷尚有线画留存。1996 年,大余县另择地重建牡丹亭十景建筑。此为后话。

汤显祖两过大余,不经意间找到了"杜丽娘";而我这次到大余,歪打正着,找到了杜丽娘的祖籍。

《牡丹亭》的人物、故事、场景,都完整地印记在汤显祖的大脑里了。梦开始清晰起来。

梦一旦在大脑里储存,就挥之不去。在遂昌的任上,汤显祖在政事之余,从大余得来的这些人物、故事、场景在脑子里活泛起来,冲突起来,活生生就要蹦出来,每当此时,他就急命轿夫停轿,在就近店铺找来纸笔速速记下,悬挂在轿内。你想想这样的场景:知县的轿子在街头巷里游动,前面锣声堂堂,衙役开道声声,轿子悠悠,知县的魂魄却一颠一晃地漂游到牡丹亭,看杜丽娘、柳生谈情说爱,品他们的对话唱词去了,突然,几句好词涌出,知县立即叫停,跟班四下里冲入两旁店家,捧出笔墨纸砚奉上,路人无不惊慌莫名……如是次数多了,跟班书吏索性将文房四宝置放轿内,好让汤显祖随时取用。时间一长,轿内挂的台词条幅就像元宵节灯谜会上的谜语一样,挂得满目皆是,随轿起伏飘荡。

汤显祖辞职还乡,在作了短暂的心理调整后,在临川的香楠峰下沙井巷建了一座"玉茗堂",以作戏剧创作和研究之用。这是汤显祖的工作室,也是他的"梦工厂"。他全身心投入到《牡丹亭》的创作中去。每当写到动情之处,他也随着剧中人物流泪。当他写到"寻梦"这一出,杜丽娘的"这般花花草草由人恋,生生死死随人愿,便酸酸楚楚无人怨"唱词时,竟难以自已,独自躲进柴房里放声大哭一场。有了汤显祖这一场大哭,杜丽娘便有了灵魂。

五

那时的中国虽然开始有资本主义的萌芽,但对外界仍处于封闭状态。汤显祖不知道在遥远的意大利有文艺复兴,一批伟大的文学艺术家陆续在欧洲出现;那时连电都没有,还没有发明无线电,不会有声音和图像的远程传输,他对外界的声息无从得知;他更不知道,在他埋头奋力戏剧创作时,在大洋彼岸,一个叫莎士比亚的英国人也在埋头奋力创作,写的同样是戏剧,而且也写出了"四大悲剧"。

比较两位戏剧大师的创作很有意思。汤显祖比莎士比亚年长十四岁,但他们的戏剧创作时间却基本同步。

汤显祖的第一部剧《紫箫记》是在1579年创作的,后在1587年改写成《紫钗记》;而莎士比亚创作第一部剧《亨利六世》是在1590年。

汤显祖的成名剧作《牡丹亭》是在他辞官回到家乡的当年1598年创作的;而这一年莎士比亚创作了历史剧《亨利五世》和喜剧《无事生非》。

汤显祖在1600年和1601年分别创作了《南柯记》和《邯郸记》,完成了他的《临川四梦》的创作;而莎士比亚在1601年创作了他的系列悲剧中的最具影响力的《哈姆雷特》,并在之后的七年间完成了系列四部悲剧的创作。

而最令人不可思议的是,两位大师在各自完成了具有划时代意义的创作后,居然在同一年(1616)上了天堂!

我不知道这件事情是应该归类于悲剧还是喜剧,但可以肯定的是,天堂在那一年一定十分惊喜,把这一年设定为"戏剧年",把两位大师的剧作轮番上演了个遍,让天堂的人们大饱眼福。而东西方两位戏剧大师携手到来,他们在天堂一定是相晤甚欢,语言是否相通那不是重要的,戏剧就是他们心灵沟通的特别密钥。莎士比亚抛出一句他的戏剧《皆大欢喜》里的台词安慰这位来自东方的大师:"逆运也有它的好处。"汤显祖见到这位异国小老弟十分高兴,他化用《牡丹亭》柳梦梅的一句唱词:"小莎,小莎,遇俺方有缘之分。正是梦短梦长俱是梦,年来年去都是年啊!"两人虽没听懂,但相互哈哈大笑,执手言欢。

历史总会在一段时间出现一些惊人的相似之处。孔子和释迦牟尼、苏格拉底、孟子、庄子和亚里士多德,他们几乎同时出现在东西方,他们的杰出思想和智慧,不约而同地照耀着世界,给处于蒙昧中的人类以文明的启蒙。而两千多年后,两位戏剧大师又几乎同时出现在东西方,他们用艺术的形式解读世界,探究人类心灵,传递世间

抚州汤显祖公园内的汤显祖之墓

美好,诉说民众哀乐,在各自完成自己的使命后,竟不约而同赴天堂。世界上总有一些事冥冥之中有些奇特。东西方戏剧同时崛起两座高峰,双峰对峙,熠熠闪亮,相映生辉,真是世界文化史上的一个令人惊叹的奇迹。

然而,这一切汤显祖当时并不知道,这不要紧,并不影响他的宏大构想,因为做梦不需要外面太多的事情打扰。他只是专注地按照自己的奇思妙想,在连接元杂剧的土地边上开垦出一块新地,把瑰丽的梦种子播撒在这块土地上。没承想,这块土地日后会繁衍成一片茂密的森林,几百年后依然郁郁葱葱。

一个个惊世骇俗、炫丽异常、浪漫飘逸、大悲大喜的梦,终于问世,并从此在中华大地一直飘飘荡荡,飘向世界。

六

《牡丹亭》问世后,各剧种争相演出,有宜黄腔、调腔、新腔、皮黄(今之京剧)、豫剧、赣剧、采茶剧、昆腔。至于剧本,删节本、改编本、单折本更是难以计数,从 1598 年至 1889 年,《牡丹亭》刊行的各种版本有十四种之多,二十世纪初,其剧作不断被翻译介绍到国外。一时间,"牡丹"花穿越时空,遍开中华大地,香飘世界。新中国成立后,1957 年,江西剧作家石凌鹤先生将《牡丹亭还魂记》改编成赣剧《还魂记》,并由长春电影制片厂搬上银幕,让牡丹亭更是闻名天下。既然人们这么喜欢这个色彩斑斓的梦,那这个梦就有理由继续下去。

到了新世纪,一个叫白先勇的侨居海外的中国人,按照现代人的审美节律,将汤翁的《牡丹亭》稍稍修饰了一下,把这个四百多年前的梦打造得青春焕发魅力四射,又一次在世界范围内引起了巨大轰动。

　　白先勇先生是台湾当代著名作家。20世纪60年代在美国获硕士学位后，进入加州大学任教，并在美定居。他自小与昆剧结下不解缘，其小说《游园惊梦》即受昆剧《牡丹亭》启发。他对昆剧艺术一往情深，做了二十年推广昆剧的"义工"。近年他更热心向年轻一代介绍昆剧，经常在港、台地区与昆剧艺术家合作，做公开演讲。制作青春版《牡丹亭》是他多年的梦想，这个梦想终于在2004年得以实现。《牡丹亭》上承"西厢"，下启"红楼"，是中国浪漫文学传统中一座巍巍高峰。其以曲调优雅，唱腔悠扬，唱词华丽，四百年来一直是昆曲传统经典曲目。青春版《牡丹亭》的火热，使低迷已久的昆曲舞台骤然升温，这和白先勇先生的努力密不可分。曾笑称自己是昆曲义工的白先勇，为了昆曲的发展，为了让更多的人欣赏昆曲的魅力，不惜暂停自己的本行，投入大量的时间和金钱，精心打造《牡丹亭》并在校园进行公益演出，为昆曲争取了更多的年轻观众，这是昆曲艺术存续的肥沃土壤。白先勇先生说，希望这些看过昆曲的年轻人，在心中播下那么一颗种子，有一天他们可能也来制作昆曲，也成为昆曲的推广人，或者是至少成为昆曲的忠实观众。

　　白先勇从二十岁开始文学创作，他的昆曲《牡丹亭》之梦缘于何时？他自己回忆：

　　　　我第一次接触昆曲是快十岁的时候，在上海，当时抗战胜利，刚好梅兰芳先生回上海第一次公演。他本来是以唱京戏为主的，那一次特别唱了四天的昆曲。与他搭档的昆曲大师于振飞先生后来告诉我，因为梅先生抗战期间不给日本人唱戏，还留了胡子，嗓子也没恢复到以前的状态，而昆曲的音比较低一些，于振飞先生就说服他唱昆曲。另外一个原因是梅先生的琴师未到，他们都很讲究，一定要与自己的琴师搭配,与别人配合不好。梅兰芳先生已八年没唱戏,上海的反响不得了,据说黄牛票一根金条一张。我母亲带着我去看,在美琪大戏院演出的剧目是《牡丹亭》中最著名的《游园惊梦》。这是我第一次接触到昆曲,那时不懂昆曲,只是去看梅兰芳,但昆曲的那段音乐入脑就记住了。就像佛家说的,一旦起心动念,也就有了因果。

看来,痴情《牡丹亭》之梦的不仅是女子,不仅是古人,现代的男子也有痴情的。白先勇先生就是其典型代表。

《牡丹亭》原作五十五出,要连台演六天,青春版《牡丹亭》秉承"只删不改"的原则,综其精华删减成二十七折,分为《梦中情》《人鬼情》《人间情》三本,九个小时,三天连台演完。从第一出《标目》到最后一出《圆驾》,基本上保持了剧情的完整,并尽可能地保留了"游园惊梦""拾画叫画"等文词优美的段落和千锤百炼的经典折子。青春版《牡丹亭》有七个看点:一是剧本。编者忠实于汤显祖原著,是整理而不是改编,完全继承原词,经过精心梳理,创作了以"梦中情""人鬼情""人间情"为核心的青春版《牡丹亭》,完整地体现汤显祖原著"至情"的精神。二是演员。青春版《牡丹亭》演员平均年龄二十岁左右,不论主演、配角、龙套全部由年轻演员担纲,这源于白先勇先生独具一格的创意,他希望用年轻演员的演出来吸引更多的青年人热爱古老的昆曲艺术,了解中国国学的博大精深。三是音乐。青春版《牡丹亭》音乐的最大特色,就是把歌剧的音乐创作技法用到了戏曲音乐之中,全剧采用西方歌剧主题音乐形式,丰富了戏曲本身和音乐的表现力,为观众呈现出一席五彩斑斓的视听盛宴。四是唱腔。传统昆曲唱腔过于冗长、节奏缓慢,观众难以承受。白先勇先生组织了两岸音乐人在唱腔和旋律上进行大胆的创新和突破,将西方歌剧和东方戏曲相结合,在《牡丹亭》的唱腔中加入了大量的幕间音乐和舞蹈音乐,很好地渲染了舞台气氛。五是服装。青春版整体色调是淡雅的,具有浓郁的中国山水画风格,正如北京奥运会开幕式在图画卷中惊艳八分钟那样。全部演出服装系手工苏绣,尤其是杜丽娘、柳梦梅着装传统苏绣工艺成为最大看点。六是舞蹈。青春版《牡丹亭》有众多花神,用服装设计舞蹈。设计者将传统的花神拿花舞蹈改成用十二个月不同的花来表现,用戏曲语言来舞蹈动作,让舞台的整个气氛随花神独具特色的表演流动起来。七是舞美设计。为使昆曲的古典美学与现代剧场接轨,白先勇集合了海峡两岸的专家出谋划策,利用"空舞台"的设置,最大限度拓展了载歌载舞的虚拟空间,舞台地板突破了传统地毯,利用灰色调地胶作舞台,还将现代书法家的优美书法运用其中,舞台景片上书写了唐代散文大家柳宗元的散文。这种新鲜的、充满现代气息的舞台新样式,很好地深化、烘托了剧情,让四百多岁的杜丽娘焕发出洋溢的青春活力。

演出的效果是轰动性的——四进北师大、三进北大、两进清华、两进厦大,上海、苏州、美国、欧洲,一百场、两百场,一路演过去,收获一路惊叹、震撼。2005年6月3日至5日,青春版《牡丹亭》在同济大学大礼堂演出,这是在中国大陆地区大学校园演出第一轮的最后一场。三千多座位的大礼堂座无虚席,还有不少学生在台口前的空地上席地而坐。大礼堂鸦雀无声,不时爆发出热烈掌声、笑声。学生们看得如痴如醉,津津有味。在网上看到有学生留的观后感称,如不看青春版《牡丹亭》,就没有话语权,算不得当代大学生。

青春版《牡丹亭》的第二百场演出,是2011年12月8日至10日在北京国家大剧院完成的。作为该剧的总制作人、总监,白先勇先生在头一天接受了媒体的采访,他声称这是他的封箱之作,完成这一盛举后,他将退隐。

两百场、六百天的盛况演出,又将一个全新的《牡丹亭》推向了中国,推向了世界,让不同地域、不同肤色、不同文化背景的人们领略到中国戏剧的深厚文化底蕴和无穷魅力。白先勇先生退隐,让人约略有些不舍。但不要紧,汤显祖仍然携着《牡丹亭》在大地游走,故事还在延续。报载,2012年4月8日,中国(遂昌)汤显祖文化节开幕。文化节的主题是"《牡丹亭》回家,汤显祖出国"。为文化节拉开帷幕的,是赣剧《牡丹亭》。文化节邀请了赣剧、昆剧、越剧、婺剧、话剧、茶灯戏和青春版《牡丹亭》演出。当年汤翁梦经过的地方,又举行着一场豪华的文化盛宴。这次文化节之后,4月19日至26日,遂昌文化交流考察团赴英国莎士比亚的故乡斯特拉福德和考文垂市,带着浙江昆剧团,连演了四场《牡丹亭》,盛况空前。这是一个具有历史意义的访问演出:东方的戏剧大师以自己的作品完成了对西方戏剧大师故乡的首次历史性访问。《牡丹亭》在英国受到热情欢迎和尊重,是因为汤显祖和莎士比亚齐名。英国人一直看重莎翁的文化影响力。据说在二战时,性格强势的英国首相丘吉尔说"宁愿失去一个印度,也不愿失去莎士比亚"。这句话的含义标出了莎士比亚对于英国的文化重量,因为在英国发展强大的过程中,莎士比亚的作品极大地提升了这个民族的人文精神。

在青春版《牡丹亭》火爆上演时,我在关注一个细节:观众的情感显露和变化。无论是媒体报道,还是网上观众留言,有很多的形容词,如热烈、震撼、惊叹、欢笑。看得出来,观众的情感是以开心欢乐为主基调的。面露笑容、心情愉悦,是对艺术美感的一种满足的享受。那么,这就有了一个问题:原来汤显祖《牡丹亭》里的那种悲伤凄婉哪里去了?原来因观看《牡丹亭》而数度诱发人命的那些伤心欲绝哪里去了?反复搜寻,答案只有一个:安放贞节牌坊的社会土壤没有了。"萧瑟秋风今又是,换了人间。"

七

2012年仲春时节,我又一次来到抚州汤显祖的家乡。市区内有以他的名字命名的公园,园内有汤翁的雕像,还有很多与汤显祖"临川四梦"相关的图像、文字石刻。其中一块石刻为毛泽东手书《牡丹亭》"惊梦"一出中的唱词:"原来姹紫嫣红开遍,似这般都付与断井颓垣。良辰美景奈何天,赏心乐事谁家院!朝飞暮卷,云霞翠轩;雨丝风片,烟波画船。锦屏人忒看的这韶光贱!"字写得飘逸率性,正合乎词义,看来毛泽东是喜欢这段唱词的。

新城区前几年建了一座抚州地区的标志性建筑——汤显祖大剧院。这是家乡人民为这位大师建造的一个豪华级大舞台。大剧院总面积一万七千多平方米,观众席一千二百八十多个,总造价一点六亿。我们去参观时,一位姓郑的剧院领导简单介绍:大剧院自2008年建成投入使用以来,一大批高水平的文艺团体在这里演出过,其中上演汤显祖的剧就有苏州昆剧院的青春版《牡丹亭》,南京军区前线文工团的大型舞剧《牡丹亭》,还有在第一届中国(抚州)汤显祖艺术节上,抚州采茶歌舞剧团在这里演出了抚州采茶戏《牡丹亭》,上海昆剧团演出了《紫钗记》和《邯郸记》,南昌大学赣剧艺术中心演出了赣剧《临川四梦》。一场场文化艺术的盛宴在这里举行。所以白先勇先生说,青春版《牡丹亭》到汤显祖大剧院演出,是真正的回娘家。

我特意提出到大剧院的舞台上去看一看,想寻找一些汤翁与现代连接的信息。由于不是演出期,又是在白天,工作人员没有开灯,舞台和整个剧场内很黑,像进入了时空隧道。我想,这倒有些合乎《牡丹亭》的意境,合乎历史的穿越。

大而空旷的剧场和舞台很静谧,细听,有些喊喊喳喳的软软女声传出来:

——杜丽娘当然是为昆曲量身定做的,这个梦适合在苏州。

——不对,不对。应该属于越剧。这个梦的发端是在我们浙江遂昌。

——你们说的都不对,汤大人的丽娘之梦是回到家乡做完的,汤大人还亲自指导我们用宜黄腔排演,这里是正宗的。

——宜黄属于抚州,少不了抚州采茶戏。

——且慢,抚州属于哪里? 属于赣嘛,自然少不了赣剧。

——别忘了,是京剧让杜丽娘最先打动了老外。

——你们也不看看,现在昆剧青春版的杜丽娘魅力不减当年,中国、世界有多少人为她痴为她狂。

——魅力的形式千姿百态,编成舞剧又有何不可?

众人相争不断。这时,一个苍老劲朗的声音从空中飘然而下:诸位丽娘,大家请勿争辩了如何?

大家抬头朝声音方向望去,舞台上一时寂静。

——哦,是汤大人!

——汤大人好。

——久违了,先生别来无恙?

大家纷纷向汤显祖敛福行礼。

大家快快平身,且听老夫一言。是那个苍老劲朗的声音:杜丽娘是美和爱的象征,而象征是不分形式、跨越地域、连接时间、融和心灵的。看到你们今天齐聚在舞台上,老夫自然高兴,说明民众还是需要戏剧、喜欢戏剧的。戏剧发源于民众,它的根在民众的土壤里,只有演民众之需,唱民众之声,戏剧才能生存长大、兴盛不衰。杜丽娘唱了四百多年,民众仍然喜爱,就是一个极好的例证,这说明民众需要、喜爱杜丽娘这样的戏剧，因为她唱到了民众的痛痒处。唱了四百多年大家还爱听，老夫自然欣喜，但老夫的忧也在此，四百多年了，舞台上不能只演一个杜丽娘，还应该有新的故事、新的人物出现在舞台上，还应该有别的样式来演，像青春版《牡丹亭》一样。这样，才会有更多的现代人来看戏剧。如果还是四百年前的杜丽娘，穿那时的衣、化那时的妆、唱那时的腔，再好的东西，看了四百年了也该换换口味了。现在新东西多，表现形式也很丰富，让人无从选择，就更需要我们戏剧要有更多新的故事、新的人物、新的唱腔、新的样式来适应、满足民众的需求，否则，我们的戏剧前景堪忧，后人怕是要到博物馆去寻找我们了。

艺术的生存法则是多样性，这和世上万事万物的生存法则是一样的。各种艺术体的相互包容形成多样性，多样性推动发展，带来繁荣；而单一其骨子里是自我封闭、排他，因而导致孤立、陈旧、停滞不

抚州汤显祖大剧院

前,最终走向消亡。你们去外面看看那些万紫千红的花,就会明白这个道理了。

　　去吧,到民众中去吧,那里的舞台比这里更大,观众比这里更多,那里是你们和戏剧生存繁衍的地方。

　　声音消退,众人隐去,舞台恢复平静。

　　走出剧院,外面春意正浓,阳光铺天盖地。

共和国之源

　　我相信声音的穿透性，它不仅能穿透空间，还能穿越时间。我相信许多中国人包括海外华人都有此同感，因为，在大家的记忆深处，每到一个重要时刻就会有一个声音穿越时空直撞心灵。这个声音在六十多年前发出，你感觉好像就在昨天听到；大多数人没有亲耳聆听过，但他又不时会撞击你的耳膜；没有刻意的拔高、用力、装饰，有的只是从胸臆间流淌出来的那份自信、从容、舒展，但传递出来的，却是一种震撼。经过岁月的沉积凝结，这个声音已成为一个民族的集体记忆。这是 1949 年 10 月 1 日的下午 3 时许，在北京天安门城楼上，一个带有湘味的口音向世界宣布：中华人民共和国中央人民政府今天成立了！这个声音不仅让全世界的华人扬眉吐气激动振奋，也让世界感到震惊，有外电评论：东方的睡狮醒了。

　　如果顺着时空隧道往回行进，我们会惊奇地发现，1949 年 10 月 1 日北京的那一幕，在 1931 年 11 月有过一次预演，地点在江西的瑞金。核心人物还是这位带湘味口音的人，他叫毛泽东。

　　很难想象，一次开国的盛典会选择在那样的时候、那样的地方、以那样的方式。

一大早瑞金就苏醒过来了,山区的清晨,有些薄雾淡淡地飘荡,叶坪村就被这淡淡的薄雾覆盖着。这应该是个进入历史的日子,1931年11月7日,中华苏维埃第一次全国代表大会就在这里召开。

毛泽东一大早就来了,和朱德、项英、任弼时等一起步入阅兵场。几天后,"一苏大"选出中央执行委员会,宣告中华苏维埃共和国成立。再过十来天,中央执行委员会第一次会议选举毛泽东为主席,项英、张国焘为副主席,他们三人同时被选为人民委员会的主席和副主席。

瑞金中华苏维埃共和国临时中央政府大礼堂

决定举行阅兵典礼前还有过争论,因为红军在九月中旬才刚刚打破国民党军的第三次"围剿",强敌还在环伺,他们的飞机随时可以进行轰炸,军队随时可以进犯。但"一苏大"要决定成立中华苏维埃共和国临时中央政府,这可是一件开天辟地的大事。开国盛事,岂能无阅兵?这点气魄还是要的。除了气魄,更多的是借阅兵这一载体向外界传递一个信息,信息的内容有信心、坚强、从容。参加阅兵的红军有不少是从前线抽调来的,他们身上的硝烟味还在,腿上沾着急行军的尘土草屑,身上落满暗夜的露水。红军将士从四面八方汇集到叶坪,威武雄壮地通过阅兵台,又向四面八方散去。

当时,叶坪村中间有一块长满小草的平坝,如同一个天然的广场。为了阅兵,广场上布置了一个庄严肃穆的检阅台,检阅台正中横挂着"第一次全国苏维埃代表大会红军检阅台"的大幅红布。后幕上悬挂着马克思、列宁的画像,两边为中国工农红军军旗。检阅台正前方悬挂着两盏雪亮的汽灯,把广场映得如同白昼。参加受阅的部队主要有红一方面军各军团、军的代表,红军随营学校,警卫部队代表等。

防备国民党军的飞机轰炸还真不是过分担忧。红军在与瑞金交界的福建长汀县布置了一个假会场,果然被国民党军的飞机侦察到了,"一苏大"开幕这天,国民党军出动飞机,对长汀进行狂轰滥炸,将假会场炸了个稀巴烂。就在敌机对长汀的轰炸声中,"一苏大"在瑞金隆重开幕。

早晨7时正,阅兵式开始,一队队英姿勃发的红军战士,或肩扛枪,或抬着钢炮;一列列赤卫队员,手持大刀,肩扛梭镖,分四路纵队,由南向北,健步行进。毛泽东、朱德等,骑马检阅了受阅部队,并率领受阅部队宣誓,红军将士们士气大振。

从现存的两张照片上看,受阅红军精神抖擞,有些战士还睁着好奇的眼睛打量着,他们打量着将要诞生的共和国,打量着的这个新生共和国的名字叫"苏维埃"。

毛泽东也在打量着这些红军将士,他的目光穿过淡淡的薄雾,从红军将士的头顶扫过。他清楚,中央苏区有今天的局面,中华苏维埃共和国能够成立,靠的是有这样一支铁的红军队伍。虽然现在还不是很强大,还面临很多困难,但这里的老表们都知道"云开雾散见日头",在雾霭沉沉的高远之处,定是一片晴空。

毛泽东看问题穿云破雾的本领是令人惊叹的。就在前几年,红军集聚在井冈山一小块根据地,全国到处白色恐怖,红色根据地越来越小,在红军中弥漫着一股沮丧之气,不少人怀疑"红旗到底能打多久"。对这种悲观消极气氛,毛泽东用他的慧眼和神笔发言了。1930年初,毛泽东借着给第一纵队司令员林彪回信,在信中廓清了大家的疑问,做出了一个和别人完全不同的结论。他写道:"大革命失败后革命的主观力量的确大为削弱,剩下的一点小小的主观力量,若据形式上看,自然要使同志们(作这样看法的同志们)发生悲观的念头,但若从实质上看便大大不然。这里用得着中国的一句老话:'星星之火,可以燎原。'即是说现在虽只有一点小小的力量,但它的发展是很快的,它在中国的环境里不仅是具备了发展的可能性,简直具备了发展的必然性,这在五卅运动及其后的大革命运动已经得到了充分证明。"他一反很多人悲观失望的观点,认为现在并不是革命的低潮,而是革命高潮到来的前夕。文章的最后,毛泽东豪情勃发,他用呼之欲出的澎湃激情和诗一般的语言,对即将到来的革命高潮作了形象的描绘:

我们所说的中国革命高潮快要到来,决不是如有些人所谓"有到来之可能"那样完全没有行动意义的、可望而不可即的一种空的东西。它是站在海岸遥望海中已经看得见桅杆尖头了的一只航船,它是立于高山之巅远看东方已见光芒四射喷薄欲出的一轮朝日,它是躁动于母腹中的快要成熟了的一个婴儿。

你看,才过了一年多的时间,我们的中华苏维埃共和国就成立了。这个前瞻性的预言已经展示在大家面前了。这封信后来收入《毛泽东选集》,加了一个题目就叫《星星之火可以燎原》。

毛泽东对历史发展做出的另一个前瞻性的预言,是在抗日战争最为艰难的1938年。前一年的7月7日,日军发动全面侵华战争,中国军队在正面战场节节败退,大片国土沦陷,中华民族到了最危险的时刻。毛泽东对于日本帝国主义的狼子野心早有警觉。1916年,日本内阁将要改组时,毛泽东在这年7月给他的同学好友萧子升写信说:"无论何人执政,其对我政策不易。思之思之,日人诚我劲敌!"并断言,中日之间,"二十年内,非一战不足以图存"。这一发至遥远的警觉,果然不幸言中。面对不可一世的日军"三个月灭亡中国"的狂妄叫嚣,国内存在两种不同的观点,一种观点认为,以中国之地大物博,人口和军队远多于日本,认为抗战能够速胜;一种观点认为,中国国力和军力比日本弱,打不过日本。看着中国军队在战场上的频频失利,民众中普遍弥漫着一种悲观失望的气氛。面对这种复杂局面,毛泽东对国际国内局势作了深刻和科学的分析,他又一次得出一个和别人完全不同的结论。中国会亡吗?答复:不会亡,最后胜利是中国的。中国能够速胜吗?答复:不能速胜,抗日战争是持久战。毛泽东进一步分析,这场持久战将经过三个阶段:敌之战略进攻、我之战略防御时期;敌之战略保守、我之准备反攻时期;我之战略反攻、敌之战略退却时期。1938年的五月底到六月初,毛泽东用了九天时间,作了《论持久战》的长篇演讲,详尽地阐明自己对于这场战争走向的思考和结论。毛泽东这篇高瞻远瞩的文章发表后,在全国引起巨大反响,给当时处在迷雾中的国人以清醒和振奋,连国民党军队的高级军官也纷纷找来这篇文章细细研读。抗日战争的发展和结果,完全证明了毛泽东超人的预见——中国既没有灭亡,也没能速胜。战争于 1945 年 8 月,以中国人民的完全胜利而告结束,历时八年,的确是一场旷日持久的战争。

这两次前瞻性的预言,都宛如在混沌暗夜里突然射出的一束亮光,从天际直抵人们的心中。

在世界范围内,毛泽东堪称预言大师。

在强敌的环伺中阅兵不仅需要想象力而且还需要有巨大勇气。这样的阅兵在世界上还有过一次,苏联作家叶夫根尼对这次阅兵有过记述:第二次世界大战期间,德军重兵包围苏联首都莫斯科,在这极为艰险的历史关头,1941 年 10 月 28 日,斯大林召见莫斯科军区司令阿尔捷米耶夫将军和空军司令日加列夫将军,问:"过十天就是十月革命纪念日了,我们要不要在红场上举行阅兵式?"

两位将军对最高统帅出人意料的想法感到匪夷所思不知所措。强敌兵临城下,远处已听到重炮轰炸声,整个莫斯科正处在紧张而忙乱的撤退之中,各个机关都在焚烧文件,全城烟雾缭绕,这样的时候举行阅兵式?

阿尔捷米耶夫迟疑地说:"城里没有部队,炮兵和坦克都在前线。这合适吗?"

斯大林朝坐在桌子后面的政治局委员们点了一下头说:"但是国防委员会认为必须举行阅兵式。这不仅会对莫斯科市民,而且还会对全军和全国起到巨大的精神鼓舞作用。"

以斯大林为首的苏共领导人,于这一年的 11 月 7 日在莫斯科红场举行盛大而隆重的阅兵式,给苏联人民和全世界反法西斯阵营以巨大鼓舞。在冰天雪地的严寒之中,阅兵完毕,参加阅兵的苏联红军斗志昂扬,直接从红场开赴前线。

瑞金阅兵,莫斯科阅兵,相隔十年的同一天,相似的环境,以同样的形式传递着一个同样坚强不屈的信念——我们一定胜利!

在战争状态下要建国，不是件容易的事，立国首先要立法。

从 12 日到 18 日，参加"一苏大"的六百多名代表先后听取、讨论了《关于劳动法草案报告》《关于土地问题报告》等报告，通过了苏维埃宪法大纲、劳动法、土地法、婚姻条例和红军问题、少数民族问题、救济困难群众问题、为死难烈士立碑纪念问题等决议案。

《中华苏维埃共和国宪法大纲》是第一部苏维埃国家根本法。这部大法有以下基本表述：

"中华苏维埃政权所建设的是工人和农民的民主专政的国家。"

"这个专政的目的，是在消灭一切封建残余，赶走帝国主义列强在华的势力，统一中国，有系统的限制资本主义在中国的发展，进行苏维埃的经济建设，提高无产阶级的团结力量与觉悟程度，团结广大贫农群众在他的周围，同中农巩固的联合，以转变到无产阶级的专政。"

"苏维埃政权是属于工人、农民、红色战士及一切劳苦民众的。"

"在苏维埃法律面前一律平等。"

大法把国家的性质、建国的基本目的、国家的主体、人们享有的基本权力表述清楚了。

一个国家级新政权的建立，总要制定一些法律法规，向外界传递在这个政权覆盖下，人们享有哪些基本权力，哪些事情能做，哪些事情不能做。依靠这样的权威规定，才能建立一个有秩序的社会。

中国最早的法律是铸造在一座大铁器上的，叫作刑鼎。公元前

536 年,郑国"铸刑鼎",这是中国历史上的一个标志性事件。胡适先生在《中国哲学史大纲》中说:春秋时期,贵族社会认为刑律越秘密越好,决不能让百姓知道。只有保持这种神秘性和恐怖性,才便于贵族随意处置百姓。

而郑国的子产却将刑法公之于众,让老百姓明白了什么是法,犯了法会有什么样的处罚。这自然挑战和削弱了贵族的特权,遭到郑国乃至众多诸侯国贵族阶层的强烈反对。

郑国的这一举动引起了周边各国的不安,晋国大臣叔向认为:百姓本来不敢随便乱来,现在你把法律公布了,百姓就会钻法律的空子,也就不怕长官了,这样一来,统治者的权威如何维护,国家秩序如何维持?长此以往,国家就会完蛋。

郑国没有受这些周边国家的干扰,坚定不移地公布了法律。结果,郑国为之一变,效果很好。

子产铸刑鼎二十三年之后,当初极力反对铸造刑鼎的晋国也铸刑于鼎,向百姓公布刑律。

"铁鼎"是中华文明的最初载体——由青铜铸造的"礼治"文明向铁铸的"法治"文明转换的标志性产物。可惜的是,这只在中国乃至世界历史上有着重要意义的刑鼎,已经失传,但铁律、铁面无私、铁证如山等词汇的流传存在,证明着中华文明的进步和延续。

古巴比伦国王汉谟拉比颁布的一部法律《汉谟拉比法典》,被认为是世界上最早的一部比较系统的法典。法典全文用楔形文字铭刻,除序言和结语外,共有条文二百八十二条。包括诉讼手续、损害赔偿、租佃关系、债权债务、财产继承、对奴隶的处罚等。这部法典1901 年在伊朗被发现,刻铸在一个坚硬的黑色玄武岩圆柱上,断为三截,现存法国巴黎卢浮宫博物馆。圆柱上端有汉谟拉比从太阳神沙乌什手中接过权杖的浮雕。

坚硬的铁鼎不见了,但柔软的文字记下了它的内容;石刻的圆柱断裂了,但文字依然可辨。

三

石刻铁铸,表达的是法律的威严和至高无上的权威。苏维埃共和国虽然没有石刻铁铸,但这是中国第一个无产阶级的国家政权,要的是"铁律"。

谁也没有想到,新生共和国法律的利剑,首先指向了政权内部的毒瘤。和战争时期的频繁流动、物资保障不确定、生活艰苦相比,苏维埃政府的机关工作、生活条件相对改善和稳定,不知不觉中,在一些人身上滋生出一些坏毛病,由小贪逐渐衍化为大贪。大家不愿看到的事情发生了。怎么处理这样的事情,这将成为一个风向标,大家都在看着,这对新生的共和国是个考验。

当时的《红色中华》报记载了处理这些案件经过。

苏维埃共和国反腐的第一案就发生在身边。瑞金叶坪乡叶坪村苏维埃政府主席谢步升,原为暴动队队长,后来当上了村苏维埃政府主席。在他看来,原来提着脑袋搞暴动,现在执掌政权了,也该像那些地主老财一样享乐了。邪恶的种子遇到合适的土壤就开始发芽膨胀:他贪污公款,强奸妇女;杀害部队掉队军医、占有其财物;收购群众的米用大斗、卖给政府用小斗;偷盖中央政府管理科印章;生活腐化堕落,与地主老婆通奸并把自己的妻子卖了……时任瑞金县委书记的邓小平获悉后,愤然表示:"这样的腐败分子不处理,我这个县委书记怎么向人民群众交代?"毛泽东明确表态:"腐败不清除,苏维埃旗帜就打不下去,共产党就会失去民心!"1932年5月5日,瑞金苏维埃裁判部举行公审,"判决谢步升枪决"。5月9日,中央政府的临时最高法庭开庭终审，维持原判：把谢步升处以枪决，在三小时内执行，没收个人一切财产。

第二个案子发生在苏维埃中央政府的内部。1933年10月，为迎接第二次全国苏维埃代表大会在瑞金召开，中央政府决定兴建中央政府大礼堂、红军烈士纪念塔等"六大建筑"，将建筑施工任务交给二苏大会基建工程所主任左祥云负责。可是，左祥云却贪污公款大洋二百四十六元，私开路条，并携款潜逃；盗窃军事秘密地图献给白军；甚至企图逃到湖南组织地主民团武装进攻苏维埃。中央工农检查部根据群众举报，组织力量迅速查处了这一要案。1934年2月13日，苏维埃最高法庭举行公审，"判决左祥云处以枪决"，并追究领导责任，对有关领导人分别处以监禁、罚苦役。（请允许我在这里保留原判决内容。这也可以据此记录文明的进化过程，这个过程也总是由初级到高级的。在初级阶段，也难免会有"以恶制恶"的现象，这是文明进步过程的代价。）处决左祥云，一时震动苏区。这是苏维埃中央政府总务厅处级公务员受到法律严惩处以极刑的要案。

影响和震动较大的是于都县集体腐败案。于都县是中央苏区的核心县之一。该县军事部长刘仕祥勾结科员数人，造假账，冒领动员费，私自分赃，贪污打土豪缴获的鸦片烟土款项做非法生意；县苏维埃政府主席熊仙璧伙同县委组织部长、财政部长等，贪污、挪用公款，以权谋私，做投机买卖；县委书记刘洪清邀集城市工农检查委员会主席刘福元等，利用公款合伙开店卖酒，贩卖食盐、谷子，偷税牟取私利；于都城区苏维埃政府正副主席、工农检查委员会主席和六名部长，都利用职权，经商牟私。这些不法行径在群众中造成极坏影响。毛泽东得知后立即委派中央政府副主席项英率领中央工作组到于都彻查，随后按法定程序，于1934年3月组成最高特别法庭，以最高法院院长董必武为主审，公开审判，判决县苏维埃政府军事部长刘仕祥等五人死刑,熊仙璧监禁一年。中央党务委员会撤销县委书记刘洪清职务。其他犯有贪污腐败的党政干部,也都受到党纪政纪和法律制裁。这一事件的查处,在中央苏区引起极大震动。中共中央党务委员会、中央工农检查委员会在《红色中华》以《检举于都县贪污官僚》为题公开披露了查处内情。刚刚在"二苏大"上当选的中央人民委员会主席张闻天为此专门撰写了《于都事件的教训》一文,向全中央苏区党政干部敲响反腐警钟。

从中华苏维埃共和国的成立,到红军长征离开中央苏区,三年时间里,查处的腐败案还有钟铁青腐败案、唐仁达贪污案、陈景魁涉黑案。涉案的当事人都受到新生共和国法律的严厉制裁,彰显了《宪法大纲》表述的"在苏维埃法律面前一律平等";显示出中国第一个无产阶级国家政权的"铁律"。

在一个不太长的时间密集出现的这些腐败案引起了中国共产党高层领导的警觉。环境稍稍好一点,物资稍稍多一点,腐败就像苍蝇一样追逐而来,这样的腐败最终会断送我们的事业。这样的例子,中国从古到今多了。作为无产阶级的政党,我们靠什么来遏制这些腐败,能不能战胜这样的腐败?这个问题,深深地印在这些无产阶级领袖的大脑皮层中,他们要在实践中找到破解这个问题的密钥。

1945年夏,黄炎培和几位参政员访问延安,留下了与毛泽东"窑洞对"的一段历史对话。

六十八岁的黄直言相问:

"我生六十余年,耳闻的不说,所亲眼见到的,真所谓'其兴也浡焉,其亡也忽焉',一人,一家,一团体,一地方,乃至一国,不少单位都没有能跳出这周期率的支配力。大凡初时聚精会神,没有一事不用心,没有一人不卖力,也许那时艰难困苦,只有从万死中觅取一生。既而环境渐渐好转了,精神也就渐渐放下了。有的因为历时长久,自然地惰性发作,由少数演为多数,到风气养成,虽有大力,无法扭转,并且无法补救。也有因为区域一步步扩大了,它的扩大,有的出于自然发展,有的为功业欲所驱使,强求发展,到干部人才渐见竭蹶,艰于应付的时候,环境倒越加复杂起来了,控制力不免趋于薄弱了。一部历史,'政怠宦成'的也有,'人亡政息'的也有,'求荣取辱'的也有,总之没有能跳出这周期率。中共诸君从过去到现在,我略略了解的了。就是希望找出一条新路,来跳出这周期率的支配。"

五十二岁的毛泽东短暂思考后肃然相答:

"我们已经找到了新路,我们能跳出这周期率。这条新路,就是民主。只有让人民来监督政府,政府才不敢松懈。只有人人起来负责,才不会人亡政息。"

而在头一年,郭沫若先生的一篇史学论文《甲申三百年祭》在重庆发表,郭文列举大量史实,得出一个结论:导致明朝灭亡的并非李自成的义军;李自成的迅速垮台并非因吴三桂引清军入关。他们的灭亡和垮台,主要原因都是内部的腐败造成。此文一出,在社会上引起了极大的反响。当时延安正在开展整风运动,毛泽东看到郭沫若的文章很是重视,立即批示将文章印发全党,作为整风的教材。

1949 年的 3 月,中共中央、中央军委和中国人民解放军总部,由西柏坡出发,挺进北平。临行前毛泽东把中央直属机关干部和警卫人员召集起来,语重心长地告诫大家:"我们就要进北平了。我们进北平,可不是李自成进北京。他们进北京腐化了,我们共产党人进北平是继续干革命,建设社会主义,直到共产主义。"毛泽东把进北京称之为"进京赶考","不学李自成"。

1949年3月,中国共产党的七届二中全会在河北平山的西柏坡召开。面对即将取得的全国解放的胜利,毛泽东记忆中在瑞金反腐的那一幕幕回放出来了, 在延安窑洞里和黄老的对话也闪现出来了,《甲申三百年祭》的内容浮现出来了,该给全党的同志敲敲警钟了。于是,在这次全会的报告中,就有了毛泽东的这么一段话:

"我们很快就要在全国胜利了。这个胜利将冲破帝国主义的东方战线,具有伟大的国际意义。夺取这个胜利,已经是不要很久的时间和不要花费很大的气力了;巩固这个胜利, 则是需要很久的时间和要花费很大的气力的事情。资产阶级怀疑我们的建设能力。帝国主义者估计我们终久会要向他们讨乞才能活下去。因为胜利,党内的骄傲情绪,以功臣自居的情绪,停顿起来不求进步的情绪,贪图享乐不愿再过艰苦生活的情绪,可能生长。因为胜利,人民感谢我们,资产阶级也会出来捧场。敌人的武力是不能征服我们的,这点已经得到证明了。资产阶级的捧场则可能征服我们队伍中的意志薄弱者。可能有这样一些共产党人,他们是不曾被拿枪的敌人征服过的,他们在这些敌人面前不愧英雄的称号;但是经不起人们用糖衣裹着的炮弹的攻击,他们在糖弹面前要打败仗。我们必须预防这种情况。夺取全国胜利,这只是万里长征走完了第一步。如果这一步也值得骄傲,那是比较渺小的,更值得骄傲的还在后头。在过了几十年之后来看中国人民民主革命的胜利,就会使人们感觉那好像只是一出长剧的一个短小的序幕。剧是必须从序幕开始的,但序幕还不是高潮。中国的革命是伟大的,但革命以后的路程更长,工作更伟大,更艰苦。这一点现在就必须向党内讲明白,务必使同志们继续地保持谦虚、谨慎、不骄、不躁的作风,务必使同志们继续地保持艰苦奋斗的作风。我们有批评和自我批评这个马克思列宁主义的武器。我们能够去掉不良作风,保持优良作风。我们能够学会我们原来不懂的东西。我们不但善于破坏一个旧世界,我们还将善于建设一个新世界。"

2012年4月,为了写作此文,我又去了一趟瑞金。6月,去了一趟西柏坡。七届二中全会最重要的、最有前瞻性意义的,就是毛泽东上面的这段讲话,这段讲话的精髓被以后的领导人概括为"两个务必",反复向全党作为警示提出,到现在不但不过时,反而更显其重要。西柏坡的"两个务必"不是空穴来风,是有其深刻的历史经验教训的,这个经验教训,最直接的,是来自千里之外的江西瑞金。

在西柏坡参观时,想起了黎巴嫩诗人纪伯伦那一句著名的诗:"也许我们走得太远,以至于忘记了为什么出发。"而毛泽东是清醒的、睿智的,他以超前的思维告诫大家:我们还只是万里长征走了第一步,路还很长,千万不要忘记为什么出发。

四

中华苏维埃共和国成立是在一个艰苦的环境下、紧促的时间中,但既然立国,就得有立国的标志,所以在"一苏大"的决议中,就有在瑞金建设中央政府大礼堂、红军烈士纪念塔等"六大建筑"的内容。细细打量在叶坪的这些建筑,有一个很有意思的发现:它们可以和北京天安门广场的建筑相互对应。

阅兵台——天安门城楼;

红军烈士纪念塔——人民英雄纪念碑;

中央政府大礼堂——人民大会堂;

红军广场（阅兵台和红军烈士纪念塔之间的开阔地)——天安门广场(天安门城楼和人民英雄纪念碑之间的开阔地)。

两次建国的程序上也有惊人的相似之处。

苏维埃共和国成立，是由中华苏维埃第一次全国代表大会决定;中华人民共和国的成立是由新政协会议决定。

决定将中华苏维埃共和国首都定在瑞金,改瑞金为瑞京;决定将中华人民共和国首都定在北平,改北平为北京。

都举行了阅兵仪式。

在"一苏大"闭幕时,举行红军烈士纪念塔奠基仪式;在新政协闭幕的当天——1949 年 9 月 30 日下午,在天安门广场举行了人民英雄纪念碑奠基仪式。

"一苏大"开幕的当天晚上,上万群众在叶坪举行提灯晚会以示庆祝;新中国开国大典的晚上,天安门广场举行盛大焰火晚会,数十万群众在广场欢聚一堂庆贺新中国诞生。

红军烈士纪念塔四周有毛泽东、朱德、周恩来等领导的题词,毛泽东的题词是:在反帝国主义与土地革命的伟大战斗中,许多同志光荣的牺牲了，这些同志牺牲表现了无产阶级不可战胜的英勇,奠定了中华苏维埃共和国的基础。全中国工农劳苦群众正在踏着这些同志的血迹前进,推翻帝国主义国民党的统治,争取苏维埃在全中国的胜利。周恩来的题词是:红军烈士们的英勇血迹,凝结成铁的红军之不可战胜的力量,写下了国内战争光荣的历史,记在我们正处在革命与战争的烈火当中,我们要继续烈士们牺牲精神,为苏维埃在全中国的胜利奋斗到底,为消灭帝国主义国民党流尽最后一滴血。

人民英雄纪念碑正面是毛泽东手书的大字"人民英雄永垂不朽",背面为毛泽东起草、周恩来手书的碑文:三年以来,在人民解放战争和人民革命中牺牲的人民英雄们永垂不朽!三十年以来,在人民解放战争和人民革命中牺牲的人民英雄们永垂不朽!由此上溯到一千八百四十年,从那时起,为了反对内外敌人,争取民族独立和人民自由幸福,在历次斗争中牺牲的人民英雄们永垂不朽!碑文内容还依稀能看出两位领袖当年为瑞金红军烈士纪念塔题词的衍化和升华的痕迹。

如果在图纸上展现,其实不难看出,天安门广场就是放大的叶坪,而叶坪就是浓缩的天安门广场。新中国缔造者们凭着自己深刻的文化记忆,把中华苏维埃共和国的办公场所从瑞京搬到了北京。这不仅仅是超越时空的搬家,还是一种文化基因的传递。

瑞金红军烈士纪念塔

瑞金红军烈士纪念塔的造型很别致,为一颗竖立的炮弹,以这样的形象标示着塔的文化身份。纪念塔高一十三米,塔身布满一粒粒小石块,象征着无数革命烈士凝结而成。塔座为五角形,四周分别镶着毛泽东、朱德、周恩来、博古、项英、洛甫、王稼祥、凯丰、邓发等领导人的题词和建塔标志共十块碑刻。塔的正前方地面上用煤渣铺写着"踏着先烈血迹前进"八个苍劲大字,与烈士塔形成一幅完整的构图。红军烈士纪念塔于 1933 年 8 月 1 日动工,史料记载,工程一开始,在中央苏区就掀起了一股自动为纪念塔捐资的热潮:中国工农红军残废院捐大洋二十一元二角九分六厘;直属医院政治部捐大洋八元七角一分;一军团八月三十日来电,已集中捐款二百四十元……在这些难以准确记数的募捐队伍中,叶坪村谢益辉老人的故事特别令人感动,当时,他已年过花甲,唯一的儿子参加了红军,在第四次反"围剿"中光荣牺牲。家中只有他和老伴两个人。红军烈士塔开始修建后,谢益辉老人将多年积攒下来准备买棺材的三块大洋也捐了出来,工程筹备处的同志知道谢大爷的情况,说什么也不肯收,谢大爷激动地说:"你们一定要收下,我连儿子都献给了苏维埃,你们就让我为儿子和其他烈士尽点心意吧!"就这样,从前线到后方,从机关到基层,从干部到战士,从军人到农民,一双双热情的手,一颗颗滚烫的心,为了缅怀牺牲的将士,他们省吃俭用,在有限的津贴和伙食费里抽出一元、两元、一角、两角,甚至一分、两分来支援纪念塔的建造。纪念塔竖立起来,它凝聚的不仅仅是烈士的鲜血,还有活着的人们和众多苏区人民对这些为共和国牺牲的烈士的一种情感。情感折射出人心。

1934 年 10 月 10 日,红军主力撤离瑞金开始长征。一个月后,国民党军进驻瑞金开始疯狂的报复。国民党将领陈诚来到叶坪的红军广场,他骑马围着红军烈士纪念塔绕了三圈,塔上塔下细细打量一番,感到一种强烈的震撼。他实在难以理解,这些共产党人在这样艰难的环境中不仅能生存下来,而且生活得还很有情调很有品位。更为可怕的是,他们一面用战争来抵拒战争,建立了自己的政权;一面在不断的战争缝隙中格调雅致地生活着:建纪念塔等永久建筑、编戏演戏、文学创作、办报办刊、普及教育、体育比赛,这哪里是在重兵围困之中的生活,这应该是巴黎应有的景况。如此看来,国军在战场上没有赢，而在文化这个战场上是输了，输得很惨。这座纪念塔就说明了这一点。还有，纪念塔周围那些题词的人，多半都"熟悉"，都是国民党这些年来出重金悬赏捉拿的人，比如这个周恩来、博古，前几年差那么一点就在上海抓住了。最可恶的是这个钱壮飞，是他隐藏在国民党的高层内部，把情报送出，错失了一次抓捕共产党要员的极好机会。愤恨震撼交织，他找来随军的摄影师从各个角度拍下了六大建筑的照片，之后命人将六大建筑摧毁。后来，这些照片收集在他的《石叟丛书》里。新中国成立后，他的这些照片资料曾作为瑞金按原貌重新修建六大建筑的重要依据。

红军烈士纪念塔下方的碑刻记载了设计者为钱壮飞。这个令陈诚和国民党高层领导恨恨不已的人，在中国共产党的历史上，是个传奇人物，因为他在某种程度上改写了历史。

钱壮飞一家于1925年迁居北平，同年，钱壮飞加入中国共产党，以医生职业为掩护，从事党的宣传工作。1927年冬，政治身份暴露，遭北洋政府通缉，于是只身来到上海，寻求新的职业掩护，设法与组织取得联系。1928年夏，钱壮飞以优异的成绩考入上海国际无线电训练班。国际无线电管理局局长徐恩曾得知同乡人钱壮飞才华出众，不久，破格将他提拔为秘书。当时，钱壮飞已和组织接上关系，受中央特科领导。1929年底，徐赴南京秘密组建国民党特务组织中央组织部党务调查科，钱奉中共中央特科领导周恩来、陈赓之命打入，他又通过其特殊地位，引入李克农、胡底二人卧底。三人互相配合，获取了大量有价值的情报，尤其是完全掌握了国民党内部密电的密码本。周恩来称颂三人为"龙潭三杰"。

1931年4月24日，中共重要领导人顾顺章在汉口被国民党抓获，旋即叛变，他立即要求直接面见蒋介石，供述共产党在上海的全部组织人员名单，并告诫特务们不要事先向南京发报。顾顺章知道，南京国民党的特务系统中潜伏有中共的卧底。但汉口方面按捺不住抓住大鱼的兴奋,国民党武汉绥靖公署侦缉处随即向其上司徐恩曾密电此事,徐的机要秘书钱壮飞正是中共卧底。当顾顺章得知电报已发往南京时,跺足长叹道:"抓不住周恩来了!"

其时适逢周末,徐恩曾不在办公室,钱抢先一步译出汉口密电,赶紧派他的妹夫从南京赶往上海找李克农汇报顾顺章叛变一事。李克农一面立即报告陈赓,由陈赓报告周恩来,周恩来迅速布置在上海的中央机关人员全部转移;一面马不停蹄奔走了两天,在国民党展开搜捕之前,成功将消息传递给每一个需要转移的人。这是一个惊心动魄的两天,中央机关几百号人,分散在上海好几十处住所,由于钱壮飞的消息及时,使得周恩来、瞿秋白、博古、邓小平、邓颖超、陈赓等一大批中共高层领导和中央机关工作人员成功脱险,避免了一次毁灭性的重大损失。

钱壮飞送出情报后,从南京撤到上海,和上海的中央领导人一道撤离到江西赣南的中央苏区,以红色戏曲家的身份出现。长征途中,在贵州遭遇敌机轰炸,钱壮飞失踪(后经确认牺牲)。周恩来在战争期间和新中国成立后多次满怀深情地提到钱壮飞,他这样说过:如果没有钱壮飞同志,我们这些在上海工作的同志早就不在人世了。

五

这实在是个纷繁的乱世。"长夜难眠赤县天,百年魔怪舞蹁跹",毛泽东的这两句词概括得很精准。从1840年鸦片战争开始,中华大地就处在无穷无尽的战火和动荡之中。西方列强坚船利炮的入侵,军阀你来我往的争斗,把中华大地打得千疮百孔,体无完肤。五千年的文明将要断送,华夏大地在一寸寸沦陷。乱世中最受其害的是这块土地上的人民,他们栖息的家园毁了,土地荒芜了,只落得食不果腹、四处飘零,在动荡的夹缝中苟活求生。对一个有着世界上最多人口的民族来说,这样的磨难太长时间了,苦难深重的人民真的需要一个安宁的环境来休养生息了。这样的环境应该由国家打造提供。于是,从20世纪初开始,一批批的仁人贤士不断寻找这样的理想社会。

毛泽东是积极探寻这样社会的人之一。1919年,他把自己精心设计的改造社会的构想——"新村"建设计划发表在《湖南教育月刊》上。他是这样设计他的理想社会蓝图的:创造新学校,实行新教育,学生们在农村半工半读;再由这些新学生创建新家庭,把若干个新家庭合在一起,就可创造一种新社会;在这个社会里设立公共育儿院、公共蒙养院、公共学校、公共图书馆、公共银行、公共农场、公共工厂、公共剧院、公共病院、公园和博物馆等等;以后,把这一个个的新社会连成一片,国家便可以逐渐地从根本上改造成一个大的理想的新村(《毛泽东传》1893—1949上,中央文献出版社)。勾画这个宏大蓝图时,毛泽东还只是一个刚从师范毕业的二十出头的青年。

许多的热血青年则把目光投向海外,他们想从已经强大的西方国家学习治国方略。周恩来、邓小平、朱德等纷纷踏上了欧洲的土地,在这块共产主义的发源地上寻找救国的根本方略。几年后,他们不约而同地走到了一起,现在又一起聚集在赣南这块红土地上,创建了属于自己理想的国家——让人民当家做主的苏维埃共和国。

是创建一个全新的社会形态,还是仅仅停留在改朝换代浅层面?这是两种不同信念的投向,是两种不同文化的构建。这是中华苏维埃共和国以及后来的中华人民共和国同以往所有朝代的分水岭。所以毛泽东说,我们不但善于破坏一个旧世界,我们还将善于建设一个新世界。还说,我们不学李自成。显然,他和他的同事们的目光,在追寻着一个新的社会形态。

中华苏维埃共和国成立时,红色政权仍处在白色恐怖的包围、分割中,无论是政权还是军队,其生存状态依然险峻,但为什么要选择这个时候成立国家呢?中共中央文献研究室编辑出版的《毛泽东传》这样表述:"中华苏维埃第一次全国代表大会的召开和中华苏维埃共和国临时中央政府的成立,具有重大的历史意义。当时,各个革命根据地仍处在被分割的状态。临时中央政府的成立,一定程度上增强了对各根据地和各路红军的统一指挥,在政治上也产生很大的影响。代表大会通过的一系列法规和决议案,在初步总结经验的基础上,为临时中央政府和各根据地的立法和施政方针确定了共同遵守的基本原则。"这段表述,传递出一个突出的意思是"统一"。结束帝国主义的分割,结束军阀割据,这是中国共产党人对建立全国政权第一次提出的施政方略。这是一种很有意义的探索和实践。对这些共产党人来说,这样的探索和实践,他们一直没有停止过。

瑞金去过多次,每次去工作任务不一样,去的地方不尽相同,但有一个地方是一定会去的,那就是红井,而且去了还要喝上一口井里的水。这大概是世界上喝水的人数量最多、范围最广的一口井了。这口井的故事半个世纪前就在小学课本里,现在依然在。我现在还依稀能够背诵:瑞金城外有个小村子叫沙洲坝。毛主席在江西领导革命的时候,在那儿住过……沙洲坝是一个干旱缺水的村庄,当地的民谣是这样唱的"沙洲坝,沙洲坝,三天无雨地开岔,有女莫嫁沙洲坝……"1933年9月的一天,毛泽东带领几个红军战士在村前几十米的地方进行了水源的勘探,并破土动工。群众见毛主席亲自在开挖水井,也纷纷带着工具一起动手,挖到五米深的地方,一股泉水喷涌而起,井终于挖好了,并用卵石砌成。此后,沙洲坝村的村民纷纷开挖水井,村民们的吃水问题终于解决了。红军长征后,国民党反动派几次把井填掉,群众几次把井挖开。1950年,瑞金人民为迎接中央南方老根据地慰问团的到来,维修了这口井并取名为"红井",同时,在井旁立了一块木牌,书写着"吃水不忘挖井人,时刻想念毛主席",以示沙洲坝人民对毛主席的怀念和感激之情,后又将木牌改为石碑。

瑞金人民对红军的感情,对共产党的感情,又岂止在这口井。

红军烈士纪念塔被毁坏后,当地群众冒着生命危险,把红军烈士纪念塔拆除下来唯一完整的"烈"字抬回家里隐藏起来,一直珍藏到全国解放。后来重建烈士纪念塔时,就是按照这个保存下来的字体仿写的塔名。

当年瑞金全县仅有二十四万人,有五万多人参加红军和地方武装斗争,有三万五千人参加了长征,其中一万多人牺牲在长征路上,为革命捐躯有姓名可查的烈士达一万七千一百多人。

如果对这些数字没有明确的概念,还有两个流传甚广的故事。

陈发姑是瑞金市的名人,很多人对她的故事耳熟能详。大约是1931年9月,毛泽东、朱德指挥根据地军民粉碎了国民党的几次围剿,为了巩固中央革命根据地,村里经常会召开群众大会,动员大伙儿参加红军。一次动员大会后,发姑做起了丈夫朱吉薰的工作,丈夫第二天便到区政府报名应征,成为当时全区第一批参加红军的青年。1934年10月中旬,陈发姑的丈夫随部队转移北上。临别的那几天,发姑心里很难过,她用平时省吃俭用积攒下来的钱扯了几尺布,为丈夫缝制了一套衣服,做了一双布鞋。丈夫走后,她就在村子里做草鞋、做妇女工作。

红军走后,国民党军队就来了,到处烧杀抓人。陈发姑很快被逮捕了。当时她既是干部,又是红军家属,所以敌人对她严刑拷打,施以酷刑,逼她脱离革命队伍,与丈夫离婚。但发姑几次昏死都不屈服。自己怎么挺过来的也都忘了,只记得敌人不管怎么打她,她都在心里说:革命会胜利,我夫会回来。在这个信念的支撑下,发姑挺过了敌人的折磨,顽强地活了下来。后来,她在特别想念丈夫时,便托人给丈夫写信,倾诉相思之苦。可是每一次信寄出后,总是石沉大海,不见回音。发姑没有孩子,丈夫走后第三年,她婆婆就死了,家里就剩下她一个人。后来,发姑常常倚在门框上,一边唱着送行时唱过的歌,一边眺望村口,盼望着丈夫回来……后来革命胜利了,以为全国解放就能看到丈夫了,但这个愿望她至死都未能实现。

"哇哩(说了)等你就等你,唔(不)怕铁树开花水倒流。水打石子翻转身,唔(不)知我郎几时归?"这是发姑在丈夫走后,每天哼唱的歌曲,一句"不怕铁树开花水倒流都要等你"感动了很多人。整整七十五年,发姑唱着这样的歌从黑发大姑娘等成了白发老人。2008 年 9 月 12 日,一百一十四岁的发姑在瑞金叶坪光荣敬老院去世了。听说临走前还在问:我家吉薰有什么消息?

七十五年的苦苦守望,是为了什么呢? 是富贵荣华? 显然不是,因为在当时,陈发姑和当地的群众一样,并不知道荣华富贵为何物,她能够知道的是,丈夫当红军是去打仗,打仗是会死人的。这个简单道理能懂,那她为什么还要那样主动坚决地送丈夫当红军,还要七十五年坚定不移等候丈夫的回归? 恐怕只有一种解释能通,那就是"信念"。以陈发姑的文化水平,她自己可能不知道有信念这样一个词,但她用长达七十多年的苦等,向人们诠释了信念的真实词义。

还有一个"八子参军"故事。瑞金沙洲坝下肖区七堡乡第三村农民杨荣显老人有八个儿子。穷苦人饭都吃不上,更没文化,取名字都简单,好叫好记,他们都叫生保,只是按照年龄排序,八个儿子从一生保叫到八生保。响应苏维埃政府扩充红军的号召,杨荣显将自己的八个儿子全部带到了报名处。第一次,杨荣显有五个儿子被部队要下了，另外三个还不到年龄，只能先把他们带回家里。结果，在激烈的战斗中，从一生保到五生保，全部战死沙场。在第五次反"围剿"最为激烈的时候，杨荣显把剩下的三个儿子六生保、七生保和八生保一起送上了前线。"扩红"干部请杨老留下一个儿子照顾家庭，他却说"不要紧，要上都上"。不久，六生保在广昌战役中牺牲了。

时任瑞金直属县委书记的红军总政治部秘书长邓小平知道杨荣显一家八个儿子都参加红军的事情后，专程前往看望杨老，并建议中革军委能召回一个儿子照顾年迈病重的老人。一路辗转，工作人员终于在宁都黄陂战场找到机枪手七生保、号手八生保，但两人请求组织打完这场战役再回去照顾老父亲。谁知，这一场战役下来，杨荣显的这两个儿子也壮烈牺牲了。八个儿子，为保卫苏维埃共和国尽忠，一门忠烈。儿子是父母心头肉，没人强迫，他可以一个都不送，也可以留下几个支撑家庭给自己养老，但他做得十分决绝，八个儿子，一个不留，全部送去当红军。他知道当红军意味着什么，是去上战场，是去牺牲。已经牺牲了五个，但他依然决绝毫不犹豫，把剩下的三个送上战场。

我们已经不知道这位父亲当时的想法，但我理解这位父亲当时的情感，他一定是把苏维埃政府、把红军的事当作自己的家事。这怎么不是自家的事？祖祖辈辈种田，却没有自己的田，红军来了，苏维埃政府成立了，给自己和像自己一样的贫苦农民都分了田。还有更重要的，自古以来，谁把种田人当人看？只有红军和苏维埃政府，不仅把种田人当人看，还把这许许多多种田人奉为苏维埃共和国的主人。国家的主人啊！哪有为自家的事不尽全力之理？这是老区人民像水晶般清澈、如黄金般珍贵的情感啊。2012年6月6日，被编成赣南采茶歌舞剧的《八子参军》在北京演出。这是应文化部之邀，为纪念毛泽东《在延安文艺座谈会上的讲话》发表七十周年，从全国抽调二十三个剧目在北京参演,《八子参军》是其中之一。我想,这个剧目参加这样的主题演出,以这样的形式来纪念毛泽东的讲话,最有资格。

六

苏维埃共和国的成立,其意义不仅仅是在白色恐怖中建立一块红色政权,将全国的红色政权和军队统一起来,她还创建了一种全新的文明形态。这是在中国战乱、动荡、黑暗社会的一个明亮色块:战乱之中的祥和,动荡之中的安宁,黑暗之中的光明。耕者有其田,学者有书读,婚姻可自由,经商讲公平。以"法律面前一律平等"为最显著特征的社会形态,在中国几千年的文明中第一次突出了人与人之间的平等关系。这是一次社会文明质的变化,她宣告,过去的人压迫人、人欺负人的社会形态,由苏维埃共和国终结。

你看,在这块土地上,人们不仅享有着自由平等,还第一次吸吮到现代文明的空气。

苏维埃政权的构建者们给这块长期封闭土地上的人们带来了现代戏剧,仅 1931 年自编自演的剧目就有《庐山之血》《杀上庐山》(罗瑞卿等编演)、《农奴》(李伯钊改编)、《最后的晚餐》(钱壮飞执笔)、《为谁牺牲》(李伯钊、胡底、钱壮飞创作)。从 1931 年到 1934 年,苏维埃共和国存在的短短三四年,在苏区创作演出的戏剧就多达二十多部,这个数目就是放在和平时期也是高产。创作演出的是苏维埃政府和红军中的能人。《江西苏区志》(方志出版社 2004 年版)记载,1930 年,红军学校俱乐部每周都举行晚会演出话剧,官兵、军民共同演出,蔡畅、何叔衡、徐特立等常客串演出。据 1933 年统计,湘赣苏区共有专业和业余的新剧团七十一个,歌舞团十一个。

另据《江西通史》(陈文华、陈荣华主编,江西人民出版社出版,1999年版)记载:各文艺团体联合成立了工农剧社中央总社,并在各地设立分社。它们还拥有一批红色文艺明星,建立了高尔基戏剧学校。

看演出的多半是驻地的老百姓,对这些祖辈居住在封闭小山区的百姓来说,看现代戏剧是做梦都没有梦到过的事,而现在是隔三岔五就来这么一次,在台上台下哄笑、欢乐、激愤的情绪交融互动中,这些山村百姓们在短短几年把祖宗八辈子没有享受过的精神大餐全享受了。在密集享用精神大餐的过程中,他们的文明素质悄悄提高了好几个等级。这戏,演得真好。

除了戏剧,在苏区兴起的还有现代体育。史料记载,1933 年 5 月 30 日,在瑞金叶坪的红军广场举行了第一届五卅赤色体育运动会,这是由中华苏维埃共和国临时中央政府组织的大规模综合运动会,参加运动会的有红一、红三、红五军团,中央机关,江西、福建各县市的一百六十多名运动员,比赛的项目有足球、篮球、网球、田径等十八个。观众有两三万人。时任临时中央政府主席的毛泽东为运动会题词"锻炼工农阶级铁的筋骨,战胜一切敌人"。不仅题词,毛泽东和其他领导还亲自担任比赛裁判工作,成为共和国体育史上最早的裁判之一。除了这次正式的运动会,自 1930 年中华苏维埃政府筹建到 1934 年红军长征,苏区的体育活动从未中断过。

还有文艺创作。类型有红色歌谣、新诗、活报剧、戏曲歌舞、话剧、美术创作等。据《江西省苏区志》的记载,仅当时的《青年实话》编辑委员会出版的《革命歌曲》就曾一版再版,发行超过两万份。而在 1931 年至 1934 年,在《红色中华》报上刊登的宣传画、漫画就有一百四十多幅。

承担这些现代文化传播使命的,是苏区数量众多的报刊。据统计,从 1931 年至 1934 年,江西各苏区共创办报刊两百多种,中央苏区就有一百六十种,湘鄂赣苏区也达百余种。《斗争》是中共苏区中央局的机关刊物,发行量有两三万份;《红色中华》为苏维埃中央政府机关报,1931年12月创刊时,发行量只有三千份,后来一路攀升,增加到四五万份,超过当时行销全国的《大公报》;《红星报》是中央革命军事委员会的机关报,和《红色中华》报同一天在瑞金创刊,邓小平曾担任过主编,发行量有一万七千多份;发行量比较大的还有《青年实话》,这是共青团苏区中央刊物,发行量达三万多份。苏维埃共和国中央政府成立后,还建立了各级出版机构,出版大量书籍,仅中央苏区就出版书籍三百五十种,发行数万册,内容有马恩列斯的著作,和当时的中共领导毛泽东、张闻天、刘伯承等的文章单行本等。

数量最多的是各级各类学校的教科书,达一百多种,如中央政府教育人民委员部出版的《工农学校课本》《夜校课本》,中央出版局出版的《工人千字课》,还有一本徐特立主编的《自然常识》。据《江西通史》记载,苏维埃政府用一切方法来提高工农的文化水平,因而教育事业发展的速度与广度,超过了当时国民党统治下的任何一个地区。这个信息令人振奋。有数据统计,1932年中央根据地会昌等十四个县共办有列宁小学两千二百二十一所,学生八万二千三百多人,其中女生近两万人,兴国县儿童入学率达到百分之六十以上。而当时教育发达的江苏省,全省入学儿童还不到六万人,入学率仅百分之十三。还是据上述同一统计,中央根据地十四个县共办夜校三千二百九十八所,学员五万多人,最为突出的是,兴国县妇女占夜校总人数的近七成。以儿童教育、成人教育为主,以干部教育、军事教育为辅,短短几年,苏区的教育网络基本形成并覆盖苏区所有人群。

当然,限于当时的条件和技术,这些出版物有铅印、油印、石印甚至雕版印。这四五百种和发行量不输于现媒体的报刊,数百种书籍和难以计数的教材课本,构建成众多的、内容丰富多彩的板块,承载着现代文化,密密地覆盖着叫作"苏维埃"的土地,向这块土地上的人们播下现代文明的种子,投去现代文明的启蒙教育,让他们的启蒙普及比之其他地方要早近二十年。

从这些来自久远的资料记载中我们可以看到,这些苏维埃共和国创建者们能文能武,台上演戏,台下办报办刊、写诗、编写教材当教师,开展体育运动,生龙活虎,知书达理,文明礼貌,他们应该是一群身心十分强健的人,他们的出现和行为,犹如暗夜里的火炬,照亮了人们前行的道路;犹如寒冬里的篝火,温暖着人们的身心;他们给封闭的黑屋子开凿了门窗,让阳光和新鲜空气涌进来,让里面的人们看到了外面多彩的世界;他们给封闭几千年的苏区带去一股强劲的现代文明之风,快速推动着这块土地向现代文明靠拢。由这样一大群于困厄之中不坠青云之志的人组成的领导阶层,由这一阶层创建并倡导一种新的思想文化,由这样一种全新的思想文化去影响更多的人,这样如滚雪球般的凝聚壮大,最终形成一种全新的文化。

一种新文化的创立,应当满足以下几个条件:有一块较大的地域;一定数量的人口参与;一段较为稳定的发展时间;有多种新文化的样式;有覆盖不同人群的学校;拥有一批承担各类新文化的创造、启蒙和普及的人才;有明确的文化、教育规划。当时的中央苏区满足了这些条件:全盛时期设立江西、福建、闽赣、粤赣、赣南五个省,六十个行政县,面积五万多平方公里,人口四百五十万。中央苏区实际存在近四年。

以中国共产党作为执政党创立中华苏维埃共和国、制订第一部宪法为标志,一种全新的文化以其炫丽耀目的形态开始在苏维埃共和国的范围内生长集聚,这种文化的基调为红色,"国家独立解放,人民当家做主,民族复兴自强"是这种文化的宏大构架;到延安时期,这种文化进一步壮大发展,以毛泽东发表《在延安文艺座谈会上的讲话》为标志,这种文化已基本定型并形成一股滚滚洪流;到新中国成立后,这种文化以其巨大的能量和鲜明的色彩成为我们国家和民族的主旋律,进入了中国的思想文化史。

<h1 style="text-align:center">七</h1>

七十多年前,毛泽东一挥铲,在瑞金开凿了一口井,从此,这口井的水源源不断地流淌,从瑞金流向延安,流向西柏坡,流向北京,滋润着神州大地上的人民,这是人民共和国的源泉,是执政党的源泉。装着人民的饥渴冷暖,这样的政权,这样的领袖,人民会真心拥戴。

瑞金沙洲坝红井

醉翁六一

　　醉翁和六一都是北宋文学家欧阳修的号,这两个号初看起来有点儿怪怪的,称不上"雅号",但却代表了他两个时期的心境。前者是他被贬滁州(今安徽省滁县)后自封的,并把它写进了这时的代表作《醉翁亭记》。一个醉字给人醉汉甚至酒鬼的感觉,但缀上一个翁字,又把醉汉稳住了,还顺手拎出一句千古名句"醉翁之意不在酒,在于山水之间",这就超凡脱俗,雅了,大雅。后者是他晚年自封的,叫"六一居士"。

　　最早听到他的故事是上小学时老师讲的:欧阳修小时,家里贫寒,没钱买纸和笔墨,他母亲就用芦苇秆作笔、将沙地当纸,教他写字画画,这样给欧阳修启蒙,培养他刻苦好学的品格。最早看他的作品是在三十多年前恢复高考的时候,很多语文复习资料里收录了他的一篇短文《卖油翁》,这篇一百二十几个字的文章文字浅显易懂,但故事性很强,有悬念,而且寓意深刻,耐人回味,流传一千多年依然耐读,就是放在现在,也是一篇精致绝美的"博文"。

　　细想起来,虽然读作品较晚,但这位文学大师却一直和我"生活"在同一空间——无论我原来居住生活的吉安还是现在居住生活的南昌,都有一条称得上繁华的永叔路。永叔是欧阳修的字,他是江西永丰县人。

在许多中国古今名作赏析的书中,我们都能够欣赏到欧阳修脍炙人口的名篇,诸如《醉翁亭记》《卖油翁》《秋声赋》;都能吟诵到他的隽永的诗词:"庭院深深深几许? 杨柳堆烟,帘幕无重数","群芳过后西湖好,狼籍残红,飞絮濛濛,垂柳阑杆尽日风","春风疑不到天涯,二月山城未见花。……曾是洛阳花下客,野芳虽晚不须嗟"。读着这些名篇佳句,脑子里总会浮现出一位平和雍容的睿者形象,要不,他的作品中哪来那么多的温润之气?

但看到他早期的作品,才知道,大师年轻时也还是有脾气的,而且脾气还不小。

就说这篇《与高司谏书》吧。

高司谏名叫高若讷,官居司谏。司谏是古代专设的向皇帝反映情况、可以自由发表自己意见的官员,也叫谏官。

写这封信时欧阳修三十岁。当时,宰相吕夷简在位日久,位高权重,政事积弊甚多,又任人唯亲。为此,范仲淹多次上书,主张选贤任能,批评吕夷简,因而得罪宋仁宗和吕夷简,被贬为饶州知府。当时朝臣纷纷议论并主张向皇上反映情况,伸张正义。而身为左司谏的高若讷不但不履行职责向上反映真实情况,反而在友人家诋毁范仲淹。欧阳修怒不可遏,便写了这封信痛斥高若讷。

信写得很精彩。

信的前面部分写得还是尽量委婉。说,我在十七岁时就听说了您的大名,但在一批高中进士的文学家里面,唯独没看到您有什么引人注目的成就,这是令我对您怀疑的第一个地方;十一年后,您已经担任御史里行这样的职位了,我常常向我的朋友尹师鲁打听您的贤与不贤,师鲁说您"正直有学问,是一位君子",我还有些怀疑。所谓正直,就是不可弯曲;所谓有学问,就一定能明辨是非。可是您身为谏官却随波逐流默默无言,与一般人没有任何区别,这果真是贤者吗?这不能不使我怀疑啊!十四年中有三次怀疑,现在从您的行为来看,我断定您不是个君子。

用十四年的观察,三度怀疑,将一个朝廷谏官轻轻一撇,打入"非君子"行列。

写到这里,还只是开了个头。接下来欧阳修为范仲淹辩解:范仲淹的人品和对朝廷的忠诚,这是天下都知道的。如今因为正直敢言触怒了宰相而受到惩罚,您既不能为他辩明无罪,又害怕有识之士会责备自己,于是就跟着别人来诋毁他,认为他应当受到贬斥,这真是太可怪了。对高司谏的这种行为,欧阳修做进一步的分析,说,您反而昂然挺胸十分得意,没有一丝一毫的羞愧畏惧,随意诋毁范仲淹的贤能,认为他应当遭受贬斥,希望以此掩盖自己不据理力争的过错。应该说,有能力而不敢去做,那只是愚笨之人做不到罢了。而用小聪明来掩饰自己的过错,那就成了君子之贼了。

从"非君子"到"君子之贼",又把高司谏撇到了敌对阵营里了。

完了吗? 还没有。

欧阳修接下来写道,您身为司谏之官,是天子的耳目。既然您现在大讲范仲淹的不是,那么,当初启用范仲淹时,您为什么不及时向天子说清他的不贤,反而默默地不讲一句话。等到他倒霉了,您又跟别人后面说他的不是。如果范仲淹真是贤人,那么如今天子和宰相斥逐贤人,您就不得不出来讲话。如此说来,您认为范仲淹贤,也不免遭受责备;认为范仲淹不贤,也不免遭受责备,您的过错就在于作为谏官的沉默。

所以,在欧阳修看来,在对待范仲淹被贬这件事上,高司谏的表现是令人十分恶心的,不但没有忠实履行一个谏官的职责,还走向相反:该说的场合不说,不该说的场合乱说。其行为已表明为君子之贼。

对一个朝廷高官来说,这个形象定位极具毁灭性。

信写到这里该结束了吧?还没有,欧阳修用一段情绪激动的言辞,表明自己写这封信的态度:我希望您直接把我这封信带到朝廷上去,让皇上判定我的罪过而杀了我,使得天下都真正了解范仲淹应当被斥逐,这也是您作为谏官的一大作用啊。

这封收入《中国历代文学作品选》的信,成了经典,让人看到了欧阳修的人品、文品,也让人看到一个性格鲜明的青年欧阳修:和同僚争辩开始还遵循文化人的礼数和斯文,但到最后,他性子上来,就像小孩子吵架一般:你去告啊,去告诉我的父母让他们打我啊,我不怕!几分火气,几分顽皮。

这封信的经典意义,在于欧阳修确定了"非君子"和"君子之贼"的文化标准。

当然,这个被欧阳修三度怀疑、最终被判定为"君子之贼"的高司谏果然拿着信去告了御状。仁宗皇帝"龙颜大怒",将欧阳修贬为夷陵(今湖北宜昌)县令。

欧阳修因这封信官职被贬,而他的人格品位却因此上升。

还有一篇进入中国文学史的政论文《朋党论》,也是写得棱角分明。

文章一开头,他就为"君子之朋"和"小人之朋"作文化定位:"大凡君子与君子,以同道为朋;小人与小人,以同利为朋。"欧阳修认为,君子们是凭借着共同的理想目标而结成朋党;小人们则是以相同的利益趋向结成朋党。这就接通了中国传统文化"君子喻于义,小人喻于利"的内核。

接下来,欧阳修在文中阐发一个与众不同的观点——小人没有朋党,只有君子才有。他是这样认为的:

小人喜好的是利益,所贪图的是财物。当他们利益一致的时候,暂时互相勾结而为朋党,但这种朋党是虚伪的。等到他们见利而各自争夺,或者到了无利可图而交情日渐疏远的时候,就会开始互相残害,即使是对自己的兄弟亲戚也不顾及了。所以我认为小人无朋党,他们暂时结为朋党,是虚伪的。君子就不是这样。他们所遵循的是道义,所奉行的是忠信,所爱惜的是名誉和节操。用它们来修养品德,则彼此目标相同又能够互相取长补短;用它们来效力国家,则能够和衷共济,始终如一,这就是君子的朋党。

一段简约的文字,确定了"小人之朋"和"君子之朋"的行为标准,让世人可以按照这个标准,对存在的各种朋党,作文化层面上的基本区分。这就是《朋党论》的经典意义:给"小人朋党"和"君子朋党"分别作文化定位,并确定其行为标准。

这篇文章写给谁看的? 上书给皇上看的。因为当时朝廷罢免了几个口碑很差的大臣,提拔、启用了包括范仲淹、欧阳修在内的一批正直的官员。被免职的人自然心怀不满,在外面大造舆论,说这几个新启用的人是朋党。欧阳修得知,迎着舆论的风头,又一次拍案而起,提笔写下这篇《朋党论》送给皇帝,阐明了朋党有正邪之分,并提醒皇帝:"故为人君者,但当退小人之伪朋,用君子之真朋,则天下治矣。"通篇意思,是直言不讳地告诉皇上,我们是正人君子的朋党,是皇上和朝廷治国理政依靠的力量。

作为谏官,欧阳修丝毫不怕自己的言论触犯他人利益,或又像上次写《与高司谏书》那样引得皇上"龙颜不悦",将自己的观点毫无顾忌写下,送达天子,而且写得酣畅淋漓,直抒胸臆。在他看来,不管好听或不好听,该说的就应该说,这是真正履行谏官的职责。

在这篇文章中,欧阳修的文品、人品、性格,再次跃然纸上。

花了那么多的篇幅,记述欧阳修的口舌之辩、笔墨之争,虽然也能反映他的文品、人品,但一个以唐宋八大家的身份进入中国文学史的大家,仅靠口舌之利、笔墨之争就能有如此之高的地位吗?如果这样认为,那就轻看了中国文学史,误读了欧阳修。

我早年用的课本《中国历代文学作品选》,收录了欧阳修的词三首(八大家中苏轼收了八首、王安石一首),诗四首(苏轼十一首、王安石六首),文章八篇(苏洵二篇、苏轼九篇、苏辙二篇、王安石三篇、曾巩二篇)。欧阳修的文学力量,在于他在文坛开创了一代新风,成为宋代的古文运动领袖。

北宋初,流行的文体为骈体,讲究华丽的文字和对仗,由于过分讲究对仗、用典、音律,反而失去了文章的本意,使得文意艰涩。受这种文风影响,一些学者在皇宫编书时,写诗相互酬唱,这些人大多有良好的词章修养,诗词写作技法圆熟,善于在诗作中大量取用、嵌入典故和前人的佳词妙语,以求意旨幽深。其作品追求音律谐美,词采华丽,形成了一种新的文体。一时间,学子们纷纷仿效,号称西昆体,在宋初风靡了数十年。

这种艰涩、奢华、空洞的文风,自然受到许多人的不屑和反对。激烈讨伐时文出名的太学讲官石介视西昆为仇寇,作《怪说》三篇,猛烈抨击西昆体的代表人物杨亿"穷妍极态,缀风月,弄花草,淫巧侈词,浮华篡祖",提出了"文恶辞之华于理,不恶理之华于辞"的论调。他的这种论调在太学生中影响极大,形成了太学体。宋庆历年间,这种以"险怪奇涩"为主要特征的太学体已基本成型。这是从一个极端走向另一个极端的文坛奇观。

这两种互为对立的文体流行泛滥,不但偏离了文学的审美本质,还影响了人们的正常阅读,已成为阻碍文学发展的痼瘤。欧阳修的后人在《先公事迹》里记载了这样的例句:"嘉祐二年,先公知贡举。时学者为文以新奇相尚,文体大坏。(僻涩如"狼子豹孙,林林逐逐"之语,怪诞如"周公伻图,禹操畚锸,傅说负版筑,来筑太平之基"之说。)"后一句翻译成现代汉语是:周公设计好蓝图,大禹操起铁锹干活,大臣傅说用夹板夯土筑墙,一起来构建国家的太平基业。这样的文章酸涩不酸涩?

欧阳修看到了这种文风的危害,他决心彻底根除这个痼瘤。从哪里下手?就从科考开始。那些"愤青"族的学子不是喜好西昆体太学体吗?先把你们扭过来,科考考策论。嘉祐二年(1057),五十一岁的欧阳修担任礼部科考的主考官,他出的考题是《刑赏忠厚之至论》。他还给改卷制定了一条标准:凡是险怪艰涩之文一律不予录取!

这一招太狠了,科考一改过去的文风,突然改变评卷标准,在考生中引起了轩然大波。主考官欧阳修引起了公愤:有人写《祭欧阳修文》诅咒他,并把这篇祭文扔到他的宅院里;有人在路上拦住他的马跟他争辩。

科考改革引发的群体事件给了朝廷教训,为此专门立了两条规矩,进一步改革:一是改每年一考为两年一考,以避免大量考生集聚京城闹事;二是进一步加大策论的力度,文章崇尚务实,扭转华而不实的文风。

务实的文风造就了一批务实求学的士子,从这些务实求学的士子中走出来一批光照文坛的大家,诸如苏轼、苏辙、曾巩,这三人后来都跻身唐宋八大家行列。

苏轼是在欧阳修主持科考改革的第一年即嘉祐二年参加科考的。助考官梅臣尧发现一份答卷写得很好,文笔清新,论证严谨,观点鲜明。文中引用了一段古文:"罪疑惟轻,功疑惟重,与其杀不辜,宁失不经。"意思是说,一个人犯了罪在量刑时,可以从轻判决;一个人立了功在考量时可以从重奖励。而在证据不足、有可能错杀一个无辜的人时,还不如先放了他。

梅臣尧发现了这位考生立论的闪光点,推荐给主考官欧阳修定夺。欧阳修一看,也被这位考生的观点打动。他想起母亲给他讲过的一件往事:他的父亲早年在四川绵州做军事推事时,一天晚上,夫人郑氏见他在桌上批阅公文,举笔踌躇再三,叹气放下。见夫君为难,夫人就问何事,答,我手上公文是一件死刑犯的案子,我很想为这个罪犯找到一条可免死罪的活路。夫人又问了,既然已经判了死罪了,你怎么还可以给他找活路呢?他父亲答,接到死刑案,首先要想到是否可以为这个人找到一条生路,找到一线生机。如果找不到,作为法官和死者都不遗憾;如果找到,大家都会感到欣慰,不至于错杀一个人。

欧阳修从这个考生的答卷中想起这件往事,这两件事都闪耀着人性的光芒,也证明了中华民族在古代时,就已经种下了现代文明社会的法治文明基因。

欧阳修毕竟是学识渊博的大家,他发现了这位考生的亮点,也在考卷中发现了一个疑点:文章中用了一个典故"当尧之时,皋陶为士。将杀人,皋陶曰,杀之,三。尧曰宥之,三。故天下畏皋陶执法之坚,而乐尧用刑之宽。"看到这里,欧阳修实在记不起这个典故出自何处,慎重起见,将这位考生判为第二名。但欧阳修对此事一直耿耿于怀,心怀歉意,"此郎必有所据,更恨吾辈不能记耳"。他认为这位考生言之凿凿地写下这个典故是肯定有根据的,遗憾的只是我没有记住罢了。

考试放榜，一看考生是眉山苏轼，没听过。找来一问，苏轼竟然说这个典故是自己"想当然尔"，编造的！真是石破天惊。历史上皋陶的确是 个执法很严的人，而尧帝是一个宽于用刑的人，把这两个历史名人捏在一起说事，确实能糊弄人。当然，苏轼并非完全编造，他是犯了一个历史常识错误，把《礼记》中周公的事搬到尧帝身上了，"张冠李戴"。

考试成绩已定，苏轼的答题确实优秀，在欧阳修看来，一个青年考生，在身边没有任何资料的全封闭条件下，为了突出文章主题，考出好成绩，偶尔编出个把"典故"出来，还是在可以原谅的范围之内，瑕不掩瑜。当然，欧阳修和其他考官没有看走眼，苏轼果然才华出众，诗词文章文采斐然，日后成为文坛大家。

就这样，欧阳修借助主持贡生考试之机，大力整肃文风。经过几年的努力，那些喧嚣一时的西昆体、太学体终于销声匿迹，朴实、清朗的文风慢慢回归。

三

在中国文学史中，整个宋代文气十足，堪比盛唐，不然的话，何以唐宋八大家宋代就占据了六家，四分之三。而且，除了这六家之外，可以跻身大家的文学家名单可以开出一长列，诸如范仲淹、辛弃疾、陆游、李清照、秦观、柳永、晏殊、黄庭坚，还要加上最后一位为大宋王朝送终的、写下凛然豪迈诗句的文天祥。

在这个强大得堪称豪华的文学大师阵容里，欧阳修是一个不可或缺的核心人物：

他是曾巩的老师。宋庆历七年（1047），二十八岁的曾巩专程从家乡江西赶到滁州拜访欧阳修,向他学习古文,曾巩几次参加科考未中,欧阳修写信鼓励,并给予经济资助,后来终于考取进士,并成大家。

苏轼堪称欧阳修的"粉丝"。苏轼八岁时从一首诗中第一次得知欧阳修的名字,这首诗是国子监直讲石介写的,诗够长的,共一百九十句,题目叫《庆历圣德颂》,诗中极力歌颂仁宗皇帝的改革,歌颂推动改革的范仲淹、欧阳修像圣人一样光辉明亮。还是儿童的苏轼心中仰慕这两位"圣人",把他们作为偶像崇拜、模仿,这种崇拜、模仿影响了他一生的创作。

他对王安石有知遇之恩,是欧阳修向朝廷推荐了王安石。

他对苏洵有"伯乐"之功,是他反复向朝廷推荐苏洵,并称赞他的文章。

他是王安石、苏轼、苏洵的"导师",指导过这几位散文家,对他们的散文创作产生过很大的影响。其中,苏轼最出色地继承和发展了他所开创的一代文风,成为宋代文坛承前启后的关键人物和对中国文坛产生深远影响的重要人物。

你看,如果没有欧阳修,没有他培养、提携、指导、影响的这几个大家,整个宋代文坛就会阵容不齐,缺少领军人物;充盈宋代的文气要缺失大半,难成气候。缺失了这几个文学家和这一段饱满文气的宋代文学史乃至中国文学史都令人难以想象。

北宋以及南宋后很多文人学者都很称赞欧阳修散文的平易风格。他的文风一直影响到元、明、清各代。欧阳修在文学创作上的成就,以散文为最高。苏轼评其文时说:"论大道似韩愈,论本似陆贽,纪事似司马迁,诗赋似李白。"评价如此高拔,谁能超越?

四

欧阳修一生写了五百余篇散文,各体兼备,有政论文、史论文、记事文、抒情文和笔记文等,其中最为经典的是这篇《醉翁亭记》。欧阳修将这篇散文写入中国文学史典册,这篇散文将欧阳修推上中国文学史的巅峰地段。

《醉翁亭记》的写作是在欧阳修仕途失意的时候。宋仁宗庆历三年(1043),范仲淹、韩琦、富弼等人推行"庆历新政",欧阳修积极参与革新,提出改革吏治、军事、贡举法等主张。五年,范、韩、富等相继被贬,欧阳修时任右正言、知制诰,他作为谏官的执拗劲又上来了,上书替这三人分辩,但结果又像十年前写《与高司谏书》一样,皇上不高兴,他因此被贬为滁州(今安徽滁州)太守。

滁州远离京城,远离政治中心,也就远离是非的漩涡中心。回想十五年来的仕途之路,虽说积极参与政治革新,上书干预朝政,有一些正面成果,他的抱负和才华得到展现,他的正直个性得以张扬,但总觉得累,心累。为什么皇上总是一会儿偏向他们,一下又偏袒那些奸佞小人,所以,他们做起事来总有人左右掣肘,四面阴风,虽竭力奔走呼号,但依旧步履踉跄,困难重重。这就是自己以前所向往的政坛?在这里找到了自己的理想吗?拷问还没有清晰的结果,人已到了新的地方。

滁州远离了是非,自己是这里的最高行政长官,那好,按自己的理想造一个清朗社会吧。

欧阳修在滁州,对于政事实行的是"宽简"政策。他知道下属尤其是老百姓办事的不易,所以他的为政理念是办事依照事理人情,并对其内容和过程进行宽容和简化,不必讲究什么衙门威严、官场程序、繁文缛节,只要把事情办好就行了。这是他一生为政的风格。他后来曾权知开封府,前任是有名的"铁面包公"包拯,执法严明,不徇私情;而他则持以宽简,办事往往不动声色,同样把开封府治理得井井有条。清朝时,有人曾将他与包拯相比较,在开封府衙东西侧各树一座牌坊,一边写着"包严",一边写着"欧宽"。

在滁州两年多的主政期间,欧阳修的最显要政绩是开发琅琊山风景区。欧阳修知滁的第二年夏,一个偶然的机会,他发现了丰山脚下幽谷中的一眼泉水,经过实地察看,"俯仰左右,顾而乐之,于是疏泉凿石,辟地以为亭",开始在这里进行美景胜地的建设。他很快修好了泉眼,建好了亭子,泉取名"幽谷泉",亭取名为"丰乐亭",并亲自撰文作记。同年,与丰乐亭一山之隔的另一亭亦建成,他取名"醉翁亭",作《醉翁亭记》记之。两亭的建成与《两记》的问世,迅速在全国引起轰动。尤其是《醉翁亭记》这篇文章,以其生动的文字,精美的语言,为滁州展示了一幅风光绚丽的大自然画面;又因为文章中深邃的含义,及其所表达的怡然情怀,一时震动整个学界。文章一出,远近争传,滁州琅琊山从此热闹起来。此后,琅琊山、丰乐亭、醉翁亭,各景区陆续扩展,内容逐渐丰富,虽经历史沧桑,但屡废屡兴,久而不衰,终成今日之规模。1988年编纂出版的《琅琊山志》选录了欧阳修及其以后的各代诗篇一百五十余首,这只是全部琅琊山诗文的一部分。用"有形资产"和"无形资产"的现代词汇来说,欧阳修无论在哪一方面,都给滁州留下了宝贵的财富。

当然,欧阳修建亭是他的工作,但他从这个工作中发现并找到了极大的乐趣,这种乐趣是在京城为官时所没有的,那是一种心理的放松、童趣的释放、人性的回归,并由此接通了文学的真谛。

醉翁亭的修建和《醉翁亭记》文章出来前后发生的故事耐人寻味。欧阳修喜欢闲游山水,与琅琊寺的智仙和尚结为好友。为便于他游览,智仙和尚带人在山腰盖了座亭子。亭子建成那天,欧阳修前去祝贺,为之取名为"醉翁亭",并写下了那篇千古传诵的名篇《醉翁亭记》。文章写成后,欧阳修张贴于城门,征求修改意见。开始大家只是赞扬,后来,有位樵夫说开头太啰唆,便叫欧阳修到琅琊山南门上去看山。欧阳一看,便恍然大悟,于是提笔将开头"环滁四面皆山,东有乌龙山,西有大丰山,南有花山,北有白米山,其西南诸山,林壑尤美"一串文字换上"环滁皆山也。其西南诸峰,林壑尤美"几个字。如此一改,则文字精练,含义倍增。

《醉翁亭记》一出,"天下莫不传诵,家至户到,当时为之纸贵"。智仙和尚请人将文章刻在石碑上,让人们欣赏。大家听说后,纷纷上山一看,看还不够,干脆拓下带回家慢慢揣摩。史书记载,连商人也拓几幅备在身边,过关时要交税了,掏出一幅《醉翁亭记》的拓片递上,税官一看,嗯,好东西,行了,顶税。拓片还有这种功效,这一来,你也来拓,他也来拓,寺庙就遭了殃。拓片需要用毡子,上山拓片的人群把目光瞄准了寺庙,当然,以普度众生为己任的和尚们不会舍不得这点财物,庙里的毡子用光了,和尚们把自己床铺上的毡子都奉献出来了。真不知道那个冬天,那些僧众们在没有毡子的光光床铺上,怎么挨过那一个个寒冷的漫漫长夜。

故事还在继续。

五年后,欧阳修已经离开滁州到颖州任职了。有一个叫沈遵的音乐家,琴弹得很好,这时才听说了《醉翁亭记》这篇文章,看后十分激动,专门赶到琅琊山,听飞瀑、鸟鸣,看溪流、山景,之后谱写了一琴曲《醉翁操》(又名《醉翁三叠》),他如痴如醉地弹给别人听、弹给自己听。

再过五年,欧阳修又获提拔。在出使契丹的路上遇到沈遵,两人都十分惊喜。当晚,沈遵抚琴,为欧阳修弹奏《醉翁操》。优美的琴声撩动着诗人的情怀,欧阳修听后非常感动,当即填写一首《醉翁词》。这一来,诗、文、曲全有了,文坛又添一段佳话。

欧阳修去世百多年后,金灭北宋,占了中原。一次,一个镇守陕西商县的金国将领,带兵在一个村子里搜出很多欧阳修的后裔,按惯例,这些人当处死。但这位将领听说是欧阳修的后裔,就把他们全部放了。这故事听了让人感到温暖,文化的力量超乎寻常,可以穿越时空、抹平阵营、消弭战火、滋养人心。

《醉翁亭记》文章不长,全文四五百字,却有着持久厚重的力量。这种力量宛如一股磁力,吸引人们向人性的本体回归。他在前面似乎不经意说了一句"醉翁之意不在酒,在乎山水之间",最后说"然而禽鸟知山林之乐,而不知人之乐;人知从太守游而乐,不知太守之乐其乐也"。于是乎,我们看到了这样一幅场景:夕阳西下,山林里热闹起来了,鸟儿们归林雀跃欢叫,而玩了一天的一大群人也欢声笑语下山回家。领头的是一个半醉不醉的小老头,他神态放松,面露满足的微笑。他笑林中鸟雀们只知道山林的快乐,而不知人们的快乐;而身边这群人只知道跟着太守来游玩很快乐,而不知道太守为什么快乐。太守乐什么呢?是的,他醉了,但他醉了能和大家同乐,而且醒来能写文章,显然不是真的醉,但他真的醉了,醉在这自然山水中,醉在彻底抛弃了官场倾轧、人际烦恼之后的全身心放松。这是一种多么美妙的感觉啊。这种感觉没经历官场倾轧失意、人生变故磨难,是感觉不到的。就如庄子说:"泉涸,鱼相与处于陆,相呴以湿,相濡以沫,不如相忘于江湖。"是啊,只有在快要干涸的泉眼里的鱼儿,才能感受到在江湖里自由自在的那份轻松、快乐。前人陶渊明感受到了,才会吟诵出"结庐在人境,而无车马喧。问君何能尔?心远地自偏"这样的千古佳句。

现在欧阳修也感受到了。这样的感受接通了前贤,接通了人性的本体。找到了这种感受，也就把自己的人格品位提升到一个常人所不及的高度。

<h1>五</h1>

就在欧阳修的事业、人生到达一个巅峰的时候，他做出了一个令大家感到惊讶的举动：他一连几次上书，要求辞职，提前退休。按照大宋致仕制度，官员要到七十岁退休，这一制度执行还不是一刀切，存在很大弹性，不少官员超过这个年龄仍在位。所以，当时才六十出头的欧阳修这一举动让大家感到难以理解：原来几次被贬都挺过来了，现在朝廷重用，名气也好、职务也好、学问也好，都到了如日中天的时候，为什么要三番五次提出辞职提前退休。

欧阳修一生著述十分丰富，成绩斐然。除文学外，经学研究《诗》《易》《春秋》，不拘守前人之说，有独到见解；编辑和整理了周代至隋唐的金石器物、铭文碑刻上千件，并撰写成《集古录跋尾》十卷四百多篇（简称《集古录》），是今存最早的金石学著作，堪为金石学开山鼻祖；史学成就尤为耀目，除了参加修订《新唐书》二百五十卷外，又独撰《五代史记》（《新五代史》），一人参与两部史书的编纂，实为罕见。他一人横跨文学、史学、经学、金石学多学科，足以显现他的才华。但他把这些旁人无法企及的文化成就，轻描淡写归结为自己的爱好。

他在晚年为自己写的《六一居士传》中，解答了为什么要辞职提前退休。为什么叫"六一"？就是家藏一万卷书，收藏夏商周以来的金石遗文一千卷，琴一张，棋一局，酒一壶。还有一个"一"呢？我一个醉翁老头，加在一起六个一，所以叫六一居士。这篇自传形式独特，采用与客问答的形式，写得很轻松，并不乏幽默。

客问:庄子在一篇文章中写道,有一个人讨厌自己的影子,拼命跑,想摆脱影子。他跑得快,影子也快,结果这个人就跑死了。你是否像这个人一样,想逃离自己的功名躲起来?

欧答:我从来没有逃名。我名声太大,逃不了。我叫"六一",就是想求个心安,自己觉得舒服、快乐。

客问:你有什么快乐呢?

欧答:我的快乐可多了:当我沉浸在我的书声中,沉浸在我的那些金石遗文中,沉浸在我的琴声、我的棋局、我的酒当中的时候,即使泰山崩于面前我也脸不变色;就是雷把我身边的房柱劈断了,也不会引起我的注意。

我告诉你,我这些年做官太累了,两个累:一是穿上官服、揣着官印,让我身心疲惫;二是心里不断有忧患,这也让我心里累。所以我向朝廷打报告要求提前退休。我和我的"五个一"在一起,就觉得心情舒畅、无比欢愉。

客笑:官服、官印让你累,可这五个一也会成为你的负担吗?

欧答:不会。我在这五个一当中没有忧患,只有心静平安,只有自得其乐,不会被这五个一所捆住、所束缚。

客笑。

自传的末尾称,从做官开始,我就仰慕这样的人:他们没到退休的年龄就提前退休,我喜欢这样的风范,这是我提前退休的第一个原因;第二,我这些年来没做出什么成绩,所以想退;第三,现在病也多,人又老,所以应该退。有这三条理由难道还不够吗? 我从此就要躲到自己的安乐窝里过自己想要过的生活了。当然,这是欧阳修从自己内心的角度做出的解答,其实还有一个直接的外部原因,那就是这几年,他又遭到大臣蒋之奇等人诬谤,他不屑与这些"非君子"或"君子之贼"们论辩,太累了,也毫无意义,只想告老还乡,彻底离开这是非之地,逃离官场的喧嚣、虚伪、嘈杂对心灵的污染,去找回心灵的清静。

一个人生重大的抉择,就在这一问一答中轻松确定。这恰恰袒露出欧阳修的胸怀和境界。知道急流勇退,是一种大智大勇的胸怀。从古到今,仕途之路熙熙攘攘,从不冷清,为什么?因为人们知道,通过这条路除了可以抵达实现人生价值的彼岸之外,还可以通往财富、荣耀。这种财富、荣耀甚至是家族的、世袭的,而且,作为仕途副产品的这些财富、荣耀,往往要大于对仕途的付出。"一人得道,鸡犬升天",这就是千百年来,仕途上人群趋之若鹜热闹非凡的原因。

别人看重的是仕途上的副产品,欧阳修不是,他看重的是责任。穿上官服、揣上官印,就意味着有责任担当;有责任担当就会时时感到忧患;时时感到忧患,就会有紧迫感;有紧迫感就会心累。当然,这些是一个正直的官员所要面临的正面压力。还有来自背地里的,那就更是名目繁多了:算计、谤言、陷阱、飞沫、欺诈、栽赃、暗箭……让你防不胜防,有口莫辩。这是最让人伤心伤神,却又无可奈何的事。

虽然没有被批准辞职提前退休,但皇上特意恩准他"带职致仕",即带职退休,熙宁三年(1070)欧阳修任蔡州(河南汝阳)知府,"六一居士"就是这时取的。

当然,欧阳修自号"六一",和一千多年后,国际组织将全世界的儿童节定为六月一日没有关系,但我觉得这两个"六一"在内核上高度暗合,这就是——快乐无忧。

快乐无忧是儿童生活的基本内核,也是欧阳修为自己找到的生活基本内核。你看他设置这六个一的解读:

酒,在古代为文人武士们张扬生命力的助推剂。李白的好酒已成为千古佳话,"斗酒诗百篇",酒,已成为这位大唐诗仙的助产剂。曹操文武兼修,他吼一句"对酒当歌,人生几何",穿越千年,至今振聋发聩。陶渊明好酒,有专家考证,他是中国文学史上第一个大量写饮酒诗的诗人。他的《饮酒》诗有二十首之多,他在生命最后时光写的《挽歌诗》中,牵肠挂肚的仍然是酒,"千秋万岁后,谁知荣与辱。但恨在世时,饮酒不得足"。欧阳修好酒,直接就将自己的号命为"醉翁",他用酒作为引子,接通了前贤,酿造了文学。

琴,文人雅士们品位的象征。吃药可以除病,听琴能把内心淤积的块垒抚平。欧阳修会抚琴,还收藏了三把名贵的琴。

棋,琴棋书画,是古代雅士们的身份品位象征。欧阳修是下棋高手,在他早年被贬夷陵(湖北宜昌)时,常靠下棋排遣心中郁闷。他在一首《新开棋轩呈元珍表臣》的诗中表达了下棋时的心境:"独收万籁心,于此一枰竟。"下棋时专心致志,把所有烦恼都忘记了。

藏书,他藏书有一万多卷,这是个什么概念呢? 宋仁宗时期,国家藏书才三万多卷。他并非那种束之高阁的收藏,而是对收来的书精心校勘,对各种版本比对研究。他的藏书楼叫"非非堂",他认为对书的研究"肯定正确的比不上否定错误的"。

至于他看书、喝酒、下棋、抚琴、研究金石遗文的心境,前面在他的《六一居士传》中已有介绍。这样看来,脱去"醉翁""六一"两件外衣,人们看到的依然是世事洞明、身心健康的一个老者,何"醉"之有,唯有快乐。

到了享受天伦之乐的年龄,该休息了。只是还没充分享受"六一"那份快乐,两年后(1072),一代大师溘然与世长辞。

大师应该是带着快乐、无憾离去的。回眸身后,他著作等身,身居巅峰,成为北宋文坛的掌旗之人。他推荐、培养、提携、指导的一批后学、晚生都已成大气——王安石已在政文两道上担当重任了;苏轼文学天赋很高,从他科考的答卷就能看出,他富有想象力,这对文学创作来说,十分可贵,是接掌文坛大旗的不二之人;苏轼的父亲、弟弟也是文采斐然,已成文坛中坚;曾巩勤奋苦学,悟性很好,能超越前辈。放眼望去,北宋文坛,已是群峰耸立。

他铸造了群峰。

布衣宰相

　　2012 年 2 月 21 日有两条新闻引起了我的关注，一条是新华社播发的《我国拟出台首部粮食法》，一条是《江西日报》刊发的全省粮食局长会议，两条消息的核心内容是保障国家粮食安全，保护粮农利益。具体措施有充分发挥国有粮企在市场和价格上的主导作用，确保粮食最低收购价政策的落实。这两条新闻勾起了我的记忆，似乎在哪个朝代、哪个历史人物也推出过类似政策。赶紧找出历史教科书翻看，找到了，是在宋朝，王安石的变法有过这样的内容。这位距今近千年的北宋宰相推行的变法内容其中一个叫"青苗法"，这个法的主要内容是，以国家粮库的钱粮为本，遇到市场粮价贵时，国库粮低于市价出售；遇到市场粮价贱时，则国库以高于市价收购。这个内容更觉得面熟。查阅 2009 年中央一号文件，有以下内容：根据国内外农产品市场变化，加强政府调控，灵活运用多种手段避免农产品价格下行，防止谷贱伤农；继续提高粮食最低收购价，扩大国家粮食、棉花、食用植物油、猪油储备；粮油储备要按规定规模全部落实到位，适时启动主要农产品临时收购。

　　比较一下，现行粮食政策的核心内容和王安石推行的青苗法内容基本重合。我不能不佩服这位被列宁称之为"中国十一世纪改革家"的大宋宰相对中国社会发展的前瞻性把握。

　　他是江西临川邓家巷人。

一

在中国封建社会,皇帝是世袭的,容不得外人染指,所以,进入官场的所有人能够追逐的最高职位,就只有宰相了。对于"一人之下,万人之上"这样一个职位的向往,是绵延中国两千多年的封建社会官场的热点话题,围绕这个话题,人们对于这个职位的官场态度的揣摩,就有了一个全方位的认识,诸如隐忍、包容、宽恕、装糊涂等,也就有了"难得糊涂""宰相肚里能撑船"一类的说法。究其实质,宰相的大度,是这个职务的需要,为了这种需要,想要当宰相的人们就只有从最基本的隐忍开始修炼自己,这是封建社会为官之道的基本功。官越当得大,越没脾气,等你的个性在那样的环境里打磨得圆滑了、圆

王安石
1021—1086

抚州王安石纪念馆内的王安石雕像

通了,官不一定做得到宰相,但一定悟出了"宰相肚里能撑船"的滋味。

王安石其实不宜从政,因为他性格执拗,人称"拗相公"。这样的脾气不讨人喜欢,尤其在官场,容易得罪人。

熙宁元年(1068),宋神宗即位,他问王安石:当今治国之道,当何以为先?王安石得皇帝破格召见,有备而来,因为早在十年前他就向仁宗皇帝上书要求改革。所以这次他从容回答说:以选择方法和策略开始。神宗说,祖宗守天下能够百年无大变,初步达到了太平,你怎么看呢?于是,王安石回去写了一篇奏折《本朝百年无事劄子》。文中主要阐述了仁宗在位四十一年间政治措施的得失,指陈时弊,深刻恳切。第二年神宗又问:不知你所推行的以什么为先呢?王安石又说了:改变人们的观念,建立法度,是当今之所急迫的。神宗于是任命王安石为参知政事推行新法,专门设立一个三司制置条例司主持新法的制订与推行,后将王安石升任宰相。就这样,王安石的新法改革就在东方最大的国家大张旗鼓地开始了,这一来,也就把他推上了政治斗争的风口浪尖了。

新法的内容还不少,先后推行的有均输法、青苗法、农田水利法、保甲法、方田均税法、募役法、行市易法、保马法、免行法等,是一场涉及国计民生比较全面的改革。为什么王安石要极力推行一场牵动全国的改革呢? 因为他已经从立国百年的大宋王朝看到了危机:国力日渐衰弱;民众生活趋苦;朝廷机构臃肿;科举弊端日显;军队力量松弛;外敌在边境环伺滋事,威胁国家安全。

王安石变法的目的在于富国强兵,借以扭转北宋国力逐渐下滑的局势,巩固统治。他明确提出理财是宰相要抓的头等大事,阐释了政事和理财的关系:"今所以未举事者,凡以财不足故,故臣以理财为方今先急。"王安石在执政前就认为,只有在发展生产的基础上,才能解决好国家财政问题:"因天下之力以生天下之财,取天下之财以供天下之费。"执政以后,王安石继续发挥了他的见解,在新法推行中, 他把发展农业生产作为当务之急而摆在头等重要的位置上。王安石认为,要发展农业生产,首先是"去(劳动者)疾苦、抑兼并、便趣农",把农民的积极性调动起来,使那些游手好闲者也回到生产第一线,收成好坏就决定于人而不决定于天。要达到这一目的,国家政权需制定相应的方针政策,在全国范围内进行从上到下的改革。

王安石推行新法的初衷, 是基于对国家发展兴利除弊的洞察,从理论设计上看是向好的,但他在一门心思埋头进行新法设计和实施时,却忽略了一个大问题:没有进行广泛的宣传,讲清楚改革将给国家和人民带来的利益, 让上下左右有更多的人了解新法内容;没有进行全国范围的动员,让朝野上下齐心支持新法推行。他简单地认为,有皇帝的支持,新法号令一出,天下响应就可以了。忽略酿成了大错,他低估了传统势力的阻力,甚至完全没有料到这股阻力之强大,足以把他和他的新法统统淹没。

以王安石的才能和魄力,他堪称政治家,但他不够成熟,不知道要完成一场牵动全国的改革,光靠一两个人的力量是远远不够的。

二

一场浩大的改革在大宋王朝展开。王安石变法以"富国强兵"为目标,从新法实施,到守旧派废罢新法,前后将近十五年时间。在此期间,每项新法在推行后,基本上收到了预期的效果,使豪强兼并和高利贷者的活动受到了一些限制,使中、上级官员和皇室减少了一些特权,而乡村上户地主和下户自耕农则减轻了部分差役和赋税负担。大规模地实施水利工程,疏浚黄河、汴河,让河水不再泛滥为害;

鼓励农民开荒种地,共开垦荒地三十六万又一千多顷。由于国家加强了对直接生产者的统治,增加了财政收入,国力得以增强,军队战斗力提升。熙宁六年(1073),在王安石指挥下,宋熙河路经略安抚使王韶率军进攻吐蕃,开展收复河(甘肃临夏)、岷(今甘肃岷县)等五州的作战。宋军收复五州,拓地两千余里,受抚羌族三十万帐,建立起巩固边防、进攻西夏地区的有利战线。

王安石的变法成了宋朝的重大改革。成果逐渐显现,反对的营垒也逐渐强大。各项新法或多或少地触犯了中上级官员、皇室、豪强和高利贷者的利益,他们结成利益共同体,联合反对新法实施。更为要命的是,在新法推行过程中,地方官吏为一己私利趁机盘剥百姓,如青苗法规定由农民自愿贷款粮,地方官却强行放贷,且提高还贷利率一成,致使农民苦不堪言。熙宁七年(1074)春,天大旱,饥民流离,民怨开始沸腾,这是王安石始料不及的。一位叫郑侠的官员画了一幅《流民图》献给皇上,皇上看了长吁短叹夜不能寐,两位太后痛哭流泪对皇帝说:这都是王安石搞得天下大乱。这事刚好给了反对派一个攻击的把柄。反对派的领军人物为曹太后、高太后,大臣中有后来为相的司马光。一时间,王安石处于"众疑群谤"中。在朝野一片反对声中,迫于无奈的神宗将王安石免去相位,第二年国家情况不好又重新启用。但反对派声音再次强烈,熙宁九年(1076),王安石再次被罢相。1085年,年仅十岁的哲宗即位,太皇太后高氏临朝听政,启用司马光为相,在司马光的几番奏请下,新法大多被废除,政局逆转,至此,历史上规模最大、时间最长的变法改革还是以失败告终。不知道王安石面对此情此景的心理活动,是翻江倒海痛心疾首,还是无可奈何百肠纠结? 只知道在次年,当他听到免役法也被废除时,万般无奈,悲愤长叹"亦罢至此乎"。这几个字透着伤心、沮丧、悲愤、惋惜。他知道,自己的使命已经终结,生命亦将终结,他似乎已眺望到北宋王朝的尽头了。不久王安石在忧愤和遗恨中去世。

王安石用满腔忠诚和心血倾力打造了一艘变法图强号大船,把国家的安危、人民的冷暖搭载在上面,向着富强安康的彼岸进发,没想到风狂浪猛,这艘装载着王安石最大希望的大船被打得桅断板裂,最终搁浅。大宋沉重的车轮又缓缓辗过四十年,迎来了"靖康之耻",北宋王朝走到了尽头。由此看来,郭沫若评说"宋之亡,亡于司马光",话虽尖锐,但并非毫无道理。假如能坚持变法改革,使国力强盛,民众富裕,军力强悍,北宋会这么快亡,会这样亡吗?可惜,历史只记录事实,没有假如。

其实,王安石并非不谙为官之道,在主持变法之前,他已在朝廷任职二十多年,官场的潜规则也心里清楚;他饱读诗书,也知道为官最重要的乃中庸之道,不偏不倚,这样才能不成为众矢之的才能够官运亨通,至少可以不担风险四平八稳。他可以这样做。比如,神宗问计于他,他可以说得平转委婉些:皇上圣明,大局在胸,运筹帷幄,做臣子的竭力按圣上旨意去做,虽肝脑涂地也万死不辞。也还可以说:我大宋王朝一统江山千秋万载,吾皇万岁万万岁,一切从长计议,不宜操之过急。这样说即便龙颜不大悦,也不会反感,因为满朝文武多是如此,否则,神宗不会越过王公大臣来问计于他。但王安石就是王安石,他以为做臣子的责任就是辅佐皇上巩固社稷江山,安定民心,所以该说的说,该做的做,义不容辞,在这个大问题上来不得半点虚假或推诿。他把国之大事担在肩上,也就把劳累和风险揣在了怀中。他把官当作官来做,可以平安无事颐享天年,仕途可以平坦,虽然可能平庸,但不会给个人带来风险;他把官当作国之大事来做,就把个人的利益风险、荣辱毁誉抛在了身后。他知道曲折会带来险峻,但依然把事情做得义无反顾、轰轰烈烈、奇峰迭起,个人的命运也因此跌宕起伏。他最终有恨,变法大事未竟,但于心无愧。

其实,纵观历史,我们不难发现,类似王安石这样的变法注定会失败,因为这只是少数清醒的人从上而下、脱离广大群众的变革。这之前的商鞅变法是这样,之后的戊戌变法也是这样。

一项关乎国运的改革,以轰轰烈烈开场、悄无声息收尾,草草走过,匆匆夭折,虎头蛇尾,其经验教训值得深思。已经有许多的政治家、历史学家、经济学家对这具改革标本做过无数的详尽解剖,但我还想从文化和心理角度对其稍稍做点赘述。第一点前面已经提到,就是一项重大改革,应当在事先、事中尽量做最广泛的宣传,让最广泛的人群了解这项改革的目的、措施、效果,争取得到最广泛的支持和理解。这项工作王安石没有做,或者说做得很不够,限于当时的宣传工具和手段,下面的人民群众不知道你要干什么,满朝文武大多数也不清楚你的意图,这个意图仅仅说变法两个字是远远不够的。因为面对一场牵涉面甚广的变法改革,人们首先关心的是自己的利益——能从变法中得到还是失去。其二,缺乏变法实施的保证机制。众多的变法条例出台了,谁来推行实施,谁来监督实施。这一点又和前一点有密切关联。靠的是众多的州县吏。这些人是改革实施的主要力量,他们的投入态度和力度决定着变法改革的成败。这些人思想不通、行为不力,最后多半成为改革的阻力或破坏者,改革岂有不败之理。其三,未能和高层的关键人物结成改革同盟。变法是皇帝授意和支持的,这才得以推行,但高层的实力派人物或者具有重要影响力的人物不仅仅只有皇上。从实际情况看,两个太后足以左右皇上的决策,大臣中的司马光作为反对派的代表,其势力足以颠覆改革。对这两股势力的联手,王安石缺少心理准备和应对手段,以至于一遇到天灾人祸、流言蜚语,他们在高层一呼应,皇上立即改变主意,叫停变法。其四,用人的疏忽。王安石的人品大家是公认的,他正直无私,但他在用人中缺少缜密观察,以致一些小人在背后坏他的事。前面提到画《流民图》的郑侠,这个小官吏其实是王安石举荐当的官,但在关键时刻,他的破坏力发挥出四两拨千斤的巨大能量,让大下共鸣、满朝激愤、王安石无语,这险恶的一棍打在了王安石的要害上,打在了变法的要害上,也最终打在了大宋王朝的要害上。还有一个小人就在王安石的手下,和王安石一起制订改革方案的吕惠卿,本应该是改革的积极推动者和追随者,但很不幸的是,不知出于何种考虑,这位仁兄明里做着变法的事,暗地里却是起劲地反对变法,这就成了很怪异的情景。别的人从一个变法方案制订者嘴里听到的却是反对变法的言论,这种"内部语言"的杀伤力远远大于其他反对者的声音。尽管面对天灾人祸,王安石喊出了"天变不足畏,祖宗不足法,人言不足恤"的抗辩声音,但他一个人的微弱声音早被淹没在众谤群疑的宏大噪音中了。以上的四个因素,随便一个都能与王安石的改革力量抗衡,都能使王安石的改革夭折,何况是这四种因素的叠加。

王安石在启动改革时,实际上就面临着明与暗的双重阻击:明的是被变法改革触动的那些既得利益者,他们享受了多年甚至是数代的恩惠,自己和家族已经被这些利益滋养得膘肥体壮,他们陶醉迷恋在这种种利益的浸泡中,充分舒展着浑身的每个细胞享受着,不断拓展这些利益覆盖的范围,延伸着这些利益的传递。在他们看来,他们对这些利益的占有和享受,已经是天经地义,是自己生命体和家族体系的一部分,和他们密不可分了,怎么能容忍他人将此剥夺,而且剥夺得是那样突然、干脆,没有留下权衡、商榷、通融、调整的时间和空间,他们当然要愤而起来捍卫属于自己的利益。当改革的种种条文触碰到这部分群体时,原先属于松散结构的这部分群体迅速地结成同盟，他们摒弃过去相互之间的种种矛盾甚至不和，空前一致地反对变法改革，在这样的前提下他们意外地团结了，他们结成了一堵无比强大的高墙，让那些变法改革条文难以逾越，或碰撞得体无完肤。暗的则来自王权和传统势力，这是来自文化层面的强大阻击。皇上是支持变法改革的，是这场宏大运动的始作俑者。一项关乎国家命运的变法改革能否推行，最为关键的支持当然是来自皇上。皇上的权力是至高无上、一言九鼎的。王安石正是依赖这一点，才无所顾忌实行变法改革，但他在实施策略上犯了一个大错，他一味借助皇帝的权威，岂不知凡是人都有弱点，皇上也有，他的弱点在于对反对势力的强大估计不足，遇事要考虑平衡，他不能过分倾斜偏重一方，这样会危及自己的王位和社稷江山的安全。面对包括两位太后在内的强大反对势力，他的致命弱点就暴露出来了：他害怕他们的联手，这会撼动他的皇权基石，会带来灭顶之灾的危险后果。这就需要皇上权衡处置，平衡各派关系，向强大的反对派做出步步退让，直至最后扼杀自己授意进行的变法改革，以图暂时平安。推行新法，伤及既得利益者，这些人可能平时钩心斗角、尔虞我诈，但一旦感到自身利益受损，便会暂时搁置纷争结成同盟，共同联手对抗变法。这种势力一旦构成，其强大到连皇上也会感到无奈。这是一种积淀十分深厚的习惯势力。而习惯势力是一种你看不见却能触摸得到的怪东西，它其实就在你的身边、周围转悠，你睁大眼睛搜寻，却不知他在哪里；但你一旦得罪了它，那你将遇到的是一场规模浩大的、惨烈的、纠缠不休的、旷日长久的阻击，它们会从四面八方将你包围，冷不丁从你根本想不到的方位向你射上一箭、刺上一枪、砍上一刀，你想看清它，一转身它又不见了。所以，当一些似是而非、添油加醋、别有用心的话语不断传入，尤其是两位太后的眼泪、大臣痛心疾首的奏请、小官吏渲染的图画一一出现在皇上面前时,皇上对变法改革的前景就疑惑了,决心就开始动摇了,悲剧就从这里开始了。大宋的围墙,在这里裂开了一个口子。这就是王安石始料未及的艰险和尴尬:需要改革的那些弊端可以消除,而中国几千年积攒的皇权和传统势力的文化氛围你却无法消除,它们太坚韧、太无形、太强大、太高拔,使任何向它们挑战的人都无法撼动、无法战胜、无法超越,那么,只有请你退回原地——变法改革失败了。

比起商鞅和戊戌六君子,王安石的命运还算不坏。商鞅推行变法二十一年,帮助秦国强盛,为秦灭六国、统一中国奠定坚实的基础,但支持变法的秦孝公一死,即位的太子在保守派的鼓噪下将商鞅车裂。戊戌变法仅存百日即夭折,积极参与运作变法的六君子被砍头,连支持变法的光绪皇帝也被老佛爷囚禁了十年,还不放心,在老佛爷感觉到自己将死之际,派人毒杀了光绪皇帝。三年后,即辛亥年,大清帝国走到了它的尽头。

尽管夭折,王安石的变法还是影响了后世、影响了世界。除了列宁的评价,20世纪40年代,美国罗斯福时期的农业部长华莱士对王安石有关农业的变法倍加推崇并借鉴,来华考察期间还多次提及这位九百年前的中国宋朝宰相,对其崇拜有加。毛泽东对王安石也十分关注。有回忆文章记载,毛泽东晚年阅读的专门为他印的大字本线装书中,就有邓广铭著的《王安石》、影印本《王文公文集》。历史记住了王安石,记住了变法。

三

历史记住的不仅是王安石和他的变法,他的文学成就丝毫不逊于他的政绩。他以唐宋八大家之一进入中国文学史,其诗文"得杜其瘦硬",以思想深刻见长,其深刻一针见血,毫无粉饰矫揉之气。他主张文应"有补于世",认为"巧且华不必适用","适用也不必巧且华"。

印象最深的是他的一篇短文《伤仲永》。"文革"后恢复高考时,许多复习资料上收有这篇范文。

1978年,在诺贝尔奖获得者李政道的建议下,中科大招收第一届少年大学生,这是针对早慧少年的一种特殊教育方式。那年江西有个少年考入中科大,在当时是很了不起的,成为各媒体和街头巷尾人们津津乐道的热点话题,持续了很长时间。之后,北大、清华、华中科大、南京大学等也纷纷招收少年大学生,后因种种原因,这些学校相继停止招收少年大学生,目前只有中科大仍在招生。大学一招生,不少地方顺势在中学开办少年班,批量生产着神童。我所在的城市就有一个这样的班,每到小升初考试,这个学校登高一呼,应者云集,好不热闹。20世纪90年代,我供职的报社曾派记者采访过这个少年班,其奥秘是将中学六年的课程四年学完,以年龄上的绝对优势参加高考,成为社会上人人羡慕的少年大学生。但学生们自己的感觉呢?采访的结果令人担忧:由于课程太紧,负担太重,年幼的学生苦不堪言甚至难以忍受,厌学的不在少数,还有退学的甚至想自杀的。当然,考上大学的还是多,但后来他们的作为或业绩和他们的同龄人没有明显差别,犹如王安石笔下最后的仲永,"泯然众人矣"。孩子们是没有责任的,问题出在大人,他们想靠揠苗助长来满足自己那么一点点虚荣。要知道,有天赋的人比例极少,而且有天赋还得因人施教,按照同一个模式批量生产的,只是从以高考为终极目标的流水线上下来的标准件。那一个个年轻而鲜活的生命体内,个性磨灭了,思想麻木了,只是成了为高考而奋力挣扎的工具,而不是神童。

20世纪80年代,我住在妻子任教的一所中学里。一天,一位老师拿了一篇他上初一女儿写的作文给我看,作文的题目是《童年的好伙伴》。作文描写她小时候家中养有一条可爱的小狗,她和它常常戏耍,是她童年的一个好伙伴。文章写得生动活泼,有点眉飞色舞之感觉,可以看得出这位小女孩确实和那条小狗有过亲密接触、细致观察,也看得出她的写作潜在能力。这位老师说,作文写完后,他的女儿很得意,说是"一气呵成"。但最后老师却给了一个刚刚及格的低分,评语是跑题,因为"伙伴"应该是人,不能写动物。看着女儿的委屈,家长知道我是记者,让我"评理"。我知道,对文章的写法,学校自有一套评判标准,与社会上的不完全一样。为了不误判,我将这篇作文交给报社校园版的编辑,让他请省语文教研室的权威们来评价。权威们评判的结果,让这位学生、让家长、也让我大失所望:学校老师的评语是对的,"伙伴"应写人,写成动物,以后中考、高考会判跑题,要大扣分。这样的教育理念让我目瞪口呆,按这种思路,中国古典四大名著就根本不会有《西游记》。这些老师、权威们在精细到看清部首偏旁来审题时,却犯了一个历史常识性的大错,他们忽视或者不知道,狗狗们不仅是这个学生童年的好伙伴,还是我们人类童年的好伙伴。在这种教育模式下的作文、中考、高考面前,学生们稍稍冒出一点"另类"的创造细芽,会立即被掐灭。难怪,我们培养的学生,在学校是比外国学生优秀,但一到社会上,尤其在那些需要创造精神的工作岗位,就高下立判。我不知道当年老师和权威们对那篇作文的评判,对这个少女的才气是否毁灭性的打击。但愿没有。

王安石伤仲永是因为家长不教而断送了一个神童;今天许多的家长们用超乎寻常的热情、超越科学规律的方式来对孩子们实行全方位的超强力锻造,期待造出神童,其实是一种滥教。如果现在有一种可以植入人脑的芯片替代教育,世界上愿意给孩子做这种手术的一定是中国的父母亲居多,而且会选择植入全科,不让自家孩子输给别人。不教会断送孩子,滥教的效果也会事倍功半或适得其反,过犹不及。

写到这里刚好看到两则有关教育的新闻报道:一则是凤凰卫视报道,中国人民大学有一个叫钟道然的大三学生出版了一本名为《我不原谅——一个九〇后对中国教育的批评与反思》的书,以自己的亲身经历,批评现在的教育体制;一则是央视报道,某县重点高中的高三学生不知从何处得到的"妙方",认为注射氨基酸有助于补充身体营养,所以学生们人人每天通过打点滴向体内输入氨基酸,于是,教室里就出现了每个学生座位旁边竖一根木杆、木杆上面挂着药瓶、学生们一面打着点滴一面上课的天下奇观。所以,今天再读《伤仲永》,真佩服王安石竟有如此深邃的目光,能穿越千年洞察现在。

他的独特洞察力还凸显在另一篇短文《读孟尝君传》里。孟尝君的故事我在大学的课文《冯谖客孟尝君》中读到过,对孟尝君虚怀若谷招贤纳士的胸怀是钦佩的,他广招门下客,得食客三千。你看,那个门下客冯谖就会成天敲着他的剑把唱啊唱的:长铗归来乎,食无鱼;长铗归来乎,出无车。但孟尝君闻之一笑,——满足。这个冯谖果然有心计,他为孟尝君精心打造了三个根据地,让孟尝君在齐国稳稳地做了几十年相国。这是"狡兔三窟"的故事。还有一个"鸡鸣狗盗"的故事。说的是后来齐王派孟尝君到秦国去,反被秦王扣押要杀他,孟尝君害怕了,去找秦王的爱妾求救,这位妾知道孟尝君有一件价值千金的白狐毛裘衣,想要。这就让孟尝君为难了,因为这件裘衣已经作为礼物送给了秦王。随行的下人中有一个狗盗者,他晚上扮作狗潜入警戒森严的秦宫,将白狐裘衣偷了出来。孟尝君将裘衣献给了秦王爱妾,打通了关节,秦王下令放人。孟尝君带着随行连夜出逃,到函谷关已经半夜时分,城门已关,守门的兵士说要等到鸡鸣天亮才能开门放行。孟尝君急了,他怕秦王反悔派人追杀。随行的下人中有一个又说了,这有何难?学鸡叫正是他的强项,这么久了还没有派上用场。于是,他引颈一叫,引得满城鸡齐鸣。守门兵士听得鸡鸣,以为天亮,就开了城门放行。待到秦王后悔派人追杀赶到函谷关,孟尝君已经逃脱。孟尝君从此将这二人列为宾客。

对这样的一个受到广泛赞誉的贤士孟尝君,王安石却从反面看。他认为孟尝君只不过是鸡鸣狗盗之徒的领头人物而已,所以鸡鸣狗盗之徒纷纷聚之其门下,而真正的才俊高士就不会去了,否则,齐国要强盛,有孟尝君就行了,哪里还用得上他的那些门徒出力呢?一篇不足百字的短文,彻底颠覆了经典文献,颠覆了经典人物形象,其笔力之犀利,宛如苏东坡看到他的《桂枝香·金陵怀古》所惊叹"此老乃野狐精也"。

除了视角独特笔力雄健,王安石作诗著文还竭力字斟句酌,甚至到了苛求的境界。大家熟悉的《泊船瓜洲》后两句"春风又绿江南岸,明月何时照我还"堪称绝唱,据洪迈《容斋随笔》记载,"春风又绿江南岸"一句原稿为"又到江南岸",圈去"到"字,批曰"不好",改为"过",复圈去改为"人",旋又改为"满",凡如是十许字,始定为"绿"。王安石作为文学史上一大家,朱东润先生主编的《中国历代文学作品选》收录了他的代表作词一首(《桂枝香·金陵怀古》),诗六首(其中有名篇《泊船瓜洲》),文三篇(有名篇《答司马谏议书》)。

四

元丰二年(1079)发生了中国历史上的一个重大事件"乌台诗案",这也是中国历史上较早的一个文字狱。乌台指的是御史台,因御史台外柏树上有很多乌鸦,所以人称御史台为乌台,也戏指御史们都是乌鸦嘴。

这年三月,苏东坡由徐州调任太湖滨的湖州。按照惯例,他作《湖州谢上表》略叙为臣过去无政绩可言,再叙皇恩浩荡,但他在末尾夹上几句牢骚话:"陛下知其愚不适时,难以追陪新进;察其老不生事,或能牧养小民。"他以自己同"新进"相对,说自己不"生事",就是暗示"新进"人物"生事"。古代文人总是习惯于在遣词造句上玩弄技法,让读者在字里行间揣摩寻求其高深含义。一般来说,这类例行公事的文章,不太会受到认真对待,但这次却不一样,御史台里的"新进"们就很善于"解读"这种高深含义。六月,监察御史何大正摘引"新进"、"生事"等语上奏,给苏轼扣上"愚弄朝廷,妄自尊大"的帽子。偷梁换柱正是小人们的惯技。朝廷的公报是固定按期出版的,相当于现在的官方报纸,苏轼的文字照例惹人注意,这次苏轼的谢恩表,使那些"新进"成了读者心目中的笑柄。他们恼羞成怒,必然对苏轼进行报复,同时也是借新法谋私利、打击异己的一个步骤。

这些御史们也知道,单凭《湖州谢上表》里一两句话是不行的。偏偏凑巧,当时出版了《元丰续添苏子瞻学士钱塘集》,给御史台的新人提供了收集材料的机会。监察御史台里行舒亶经过潜心钻研,找了几首苏轼的诗,就上奏弹劾说:"至于包藏祸心,怨望其上,讪渎谩骂,而无复人臣之节者,未有如轼也。盖陛下发钱(指青苗钱)以本业贫民,则曰'赢得儿童语音好,一年强半在城中';陛下明法以课试郡吏,则曰'读书万卷不读律,致君尧舜知无术';陛下兴水利,则曰'东海若知明主意,应教斥卤(盐碱地)变桑田';陛下谨盐禁,则曰'岂是闻韶解忘味,尔来三月食无盐';其他触物即事,应口所言,无一不以讥谤为主。"

这些诗其实都是作者或写景或抒怀的寻常诗句,但经断章取义后,句句上纲上线,就变成了苏轼诽谤朝政、谩骂皇上的恶毒攻击。

文字狱制造者们干这一行当是驾轻就熟，出手不凡，招招见血，还叫你有口难辩。

有人带了头，帮凶就来了。马上，国子博士李宜之、御史中丞李定跟着杀到，他们历数苏轼的罪行，声称必须因其无礼于朝廷而斩首。李定举了四项理由说明为什么应当处苏轼极刑，他说："苏轼初无学术，滥得时名，偶中异科，遂叨儒馆。"这位李定正是当年因隐瞒父丧而被司马光称为"禽兽不如"的家伙，苏轼也讥他"不孝"。

苏轼七月二十八日被逮捕，八月十八日送进御史台的监狱，二十日，被正式提讯。

最初，苏轼承认，他游杭州附近村庄所作的《山村五绝》里"赢得儿童语音好，一年强半在城中"是讽刺青苗法的，"岂是闻韶解忘味，迩来三月食无盐"是讽刺盐法的。除此之外，其余文字均与时事无关。

御史台步步紧逼，苏轼步步退让，违心地承认交待自己在诗中有讥讽朝廷的含义。

到九月份，御史台已从四面八方抄获苏轼寄赠他人的大量诗词。有一百多首在审问时呈阅，有三十九人受到牵连，其中官位最高的是司马光。王安石罢相的次年（1077），苏轼寄赠司马光一首《独乐园》："先生独何事，四方望陶冶，儿童诵君实，走卒知司马。抚掌笑先生，年来效喑哑。"实为司马光重登相位大造舆论。御史台说这诗讽刺新法，苏轼供认不讳："此诗云四海苍生望司马光执政，陶冶天下，以讥讽见任执政不得其人。又言儿童走卒，皆知其姓字，终当进用……又言光却喑哑不言，意望依前上言攻击新法也。"

虽然"罪名成立"，但当时新法已废，凭此罪名不能判重刑，于是御史台又找。这种人干正经事是一无所成，但栽赃陷害、落井下石却是他们的强项，并在这样乐此不疲的强项中充分体现出惊人的效率。

对苏轼的指控,有的十分牵强,咏桧诗就是一例。但迫于无奈,更害怕株连,苏轼对大部分指控,都坦白承认在诗中批评新政。

苏轼是个文人,他有性格上的软弱性,不太懂得官场的哲学,但

抚州王安石纪念馆正门

他清楚官场小人,更害怕株连,怕株连到家人,甚至九族。想到这一节,苏轼的心理防线崩塌了。其实,在这样的株连后果面前,又有谁能扛得住。

好了,经过几个月来的证据收集和"案件"审理,御史们的紧张工作有了丰硕成果:辑集苏轼数万字的交代材料,查清收藏了苏轼讥讽文字的人物名单,计有司马光、范镇、张方平、王诜、苏辙、黄庭

坚等二十九位大臣名士。至此，这件一开始就向冤案偏离的案子，其罪名坐实。

对这样一件明显的人造冤案，正直人士仗义相救。宰相吴充直言："陛下以尧舜为法，薄魏武固宜，然魏武猜忌如此，犹能容祢衡，陛下不能容一苏轼何也？"已罢相退居金陵的王安石上书说："安有圣世而杀才士乎？"连身患重病的曹太后也出面干预。最终，苏轼未判重罪，这些幕前幕后相救的人功不可没，否则，中国会失去一位光照千古，集词人、诗人、画家、书法家于一身的艺术天才。

十二月二十九日，圣谕下发，苏轼贬往黄州(今湖北黄冈)，充团练副使。其他受牵连者有的被发配、有的被贬官、有的被罚款。司马光等人被罚红铜二十斤。曾轰动朝野的乌台诗案就这样潦草落幕。

之所以稍稍多费了些笔墨，把这个文字狱案的轮廓大致勾勒，是想把它作为一具历史标本，让现在的读者了解，在中国古代，一个文字冤案的发生可以是无中生有、牵强附会、捕风捉影的，其经过可以是无限上纲、滥用法律、放大扭曲、屈打成招、多方株连的，最后的结果是冤魂遍地，令人瞠目结舌、欲哭无泪、仰天长叹。一旦卷入这样的案子里，无论是被查的、办案的，其人格和人性都受到极大的考验，在这种强大的重压考验下，很多人的人性泯灭了，人格扭曲了，几乎没有人能够全身而出。

公开反对王安石变法的政坛领军人物司马光，他出身豪门，其远祖为西晋皇族，其父在北宋官居四品，在藏书阁担任过皇帝的顾问。他的最大历史功绩是主持编修了史书《资治通鉴》。他与王安石同僚为官，但他的出生决定了他是既得利益者，决定了他要站在维护自身利益一边来反对变法改革。他在王安石罢相后升任宰相，可谓是王安石的政敌，但他们私交却很深，属于可以推心置腹的一类。尽管政见不同，在变法问题上甚至观点完全相左，他们的分歧和争论仍在君子的框架内进行。这是古代高士的儒雅风范。

王安石推行新法后，司马光给王安石写过三封信，其中一封长达三千三百多字，抨击新政，不遗余力。王安石思忖良久，给司马光回了一封信，主要辨明侵官、生事、征利、拒谏、至怨五件事，并对士大夫不体谅国事、苟且偷安、墨守成规的保守思想表示不满。他在信中说：

> 怨恨诽谤我的人这么多，我在变法之前就知道这样做会有这个结果的。人们习惯于得过且过不是一天了，士大夫多数把不担忧国家大事、附和世俗讨好众人作为好习惯，皇上想改变这种状况，于是我不考虑政敌的多少，想出力帮助皇上来抗衡他们……假如说我现在什么事情都不做，遵守祖宗的陈规旧法，不予改革，那不是我所想的。

信很短，五百字左右，道理简明，措辞文雅，没有怨怒，不见对骂，但不失骨力，也不失儒雅，一切坦言相陈逻辑严谨又彬彬有礼。这封《答司马谏议书》作为王安石的代表作进入了中国文学史。类似的话语，我们在清代的林则徐的一首诗里读到过："苟利国家生死以，岂因祸福避趋之。"基于同样目的的心灵是相通的，可以穿越时空相互抵达。

乌台诗案的发生，对王安石的人格是一个考量。他感受到来自四面八方许多双内涵丰富的目光的投射，因为他的威望还在，案子的起因和他有直接关系；他是变法的倡议者、设计者和推行者，而且办案人直接是在为他出气，他有可能借此机会东山再起重回相位。他面临几种选择：义正词严地批评训斥那些写诗文反对变法改革的人，说他们这样做谤言惑众、扼杀变法、危害朝廷。苏轼也已经承认了在诗文中有讥讽、嘲笑、挖苦王安石和变法改革的用心。他这样做顺理成章,并不过分,谁叫你用这种不太光明磊落的方式冷嘲热讽反对我,反对关乎社稷安危人民福祉的变法呢?另一种是保持沉默,冷眼打量,已经有人在替自己出头,在旁边看着,收获一种快慰,是多么的惬意,这样还显示出一种超脱和雍容大度,还一种就是落井下石、痛打落水狗,多提供一些办案人需要的证据,这类诗文并不难找,字里行间也总会挖掘到几句影射、谤言,把这类东西归集汇总,呈递上去,让那些人罪名坐实,加重惩罚,不能翻身。

但王安石并没有采取这几种做法,在众人的关注、期待的目光中,他用一种别人难以理解的姿态给皇上上书,大声疾呼:哪里有在圣明社会滥杀才俊的! 这一声断喝,喊出了王安石的人格语言——直截了当,没有丝毫的婉约含糊。

这件事实际上是全程考量着王安石做人的底线。王安石何尝不愿让那几个政敌文敌受点惩罚,让他们长点记性,做人处事不要太张狂,凡事要留点余地,给自己留点退路,否则,难保自己有过不去的时候。但王安石更清楚的是,这个案子纯属冤案,"欲加之罪,何患无辞",文人们写点诗文,用这种方式婉抒胸臆,发发牢骚,他们也就这么点能耐和嗜好,算不得罪名,最多是有些酸腐味,将他们定罪,而且是杀头之罪,那就太过分了,这就挑战了社会正邪的底线,挑战了一个有良知的知识分子的人格底线,这根底线在王安石心里是那样地高耸、不可逾越,是他的人格坐标。

王安石用不计前嫌、不落井下石、政敌有难反而仗义执言出手相助的行为,用光明磊落的胸襟守住了这根底线。这就是王安石的人格。

王安石的胸襟和度量苏轼也感受到了。

"乌台诗案"中,苏东坡感受到官场的冷酷、江湖的险恶、事态的炎凉、人心的良莠。然而,他从王安石的大声疾呼中,感受到来自曾经疑为敌对阵营里的人投掷过来的温暖。在一片肃杀冷气中,这个非同一般的反季节温暖,一下把苏东坡胸中的块垒融化,他接受了这种真诚的人性密码,对自己过去的轻率、误解、甚至有些不够情义感到愧疚。

人懂得愧疚,是一种心灵的洗涤,人格的升华。经过这场差点遭受灭顶之灾的变故,苏东坡性情大变。被贬后,他写下了人生的辉煌华章《前赤壁赋》和《后赤壁赋》,也为中国文学史创造了一个巅峰。

写到这一段引发了我的联想和思考:检索在中国文学史上的那些顶尖人物,他们几乎都有那么一段人生走向暗淡低谷,却在文学上走向辉煌巅峰的经历。诸如战国时代的屈原,在自己的政治见解不被君王采纳,反而因为话说多了屡屡被贬之后,写下了《离骚》;春秋时代的孔子就更惨了,他的主张被多个国家的君王否定,所以他带着弟子们犹如丧家之犬一般奔走于各国,在奔走的路上,留下了他和弟子们交谈的记录,这就是《论语》;汉代的司马迁,仅仅因为在武帝面前不怀疑李陵"叛国"而获罪,遭受了奇耻大辱的腐刑,之后他愤而作《史记》;晋代的陶渊明,是在不入官场之流、多次辞职,最后一次不为五斗米折腰彻底辞职后,回到家乡,才有了清丽的田园诗歌和令人向往的桃花源之梦;宋代的最后一个宰相文天祥,在自己被俘、家破人亡、并亲眼看见大宋王朝的灭亡之后,留下了"人生自古谁无死,留取丹心照汗青"的民族浩然正气;明代的汤显祖,也是在官场屡屡碰壁,最后一次在朝廷派人来查办他之前,愤然挂印,不辞而别,回到家乡,才写下了辉煌的《牡丹亭》……这一个个文化巨匠,一篇篇文学巨著,就在作者的痛苦思考中孕育产生;在这一个个亮点的背后,都能看到作者久经磨难的痛苦背影。也许,正是在这种丝毫不带个人私利的氛围中思考,离国家、民族、人性的本体更为接近;把思考命题带入一种更为宏阔的背景下,才能更清楚地看清世界、看清人的本性,更深刻地思考问题。这大概是个规律。只不过苦了这些被迫进入这个规律的文化巨匠们,他们经过了炼狱般的脱胎换骨,才有这水晶般的结晶果实。这个代价太过沉重。

五年后,苏轼从谪贬的黄州被召回,前往金陵同王安石相会,他们相游于山水,诗酒唱和,无所不谈,相处甚欢。经过那场大变故,他们更加珍惜友情,更加向知己袒露胸怀。王安石说"细数落花因坐久,缓寻芳草得归迟",苏轼说"劝我试求三亩宅,从公已觉十年迟"。话里行间,跃出一片真诚。二人君子之交,惺惺相惜,其心可鉴,在文坛传为典范。

五

王安石纪念馆坐落在抚州市赣东大道南端,于 1986 年 11 月在纪念王安石逝世九百周年时建成开放,是江西省爱国主义教育基地。进门一尊白色雕像,王安石傲然挺立,"拗相公"的神态呼之欲出。在他的生平介绍中有这样一段文字:王安石是历史上唯一不坐轿子、不纳妾、死后无任何遗产的宰相。这几个词内涵丰富,分量很重。

王安石在任知制诰时,才四十来岁。一天下班回家,见他的内室椅子上坐着一位年轻貌美的女子,他严肃盘问,原来这位女子的丈夫是一个下级军官,在押运一批军用物品时因船翻物品受损,人被关押、家产被抄。官府发话,如能补缴九十万钱,就可放人。女子见丈夫被拘、家产被抄,无力救夫,就自插草标自卖自身。王安石的妻子吴氏听闻此事,就让人将这女子买回准备给王安石为妾,因为按当时惯例,王安石已官居五品,可以纳妾。王安石问清原委,让人将女子连夜送回,钱不必退。女子得知这位和蔼正直的官员是名满京城的新任知制诰王安石,连连下拜道万福,欢天喜地回家和丈夫团圆去了。这事在京城传为佳话。

他是从这里的乡间走出去的宰相,文韬武略兼备,才高德馨,却依然布衣风范。

鹅湖绝响

鹅湖是个很小的地方,在地图上很难找到,它是江西铅山县的一座小山,山北麓有一座鹅湖寺。鹅湖寺建于唐代,五代后为中国东南地区的佛教活动中心。山上有寺,不仅是一处景观,由于是佛法盛地,还成了一大名胜。但真正使鹅湖声名远播的,还是几位学者在鹅湖寺辩论了三天,这次辩论影响了后世几百年,直到今天仍余音袅绕。辩论的时间是在宋淳熙二年(1175),论辩的双方一方是朱熹,另一方是陆九龄、陆九渊兄弟。对于这次辩论,史称"鹅湖之会"。

春天是一个万物萌动的季节,从冬天苏醒过来,有很多事情要去谋划,谋划好春天,就意味着收获。

这是 1175 年的春天,一个青年从浙江金华启程,急匆匆赶往千里之外的福建武夷。这个青年走得比较急,直到今天我们还似乎能感觉到他匆匆步履带起的尘土、粗重的呼吸喷出的热气。这个青年叫吕祖谦,他此行是去完成一个特别使命。他并没有料到,他的这一次行动将在中国的历史上记上一笔。

吕祖谦是个好学有为的青年。在他二十五岁那年(1163),他先考中博学宏词科,这是皇上直接选拔、面试的才俊,接着又参加科考中了进士。但他家道不顺,从绍兴三十二年(1162),他的妻子韩氏去世、儿子也夭折开始,噩运接二连三。乾道二年(1166),他的母亲去世;乾道七年(1171),第二任妻子韩氏去世,所生女亦夭折;接着,乾道八年(1172),父亲因病告归,并于这年二月去世。这一连串的打击在精神上给吕祖谦带来了极大痛苦。

在为父守丧的三年中,他仍以教授学子和著述为事。他的这次出行,是在他守孝期要完成的一个重要事情:约朱熹和陆九龄、陆九渊兄弟进行一次学术探讨,希望双方对立的观点能相互靠拢一些。他觉得自己是完成这个使命的不二人选,因为,他与朱熹十分亲密友善,而且在学术观点和治学方法上倾向朱熹。而陆九渊这边呢,作为他考进士时的考官,吕祖谦看着这位后学渐渐成熟,在学术上声名日隆,心里也颇感欣慰。他希望双方有一次交流和探讨,消弭双方过去在学术问题上的对立,和因为这样的对立引起的一些不快。他觉得这样做很有必要。他看得比较清楚,自先秦诸子百家的百家争鸣经过那些先哲们的思想碰撞和交流交锋,各家学说已趋成熟稳定,而从中脱颖而出成为主流学说并为官方接受采纳的,是儒学。虽说儒学经过一千多年的发展,到现在是根深叶茂深入人心,成为全社会的主导学说,但在汉代经董仲舒提出

朱熹遗像

陈列在婺源文公山寒泉精舍内的朱熹木刻像

"独尊儒术,罢黜百家"以来,从文化层面上扼杀了人们的思想信仰和创造。作为官方采纳的文化思想,提出独尊已经有些霸道,罢黜百家就成为一种思想专制了,专制导致思想文化的衰退。因此,儒学经过汉唐一千多年的停滞、衰退,而到了朱熹、陆九渊这里好不容易开始有了新的发展,朱熹的理学,就是从儒学发展演变而来,陆九渊兄弟的学说也是在儒学的框架内发展,双方学说的根基源头都是相同的,这样的发展是很不容易也很有意义的,只是双方在方法上出现了分歧,而这种分歧正在日益扩大,并由扩大走向对立。这就使人担忧:两方最负名望的学者由分歧对立引起争执与不和,由不和影响着双方的创造和发展,这将会使这门学问分崩离析,会最终导致思想文化界的一次灾难,这是他和许多人不愿看到的。吕祖谦就是带着这样的思考和担忧出发的。

虽然这次影响巨大而且深远的鹅湖会已过去八百多年,史家和学者对这次论辩已有数不清的文章评价论述,但我一直在想,为什么会有这次论辩、为什么这次论辩会发生在二陆和朱熹之间、他们之间有什么必然的联系吗? 除了双方在学术观点上的分歧、吕祖谦的从中撮合之外,还有什么原因呢?

在仔细研究双方的资料后,我有一个很有意思的发现:朱熹在四岁时,一天他的父亲指着天告诉他:"这是天。"朱熹问:"天上有什么东西呢?"他父亲大惊。而陆九渊在他三四岁时,问他的父亲:天和地的边际在哪里呢?他的父亲笑而不答,他就日夜苦思冥想。到十三四岁时,便悟出"四方上下曰宇,往来古今曰宙","宇宙便是吾心,吾心便是宇宙"这个被后世称为"心学"的主要观点。两个学者同样是在幼童的年龄,问出了同样的问题,问题直指浩瀚天穹、茫茫宇宙。

问天者,古已有之,外国也有。古人望天,才有了女娲补天、嫦娥奔月、后羿射日等美丽的神话故事流传;屈子的一篇《天问》洋洋洒洒,提出了一百七十多个问题;庄子更是匪夷所思,干脆让自己的思想趴在鲲鹏的背上,天马行空自由翱翔;哥白尼仰望天空,提出了日心学说。当然,我第一佩服的是我们的祖先,他们应该不是一个人,也不仅是一代人,他们用接力问天的方式,精确测定二十四节气,几千年来惠泽华夏民众,直到今天。

仰望星空的人多半是些天才,一个民族有了这样一些仰望星空的人是福气,是他们为这个民族和人类找到了方向。

吕祖谦日夜兼程,赶到了福建武夷,与朱熹相聚于寒泉精舍,就将要与二陆兄弟会谈的内容框架作了大致的梳理和勾勒,两人边叙谈边做了一件重要事情,他们将周敦颐,程颢、程颐兄弟和张载的书,精心挑选出日常适用的共六百二十二条,编辑成《近思录》一书,费时四十多天。之后,朱熹和吕祖谦风尘仆仆到鹅湖,吕祖谦去邀请二陆兄弟。

选择鹅湖寺作为会面的地点有点讲究,其一,这是在江西铅山县,双方都是江西人,在地域上没有陌生感;其二,朱熹从他任职的福建回江西,必经过鹅湖,而陆氏兄弟住在金溪与贵溪两县交界处,由居住地往鹅湖有水道或陆道,离鹅湖仅十五里,吕祖谦家在浙江金华,由金华到福建朱熹的住地,鹅湖也为必经之地。这样,差不多处于三方中心的鹅湖,就成了这次会面的理想之地。鹅湖,就这样进入当时的几个文人的视野,没承想因此进入中国历史的典册。

得到吕祖谦的邀请,二陆兄弟不敢怠慢,他们心里十分清楚,这不是一般的赴约做客,而是两个学派之间的一次交锋论辩。他们早已耳闻朱熹放出过话:"海内学术之弊,不过两说:江西顿悟(指陆九渊),永康丰功(指陈亮),若不极力争辩,此道无由得明。"陆九龄是陆九渊的五哥,比九渊大七岁,时年四十三岁,性格来得稳重些。他对陆九渊说,这次祖谦约朱熹和我们聚会,是冲着学术观点的异同来的,如果我们兄弟的观点都不一致,怎么能期望在鹅湖达到观点统一呢? 于是,两人开始作预先的论辩,以求达成共识,共同对付朱熹。

当天,两兄弟论辩至深夜,第二天一早又继续论辩。九渊请兄长先说,九龄说,晚上想来想去,你说的很有道理。我作了一首诗表达了我的意思:"孩提知爱长知钦,古圣相传只此心。大抵有基方筑室,未闻无址便成岑。留情传注翻榛塞,着意精微转陆沉。珍重友朋相切琢,须知至乐在于今。"九渊认为,诗写得不错,只觉得第二句稍有不妥,最好能改一改。我们不妨一面启程,在路上来和这首诗。

两兄弟就带着这样的使命启程了。从金溪通往鹅湖的路上,人们就可以看到两个一边赶路一边高声谈论的青壮年,他们急匆匆的脚步和洪亮的声音,挟带起一股风潮。途中,陆九渊有所悟,作和诗一首:"墟墓兴衰宗庙钦,斯人千古不磨心。涓流积至沧溟水,拳石崇成泰华岑。易简功夫终久大,支离事业竟浮沉。欲知自下升高处,真伪先须辨只今。"两兄弟一边赶路一边和诗论辩,一路上争辩不休好不热闹。这就很有意思,为了和别人论辩学术观点的同异,而自家兄弟先进行假设的论辩,就像现在流行的大学生辩论赛,比赛前要各自进行预赛一次。

一方是和中间人交谈商讨,一方是兄弟俩预先论辩。还没见面,双方论辩的火药味就已经在各自的上空凝聚了。

二

陆氏兄弟到达鹅湖,朱熹、吕祖谦早已在寺内恭候。除三方带的随行人员、弟子,还有来自江西、福建、浙江的学者共百余人,大家闻讯而来,都想听听这场难得一闻的顶尖学者的论辩。

吕祖谦先问陆九龄分别后有何创获。陆九龄便朗读他启程时作的诗。才读了四句,朱熹就对吕祖谦说,九龄早已上了九渊的船了。等陆九龄读完全诗,朱熹按捺不住,就和陆九龄辩论开了。这情景就像古代两军交战,双方主将通报完姓名后,便拍马抢枪杀将起来。从这一点可以看出,双方观点严重分歧且急于辩驳。陆九渊很快加入辩论,读出他路上写的诗。当他读到第五六句"易简功夫终久大,支离事业竟浮沉"时,朱熹脸上失色。当陆九渊读完最后两句时,朱熹大不悦。中间人吕祖谦见此情状便急忙宣布休会,各自回房休息。第一天的见面和辩论就这样匆匆结束。

第二天辩论继续。显然,朱熹自觉在头一天的辩论中处于被动,晚上做了充分准备。他和吕祖谦先后提出了十几个辩论的题目,与陆氏兄弟展开激烈辩论。双方全力投入,气氛十分紧张激烈。

会议辩论的中心议题是"教人之法"。关于这一点,陆九渊门人朱亨道有一段较为详细的记载,其大意是:说到教人,朱熹的观点是要人们先广泛阅读学习,然后得出自己的结论;而二陆的观点是先开发人的本心,让他有了认识,然后再让他广泛阅读学习。

所谓"教人"之法,也就是认识论。在这个问题上,朱熹强调"格物致知"。这是《礼记·大学》里的一句话"致知在格物,格物而后知至",认为格物就是穷究事物的原理法则,致知就是由事物的原理法则而上升总结为一种理性知识。朱熹认为,"致知格物只是一事",是认识的两个方面。主张多读书,多观察事物,根据经验,加以分析、综合与归纳,然后得出结论。他认为知先行后,行重知轻,而且知行互发,"知之愈明,则行之愈笃;行之愈笃,则知之益明"。朱熹另一个著名观点是"心性理欲"。他认为,"道心"出于天理或性命之正,让本来就属于仁义礼智之心发展而有了恻隐、羞恶、是非、辞让这样的美德。"人心"出于形气之私,是指饥饿渴饮之类,是人的本性。所以,即便是圣人也不能没有人性,但圣人是以道心为主而不是以人心为主的，圣人与凡人的区别就在于此。道心与人心的关系既矛盾又有联系，道心需要人心来安顿，人心必须听命于道心。人心有私欲，所以有危害，而道心是天理，所以是准确的，因此必须"灭人欲而存天理"。

陆氏兄弟则从"心即理"出发，认为格物就是体认本心。他们认为人的认识是早就存在于心的，是固有的，只不过是如何开发的问题，而不是通过无边无涯的学习才去认识的。所以他们主张"发明本心"，心明则万事万物的道理自然贯通，不必多读书，也不必忙于考察外界事物；去除心里的屏障，就可以通晓事理。所以尊德性、养心神是最重要的，反对多做读书穷理之工夫，以为读书不是成为至贤的必由之路。二陆主张的"易简工夫"，是以确认先天心性为前提的。其所谓"孩提知爱长知钦，古圣相传只此心"和"墟墓兴衰宗庙钦，斯人千古不磨心"的诗句，都是表明先确立"心"本体，以心为一切道德价值根源的观点，主张由"明心"而扩展到读书问学的。二陆把"心"当作人生代代相传、永不磨灭的道德本体，认为千古圣人只是以心相传，不用传之文字。所以陆九渊更欲与朱熹相辩：如果说只有读书才是认识真理和成为圣贤的唯一通道，那么，人们所公认的圣贤尧舜，在他们生活的时代还尚无文字，更无书可读，他们不也成为了大圣贤吗？对此你又作何解释呢？这个撒手铜刚想抛出，被陆九龄察觉并急速制止。在九龄看来，学术辩论的框架已定，双方围绕学术问题加以探讨论述即可，不必跳出框架之外节外生枝，更不必因此伤了和气。会上，双方各执己见，互不相让。

辩论就在一个宽泛的学术框架内紧张而又激烈地进行，据后来有文献记载，双方辩论的内容主要在哲学领域，重点在认识论，也涉及美学、文学。双方争辩了三天，陆氏兄弟略占上风，但最终结果是谁也没有说服谁，双方不欢而散。

陆九渊兄弟与朱熹在鹅湖发生的争论，是中国古代学者的一场学术论辩。"朝闻道，夕死可矣"，为了弄明白一个道理，会穷追不舍甚至可以放弃生命，这是中国传统学子的风骨延续，这种基因从春秋时就种下了。孔子带着学生四处游说，和弟子们谈辩议论学术观点；庄子四处飘逸，到处和人辩论"以马喻马之非马，不若以非马喻马之非马也""子非我，安知我不知鱼之乐"；墨子风尘仆仆赶到千里之外的楚国，和楚国的公输班（鲁班）进行了一场"非攻"的论辩，制止了一场战争……

西方哲学界也有过类似的争论。西方哲学中围绕着人的知识是从人的大脑中产生的、还是对外界客观事物的经验反映，形成了两种意见：一种是以英国哲学家休谟为代表的，认为人的知识来自对外界事物的经验反映；另一种是以康德代表的，认为人的知识起于经验，但未必来自经验，人的知识是大脑思维的产物。休谟在现代哲学话语体系中被贴上"经验主义"或"唯物主义"的标签，康德被贴上"主观唯心主义"的标签。

在1927年发生的爱因斯坦和玻尔的量子理论之争，是世界物理学史上持续时间最长、争论最激烈、最富有哲学意义的争论，在这场旷日持久的不断论战中，量子力学在辩论中发展成熟起来，成为今天的模样。

看来，人类在对客观世界的认知过程中，会不约而同地经历各种形式的论辩，在这样的论辩声中，人们慢慢地睁开眼睛，四下里打量着我们身处的这个世界，渐渐看清。

辩论三天，影响八百年——给鹅湖会作一个这样的定义并不过分。鹅湖会之后,论辩的双方对各自的学说加以完善、调整,并吸收了论辩对方的正确或有益的见解,使自己的学说更趋丰满成熟,终成一派。且双方对自己在鹅湖会上的一些不成熟的观点或过激的言辞,向对方表示歉意。最为典型的莫过于六年后,朱熹知南康军,陆九渊前去拜访,朱熹大喜,特地请陆九渊登白鹿洞书院讲习。陆九渊讲《论语》"君子喻于义,小人喻于利"一章,听者都十分感动,甚至有人被感动得潸然泪下。陆九渊认为,儒家以义利判别君子小人,其核心问题是辨志。人的认识来源于日常生活中的习染,而习染的结果却决定于你的志向如何。志于"利"者,必被"利"所趋;志于"义"者,则以"义"为行为的准则。所以为学之要在于立志。他联系到当时科举取士选拔人才的制度谈到:科举取士的制度已经很久了,名儒高官都是通过这样的途径来的,现在的各级官员也是这样来的。多少年来,科举制沿袭下来,使做学问者都不能免此成规。然而科举取士的标准,是看其做文章的技艺如何,及是否投上司之所好。这样,它引导人们习尚的只是对技艺的追求和唯利是图的风气。像这样,怎么能不使人"喻于利",又怎么能不与圣贤的教导背道而驰呢?

他指出,为克服这些弊害,必须提出"立志"。立志,就是不以科场得失为目标,而以"义利之辨"来决定做人的标准:这就是去除名利之念,不随波逐流,以圣贤为志,以治国平天下为己任。他以为,以这种态度来问学,才得"正学"。否则,"更历之多"、"讲习之熟",也只能适得其反。

听得心潮澎湃时,朱熹当即离座向众人说:我应当和大家共同守卫这片学术圣地,以不忘陆先生的教诲。并请陆九渊书写讲义,将讲义刻于石以作纪念。

陆九渊的"心学"学说,经其弟子傅子云、傅梦泉、邓约礼、杨简等人的发挥,元代赵偕、祝蕃、李存等的继承和明代陈献年、湛若水的发展，经明代王阳明集大成，成为宋明理学的一个重要派别，影响极大，成为中国哲学史上著名的"陆王学派"，达到一个高峰。

王阳明认为理在自己心中，心和理合一；而理是心的一种结构。这一学说对近代中国理学产生深远影响。陆九渊的思想经后人充实、发挥，成为明清以来的主要哲学思潮，一直影响到近现代中国的思想界。著名学者郭沫若、马一浮都被认为深受陆九渊思想的影响。

而朱熹的学说继承周敦颐和程颢、程颐兄弟，兼采释、道各家思想，逐渐完善形成了一个庞大的哲学体系——程朱理学。他认为世界的本源就是"理"，一切由此生发。这样的理论气魄显出一种宏大，将原本处于一种零散、感觉状态的儒学提炼规划成逻辑严密的哲学理论，超拔了儒学，形成了一种新的完整的儒学形态。所以，朱熹的学术思想在中国元明清三代，一直是封建统治阶级的官方哲学，标志着封建社会意识形态的更趋完备。元皇庆二年（1313）恢复科举，诏定以朱熹的《四书集注》来考士子们，朱学正式进入科场的程式。明洪武二年（1369），科举以朱熹等"传注为宗"。朱熹的学说渐渐成为巩固封建统治秩序的强有力精神支柱。朱子的学说强化了"三纲五常"，对中国后期封建社会的变革起了一定的阻碍作用。事实上，儒家学说凭借《四书》作为官方的唯一思想权威以后，朱熹学说更是成为明清两代历时五百余年在科举应试上的官方教条观点。在南宋，朱熹学说还因政治党争而被斥为"伪学"，而后世的许多儒家学者也更大力批判朱熹对于"格物致知"的学说观点。但因为朱熹的《四书集注》在元朝中叶就被官方采用为科举取士的应试准则，而自从明太祖开始独尊儒术，朱熹在"格物致知"上的观点也就在数百年的官方教条权威下，成为后世社会上的普遍流行观点。所以在清末的洋务学堂中，就把物理、化学等学科称为"格致"，即"格物致知"的简称。

现在中学初三语文课本有一篇课文《应有格物致知精神》，这是著名的华裔科学家、诺贝尔奖获得者丁肇中先生的一篇谈话稿，他从现代科学如何继承和弘扬民族文化的精神而不是死搬硬套，对格物致知做了新的解释。他认为，传统的中国教育并不重视真正的格物和致知。这可能是因为传统教育的目的并不是寻求新知识，而是适应一个固定的社会制度。《大学》本身就说，格物致知的目的，是使人能达到诚意、正心、修身、齐家、治国的地步，从而追求儒家的最高理想——平天下。因为这样，格物致知的真正意义被埋没了。

大家都知道明朝的大理论家王阳明，他的思想可以代表传统儒家对实验的态度。有一天王阳明要依照《大学》的指示，先从"格物"做起。他决定要"格"院子里的竹子。于是他搬了一条凳子坐在院子里，面对着竹子硬想了七天，结果因为头痛而宣告失败。这位先生明明是把探察外界误认为探讨自己。

王阳明的观点，在当时的社会环境里是可以理解的。因为儒家传统的看法认为天下有不变的真理，而真理是"圣人"从内心领悟的。圣人知道真理以后，就传给一般人。所以经书上的道理是可"推之于四海，传之于万世"的。对这种观点，经验告诉我们，是不能适用于现在的世界的。实验的过程不是消极的观察，而是积极的、有计划的探测。比如，我们要知道竹子的性质，就要特别栽种竹树，以研究它生长的过程，要把叶子切下来拿到显微镜下去观察，绝不是袖手旁观就可以得到知识的。

朱熹的学术思想在世界文化史上也有着重要影响。他的主要哲学著作有《四书集注》《四书或问》《太极图说解》《周易本义》等。毛泽东晚年在会见日本客人时，送给对方的礼品书中就有一套《四书集注》。

鹅湖之会三个人唇枪舌剑地辩论了三天，不但没有影响双方的友谊,反而推动了这两个学派的发展,各自成为一大学派。朱熹集程颢、程颐理学之大成,形成"程朱理学";二陆兄弟的心学后来被王阳明发扬光大,形成"陆王哲学"。两个学派都成为中国哲学的高峰,双峰并峙。他们的学说犹如并列在中国文化星空的双星,一直照耀大地,蔚为奇观。

四

我一直在思考这样一个问题,朱熹的学说为什么能作为历代封建统治阶级的正统思想体系而延续下来,这其中有什么奥秘?

历代的封建统治者们在用武力夺得了江山后都会考虑一个问题:用杀伐征战得来的江山,是不能靠武力来统治的,得用文化,用一种民众能广泛接受亲近、自己又能驾驭的文化,来统一大家的思想。于是,他们用鹰隼般的目光,在中国海量的典籍中四下里寻找。

找到能作为这种统治文化的,还真不容易。把目光放远些,从中华文化哲学成型期的诸子百家开始吧。

孔孟的思想文化影响力是巨大而深远的。孔子崇尚"仁爱",讲究的是建立一种等级森严的官场秩序,然后推及社会秩序、家

婺源文公山上朱熹祖墓旁的寒泉精舍

庭秩序,形成"君君、臣臣、父父、子子"的社会政治格局。这种社会格局看上去是整齐规范的,对稳定政权统治是有着积极的建设性帮助的。但建立这种秩序颇费时日,而且主要工作在于朝廷,民众在心里未必愿意来帮你构建一个这样严密庞大的社会秩序,所以,孔子的思想体系不是上选。

孟子讲究"义",对国家、朋友、家庭都讲义气,这似乎没有坏处,但对统治者来说,光讲义气有些粗俗之气,登不上文化层面,也不是上选。

墨子钟情于"兼爱",主张人与人之间不分地位的高下,首先是平等的。只有实现了人与人之间的平等,才能在此基础上建立一个公平的社会秩序。这个主张很容易获得民众的拥护,但对于统治者来说,简直就有些大逆不道了,皇帝和臣子、百姓、叫花子都平等了,君不君,臣不臣,父不父,子不子,皇权摆放在哪里?君权如何体现?国成何体统、家成何体统、社会成何体统?这样的学说简直就是一派胡言!

庄子呢?庄子的思想一直像在太空一样缥缈不定,有些玄乎,要让人懂很费劲;老子有些仙风道骨,对于统治思想无太大的文化支撑。都罢了吧。

统治者们的目光继续上下逡巡,反复在朱子的学说里扫描打量,突然,"存天理,灭人欲"这一行字跳了出来,扫描的目光顿时停下,统治者们的瞳仁里射出一束亮光,喉咙里咕隆一声:就是它了!你看,多么契合,存天理,天理是什么?天理就是天子之理。皇帝就是天子,是代表上天君临天下的,所以天子的号令就是天理。这个朱子说得太对了,太妙了,简直就是说到了皇帝的心坎儿上。更妙的还有下一句,灭人欲,这才是关键所在。光有天理——天子之言在那里搁着还不够,你还得听话,是真听话,不能有二心,有二心就会有麻烦,就会不听话,就会起疑心,就会长反骨,就会给朝廷、给天子添麻烦,所以你不能有任何的私欲,有什么想法都得灭掉,生生地掐死。说得太好了,这个朱子真是大圣人,他创造了这么一个绝妙的学说存放在那儿,就等着我们去启用呢。这么完美、天衣无缝的学说上哪儿去找? 让孔孟之道、诸子百家的学说在一边歇着吧,我们就用朱子,大大的圣人啊。

要用也要用得有技巧。一般的老百姓大字识不了几个,更辨不清孔曰成仁、孟曰取义、墨子兼爱、庄子飘逸。这些人不足虑,先征服的是那些识文断字的。不是想考取功名、出人头地、耀祖光宗吗? 那好,考试科目就是朱子的学说,看谁领悟得深、领悟得透、领悟得能为我所用,那就取谁。

朱子的学说,成了绵延中国七百多年来无数学子们唯一的科考复习资料,这不仅是中国文化的奇观,也成为世界文化史的一朵奇葩。在一个数亿人的大国里,人们的思想被锁定在一个叫朱熹的故纸堆里了。

在历代的封建统治者中,清朝的康熙皇帝向朱熹投去过关爱的一瞥。这位皇帝热爱和精通汉族文化,甚至超过了被他的父辈们取代的明朝历代皇帝。他亲自批点《资治通鉴纲目》,同一批著名的理学专家进行专业水平的学术探讨,并命他们编纂了《朱子大全》《性理精义》等著作。关于康熙皇帝和理学专家们进行学术探讨一事,在《康熙起居注》和《御制文集》中有较为详细的记载。如康熙十二年(1673)九月十三,日讲完毕后,康熙把日讲官熊赐履叫至御座前,和他探讨"格物致知"。康熙说,我昨天看《大学》,格物二字是至关重要的,格物就是穷究事物的原理。并和熊探讨本然之性与气质之性。康熙明白了程朱理学的要义,并与观点和王阳明相近的侍讲学士崔蔚林论学。崔撰写《大学格物诚意辨》进呈,康熙阅后不满,将其召进宫中就朱王之学进行辩论。当时因准备不足，康熙一时语塞，十天后，康熙做了充分准备进行了反击。崔认为，一个人的神态是他心灵思维的主宰，是至善无恶的，即所谓天生的好品德。康熙反驳他说，所说的天命实际上是事物的本性，这个本性就是原理。人的本性是善的，但他的神态是由心灵思维生发出来的，有善的也有恶的。他们两人观点的分歧实际上就是朱熹学派和陆九渊学派之争的延续。在学术观点上，康熙皇帝是完全站在了朱熹一边，并推崇备至。康熙五十一年(1712)，康熙将朱熹从孔庙东庑的"先贤"之列升至大成殿"十哲"之次，理由有一大串：朱熹注释群经，阐发道理；他的著作和编纂的书都明白精确，属于正统；历经五百多年，做学问的人无人敢提出缺点。"朕以为孔孟之后有裨斯文者，朱子之功最为弘巨。"其后，康熙下令编纂《朱子全书》，于康熙五十三年(1714)完成，全书六十六卷，专门收录朱熹论理学的著作，以表达对朱熹的尊崇。

当无数学子考生埋头这堆发黄脆薄的故纸堆里皓首穷经时，高高在上的统治者们嘴角露出了暗暗的笑意。朱子生前并没有受到朝廷的这般礼遇，甚至还受到过朝廷的怀疑、贬斥，以至于郁郁而死，他死了也让朝廷担心，怕他的学生借机聚众闹事危害朝廷。但很快，他的价值被朝廷发现，予以高规格的礼遇，这让朱子在天之灵很有些受宠若惊，继而又目瞪口呆：我说的存天理灭人欲不是你们理解的这个意思，你们搞错了！然而统治者不管他的呼号，照用七百年不误。

不要担心黎民百姓不接受"灭人欲"，只要那些读书人接受就好办了。老百姓有多少发言权，他们总是习惯于逆来顺受。有发言权的总是少数，对这些少数我们牢牢掌控就行了，给他们高官厚禄，他们就会死心塌地效忠你了，前提就是你必须按照我们的政治设计，去遵循朱老夫子的学说，老老实实、一心不二地把他的思想化为你的思想,化为自己自觉的从政理念。有这么一批由朱子思想浸泡的官员作为朝廷政治构建的框架,何愁政局不稳?于是,朱子的思想旗幡在中国的上空一直飘荡着,飘了七百多年。

五

还是回到鹅湖寺。鹅湖寺的大气度不在于它的建筑有多么宏阔,尽管这座建于唐大历年间(776)的寺庙的确气度不凡:史书记载它有三门,宽有四根柱子,高七米多,最雄伟的是大雄宝殿,宽有十二根柱子,高十米多。但它的气量更显博大:它吞吐各种学派、见解,容纳各式争辩、探讨,这样的气量构建,足以使它的文化含量的级别高于别的寺庙。

在朱陆鹅湖之会后十三年,鹅湖寺又迎来辛陈之晤,文献记载,这是第二次鹅湖之会。

淳熙十五年(1188)冬,陈亮从故乡浙江永康专程来江西访问辛弃疾。时值辛弃疾病中,"我病君来高歌舞,惊散楼头飞雪",知己相逢为之振奋,辛弃疾的病似乎一下就好了。两位壮怀激烈文采飞扬的词人在鹅湖酌瓢泉而共饮,长歌相答,极论世事,性之所至拔剑起舞,尽情倾诉报国之志。陈亮在鹅湖住了十天才依依不舍离去。离去次日,辛弃疾意犹未尽,又驾车去追赶陈亮,当他追到鹭鹚林时,雪深泥滑不能前行,只得悻悻然作罢。挽留陈亮未遂,辛弃疾独饮方村。夜半投宿于吴氏泉湖回望楼,夜闻邻人笛声凄然感伤,赋《贺新郎》词,抒发惜别之情,以渊明、卧龙比陈亮。此后,辛陈赋词多首唱和,慷慨悲歌令后人掩卷叹息。辛陈鹅湖之会,高山流水剑胆琴心流传千古,留下一段文坛佳话。

【贺新郎】陈同甫（陈亮字）自东阳来过余，留十日，与之同游鹅湖，且会朱晦庵（朱熹号）于紫溪，不至，飘然东归。既别之明日，余意中殊恋恋，复欲追路，至鹭鸶林，则雪深泥滑，不得前矣。独饮方村，怅然久之，颇恨挽留之不遂也。夜半投宿吴氏泉湖四望楼，闻邻笛悲甚，为赋《乳燕飞》（注：即《贺新郎》）以见意。又五日，同甫书来索词，心所同然者如此，可发千里一笑。

把酒长亭说。看渊明、风流酷似，卧龙诸葛。何处飞来林间鹊，蹙踏松梢残雪。要破帽、多添华发。剩水残山无态度，被疏梅、料理成风月。两三雁，也萧瑟。　佳人重约还轻别。怅清江、天寒不渡，水深冰合。路断车轮生四角，此地行人销骨。问谁使、君来愁绝？铸就而今相思错，料当初、费尽人间铁。长夜笛，莫吹裂。

收到好友的新作，陈亮十分高兴，和辛弃疾激情畅谈的情景又一一浮现，他立即填词作和。

【贺新郎】寄辛幼安和《见怀》韵

老去凭谁说？看几番、神奇臭腐，夏裘冬葛。父老长安今余几？后死无仇可雪。犹未燥、当时生发！二十五弦多少恨，算世间、那有平分月！胡妇弄，汉宫瑟。　树犹如此堪重别。只使君、从来与我，话头多合。行矣置之无足问，谁换妍皮痴骨？但莫使、伯牙弦绝。九转丹砂牢拾取，管精金、只是寻常铁。龙共虎，应声裂。

这一来二往,两人诗兴大发,你唱我和,几个来回,直诱得辛弃疾那首激情澎湃大气磅礴的破阵子词喷涌而出。

【破阵子】为陈同甫赋壮词以寄

醉里挑灯看剑,梦回吹角连营。八百里分麾下炙,五十弦翻塞外声。沙场秋点兵。 马作的卢飞快,弓如霹雳弦惊。了却君王天下事,赢得生前身后名。可怜白发生!

待鹅湖会的四位主角先后去世后,信州刺史杨汝砺在寺庙旁筑"四贤祠"以资纪念。淳祐十年(1250),朝廷将其命名为"文宗书院"。明景泰四年(1453)重建时,称"鹅湖书院"。书院建筑背山面畈,占地约五千四百平方米。八百余年来,建筑规模几经变动。清道光二十七年(1847)修建后的基本布局为:院墙前临照塘,墙内左义门、右义门。建筑共六进:一、头门;二、青石碑坊;三、泮池,池上有雕栏石拱桥,泮池两各有一碑亭;四、仪门,三楹,两翼有庑廊;五、会元堂,五楹;六、御书楼。东西两廊各有读书号房二十幢。1957年,江西省文化厅拨款重修,1959年,被列为全省重点文物保护单位。"文化大革命"期间,遭到破坏。1983年,省文化厅拨款重修,并列为省级文物保护单位。2006年5月25日,鹅湖书院作为明至清时期古建筑,被国务院批准列入第六批全国重点文物保护单位名单。

鹅湖书院创建后,因为两次鹅湖会的影响而吸引了一批学者慕名来讲学,鹅湖书院的名气逐渐扩散,在此求学的学子保持在百名以上,鹅湖也和另外三所书院白鹿洞、白鹭洲、豫章一起成为江西的四大书院。数百年来,对这所静谧而不沉寂、热闹而不浮躁的书院来说,外界的利益纷争、政治喧闹一概离它远去,两次鹅湖之会的激越辩声已成绝响，这里的一切只与学问密切关联，成了学者和学子们精神世界里的一块圣洁之地。

六

到婺源去看朱子故里，是前两年的初夏时节。朱子出生在福建，婺源是他的籍贯。由于他从父辈开始在外做官，婺源老家没有留下多少遗迹。值得看的，是在城外不远的文公山上，有朱子太曾祖母程氏豆蔻夫人之墓。淳熙丙申（1176年）三月中旬，时隔二十七年，朱熹在知己蔡季通（闽建阳人）的陪同下重游婺源。朱熹在族人陪同下祭扫了祖墓，并撰写了《归新安祭墓文》："一去乡井，二十七年，乔木兴怀，实劳梦想，兹焉展扫，悲悼增深，所愿宗盟，共加严护，神灵安止，余庆下流，凡在云仍，毕沾兹荫，酒殽之奠。惟告其衷，精爽如存，尚祈鉴飨。"

朱熹见墓地四周空旷，亲手在墓周栽植杉苗二十四棵。八百多年过去了，这群历经人间沧桑的杉树群，如今尚存十六棵，最高的三十八米多，最粗者胸围要两三人合抱，树木挺拔葱茏，直插云天。

树留下了朱子的气息痕迹，我特地去抚摸感受一下，向南的一面树皮干燥光滑，背阴的一面

婺源文公山朱熹在其祖墓旁种植的杉树

潮湿粗糙,且苔藓斑斑。

这倒真的有点像朱子,有被人褒的一面,有被人贬的一面。

想起了卓别林的一首诗:

我的心就如同这张面孔,

一半纯白,一半阴影。

我可以选择让你看见,

也可以坚持不让你看见,

世界就像是个巨大的马戏团,

它让你兴奋,却让我惶恐,

因为我知道散场后永远是——

有限温存,无限辛酸。

——《致乌娜》

山巅上的自由魂灵

对于中国第一处世界文化景观遗产地庐山来说,一年四季除了冬天大雪封山,每天上山的人很多,所以,在 2003 年的 6 月,两位"特殊人物"上山并未引起人们的关注,更多的人只是事后从媒体发出的消息得知。这两位"特殊人物"上山不是旅游,而是定居,永久性定居——他们的骨灰安葬在庐山植物园。这两人是陈寅恪和他的夫人。

陈寅恪出生于 1890 年,是我国著名国学大师,曾任中国科学院首届学部委员,为清华国学研究院"四大导师"之一。1969 年陈寅恪在广州逝世。2003 年 6 月 16 日,陈寅恪与夫人的骨灰落葬在中国科学院庐山植物园内。庐山管理局将建墓的山命名为"景寅山"。墓茔左侧的长条石上竖刻着"陈寅恪唐筼夫妇永眠于此"。右侧的扁形石上横刻当代著名画家黄永玉题写的先生奉行一生的准则"独立之精神、自由之思想"。另据报载:"6 月 16 日(旧历五月十七日)是先生一百一十三岁冥诞,先生墓落成揭幕仪式于是日在庐山植物园举行",中国科学院、清华大学、中山大学等单位及受业弟子卞僧慧等人致信祝贺。筹办此事之时,正值"非典"疫情期间,故而与陈寅恪先生生前相关的机构和尚健在的门生未及邀请,但他们皆发来贺电,对先生灵柩能落叶归根而感到欣慰。发来贺信的有中国科学院院长路甬祥和清华大学、清华校友总会、中山大学、九江市政府、修水县政府、国家图书馆、中国社会科学院历史研究所、台湾研究院历史语言研究所、香港大学、北京大学中国古代史研究中心、西南联合大学校友会等机构。

陈氏家族与庐山有着不解之缘。祖籍江西修水（旧称义宁）的陈寅恪，1929年出资在庐山购买了松门别墅，接其父亲上山定居。他的侄子、中国著名植物学家陈封怀1934年与胡先骕、秦仁昌创办了中国第一座正规植物园——庐山植物园。1993年陈封怀病逝后归葬庐山。

墓旁大石上刻的"独立之精神、自由之思想"，这不是别人所撰，而恰恰是陈寅恪自己，语出由他撰写的《清华大学王观堂先生纪念碑铭》(1928年)。文中说："士之读书治学，盖将以脱心志于俗谛之桎梏，真理因得以发现。思想而不自由，毋宁死耳。……先生以一死见其独立自由之意志，非所论于一人之恩怨，一姓之兴亡……先生之著述或有时而不章，先生之学说或有时而可商，唯此独立之精神，自由之思想，历千万祀，与天壤而同久，共三光而永光。"为另外一位大师王国维撰写的纪念碑铭文，却成为自己的墓志铭，饶是陈寅恪这位才华过人的大师，也是万万没想到的。

其实我倒觉得，用"独立之精神、自由之思想"来概括陈寅恪的一生，包括他的为人治学，要比用在王国维身上更贴切。

先说三件事。

其一：1942年春，他和全家在香港准备赴英国，此时日军已占领香港，日军军部得知陈寅恪这位懂日语的大学者在港，便多般拉拢，先是承诺出资四十万元要他办东方文化学院，遭到拒绝，后日军又送来大米，也被拒之门外。为避免日军的纠缠，陈寅恪随后扮成塾馆先生携家逃出,取道广州到桂林,先后任广西大学、中山大学教授。在桂林,某些御用文人发起向蒋介石献九鼎的无聊活动,邀请他参加,他作《癸未春日感赋》"九鼎铭辞争讼德,百年粗粝总伤贫"予以讥讽。这些事有一个时代背景。1937年7月抗日战争全面爆发,日军直逼平津。陈寅恪的父亲陈三立义愤绝食,溘然长逝。陈家是望族,陈寅恪的祖父陈宝箴,曾任湖南巡抚,是清末著名维新派骨干,为地方督抚中唯一倾向维新变法的实力派风云人物。陈寅恪的父亲陈三立,与谭嗣同、徐仁铸、陶菊并称"维新四公子",近代同光体诗派领袖。父亲的辞世,给陈寅恪的精神上一个沉重打击,由于悲伤过度,致使他的右眼失明,更给他的心灵上留下无法磨灭的创伤。所以,他断然拒绝与日本人合作,是在情理之中。1942年是到了抗日战争相持阶段最为艰苦的时期,经过五年艰苦卓绝的战争,中国本不富裕的国力消耗殆尽,人民生活苦不堪言,举国上下为了民族的最后胜利节衣缩食。这一年,地处中原腹地的河南省因大旱引发大饥荒,据后来统计,这次大灾导致三百万人饿死,另有上千万饥民西出潼关逃荒要饭流离失所,一路上死人无数;陪都重庆连续五年多次遭到日军轰炸,许多无辜平民被炸死炸伤,大量房屋被炸毁,大后方也并不安全;也就在这一年,中国历史上绝无仅有的一支学生军远赴滇缅战场,抗击日军。在这样的时候一些御用文人的谄媚所为,如浊流翻滚逆潮而动,为大众所不齿,遭到陈寅恪的讥讽,自然是在情理之中。对侵略者的国仇家恨,化作拒绝;对与时代潮流背道而驰的行为不附和唱随,化作讥讽,陈寅恪"独立之精神"的人格,在这里凸显。

其二:抗战胜利后,陈寅恪再次应聘去牛津大学任教,并顺便到伦敦治疗眼睛。但由于此前在国内进行过一次不成功的手术,再经英国医生诊治开刀,目疾反而加剧,最后下了双目失明已成定局的诊断书。陈寅恪怀着失望的心情,辞去聘约,于1949年返回祖国,任教于清华园,继续从事学术研究。新中国成立前夕,他拒绝了国民党研究院历史语言研究所所长傅斯年要他去台湾、香港的邀聘,任教于广州岭南大学。据陈寅恪的弟子王永兴先生的回忆。在北平临上飞机的前夜,陈寅恪对问及他今后打算的王永兴说:"岭南大学的陈序经校长、王力先生邀我去岭南大学,在南京小住几天,就去广州。广州的天气好,岭南大学的自然环境好,可以久居,不再去别处了。"天气好适合养病,而陈序经校长的远见卓识,还有王力等一批老朋友,使得岭南占了地利人和两大优势,留住了一位大师。

陈寅恪拒绝去台湾,也不去香港和国外。而在大陆,岭南是一块远离政治权力中心的托身之地。所以,从陈寅恪在1951年的赠妻诗中"从今饱吃南州饭,稳和陶诗昼闭门"可以看出,远离政治,一心治学研究是他的鲜明个性。

庐山植物园内陈寅恪唐篔夫妇合墓

其三：他拒绝担任中科院历史研究所第二所所长一职，其原因长时间不为外界所知，20世纪80年代公开的文件解开了这个谜团。1953年拟调任他为中科院历史研究所第二所（中国古代史研究所）所长，他在当年的12月1日写了一封《对科学院的答复》的信函，提出任所长的两个条件："第一，允许中古史研究所不宗奉马列主义，并不学习政治。第二，请毛公或刘公给一允许证明书，以作挡箭牌。"并解释说"我认为最高当局也应和我有同样看法，应从我之说。否则就谈不到学术研究"。这样的语言，即便在当今政治环境比较平和宽松的时代，也要让人惊出一身冷汗的。

这封语出惊人的信函耐人寻味。一是信中传递的观点有两处偏颇。一处是关于马列主义。作为个人，有信仰自由，有学术研究自由，这是毫无疑问的，但作为一个才华横溢、学跨多门学科、精通多种语言的大学者来说，他的对一门科学毫无由来的抵拒，显得生硬蛮横。他的真实想法无从考证，只能粗粗分析，是否因为他并没有真正接触马列主义，可能只是简单认为这是一种革命的学说。如果是这样，则反映出陈寅恪世界观的一大局限。稍稍有一点马克思主义常识的人都知道，马克思主义由三大学说组成，即马克思主义哲学、马克思主义政治经济学和科学社会主义。作为普遍真理，经过实践和时间的检验，马克思主义作为一门科学已为全世界公认。在2000年千年之交时，美国、英国等一些媒体在网络上公开征集评选影响世界的千年伟人，马克思都排名第一，这很说明马克思主义的科学性和影响力。当然，一位学者哪怕是一流的大师，也不可能精通或熟悉世界上所有的学问，马克思主义作为一门科学，你可以不信奉不涉猎，但不能粗暴抵拒，这与大师对待科学应有的胸襟不符。另一处是关于要最高当局"也应和我有同样看法，应从我之说，否则就谈不到学术研究"。这样的口吻不但显得粗蛮，而且和他自己所奉行的"自由之思想"的观点相悖。既然是学术研究,应该各抒己见、百花齐放、百家争鸣,方能体现"自由之思想"。你自己倡导追求"自由之思想",怎么就要求别人、何况是最高当局"从我之说"呢?如真的这样,天底下岂不是只认可陈寅恪信奉的几门学说,形成"学术专制",这是不是有些可怕?作为一位大学者,陈寅恪真的希望出现这样的局面?所以我揣摩,这封看似不近情理、语出惊狂的信函,其实是陈寅恪不愿出任所长一职的一种故意表达:明知上级不可能同意他的要求,而偏偏提出,这样来达到拒任的目的。这样分析理解,可能更接近陈寅恪的"特立独行"的思维和性格,否则,以他的学识水平,写出这样缺乏基本常识的信函,是有悖常理的。

这件事悄无声息的结局耐人寻味。这封信函20世纪80年代才公开,这之前外界基本上为无人所知。当时的中科院院长是郭沫若先生,在拟调任陈寅恪为中科院历史研究所第二所所长之前,郭沫若曾致函陈寅恪,邀请他到北京工作。作为院长,他应该知道陈寅恪的这封信函,也应该由他处理的。从这样悄无声息地处理这件事情来看,同样是才华横溢的科学家、学者的郭沫若,多半是从惜才、爱才的角度,把这件有可能引发强烈震动的信函悄悄压下,淡化处理,平安化解。对于陈寅恪,郭沫若应该是熟知的,因为学识,因为为人,还因为他们都同为1948年选出的八十一位第一届中国院士之一,两人同在人文组(社会科学)。

上面几件事看上去好像是陈寅恪一心想远离政治潜心学问,但细读他的诗文,其实他并非没有政治头脑。袁世凯当大总统,他写诗讥讽他的所谓选举如巴黎选花魁,"花王哪用家天下,占尽残春也自雄";张群组阁,他讥讽他装模作样,"催妆青女羞还却,隔雨红楼冷不禁";解放军打过长江,国民党一败涂地,他又写诗嘲讽国民党,"楼台七宝倏成灰,天堑长江安在哉","自我失之终可惜,使公至此早皆知"。他对于政局有着一种超乎常人的远见:"大梦谁先觉,平生我自知!"这是一种大智慧。

二

当然,作为学富五车的大学者,陈寅恪的才华和特立独行的思想行为,更多表现在他的治学上。

他是现代中国最负盛名的历史学家、古典文学研究家、语言学家,清华大学百年历史上四大哲人之一(另三位是叶企孙、潘光旦、梅贻琦),与王国维、梁启超、赵元任同称清华四大国学大师,被称为"教授之教授"。他通晓梵文、巴利、突厥、波斯、西夏、英、法、德八种语言(又一说为十种)。傅斯年评价:陈先生的学问,近三百年来一人而已。他在清华大学开设语文、历史、佛教研究等课,并在国学院指导研究生,还在北大兼课。他讲课时或引用多种语言佐证历史,或引诗举史,《琵琶行》《长恨歌》都是信口而出,文字出处无不精准,阐发议论更为精彩,令人叹服。他的学问到达一种博大精深的境界,旁人不可企及,所以他毫不谦虚地提出了"四不讲":前人讲过的我不讲,近人讲过的我不讲,外国人讲过的我不讲,自己过去讲过的不讲。这四条原则近乎苛刻到极端,但恰恰证明他的学问。所以每逢他上课时学生云集,连许多著名教授如朱自清、冯友兰、吴宓等都风雨无阻地赶来听课。

先看他讲学。《秦妇吟》无疑是中国诗歌史上一篇具有里程碑意义的长篇叙事诗。长诗诞生的当时,民间就广有流传,并被制为幛子悬挂,作者韦庄则被称为"秦妇吟秀才"风靡一世,盛况空前。但由于诗中涉及当时的朝政,韦庄本人也进入官场,便讳言此诗,"他日撰家戒,内不许垂《秦妇吟》幛子,以此止谤"(《北梦琐言》)。后来此诗没有收入于他的诗集《浣花集》，显然是一种无奈避嫌之举。致使宋元明清历代只知道韦庄写过一首《秦妇吟》的长诗，但都没见过这首诗。至近代，《秦妇吟》写本复出于敦煌石窟，这也是冥冥之中的天意，让这首进入中国文学史的长诗没有失传。

陈寅恪是最早接触到敦煌史料并做研究的中国学者之一，有一篇论文就是《韦庄秦妇吟校笺》。陈寅恪开课讲《秦妇吟》，一讲就是两个月。一首诗讲两个月，这大概也创造了一个课堂讲学记录，只怕也只有陈寅恪才会有这样的创纪录。用两个月时间讲一首诗歌，一是这首诗歌确实长，有二百多行；二是诗中涉及的内容丰富，含义深刻。

公元880年（唐僖宗广明元年）冬到公元883年（中和三年）春，即黄巢起义军攻入长安的两年多时间里，唐末农民起义发展到高潮，同时达到了一个转折点。由于农民起义军的战略失策和李唐王朝官军的疯狂镇压，斗争十分惨烈。而最为不幸的是那些众多的无辜百姓，他们于莫名其妙中成了战争巨大苦难和悲惨牺牲的承受者。韦庄本人因为参加应举考试而羁留长安，兵中弟妹一度相失，又多日卧病，他便成为这场震撼神州大地的社会巨变的目击者和感受者。这大概也要感谢苍天，在中国历史的一个重要关头，将一位诗人裹挟到现场，让他把这段历史详细留下。经过一段时间酝酿，在韦庄离开长安的第二年，即中和三年，他在东都洛阳创作了这篇堪称平生力作的史诗。诗中，一位虚构的身陷兵中复又逃离的长安妇女"秦妇"，对邂逅的路人陈述其在围城中三年的亲身经历，从而展现了那一社会大动荡时期的各个方面。

《秦妇吟》用了大量篇幅叙述了农民军初入长安引起的社会动乱，也揭露了官军的两大主要罪恶，一是抢掠民间财物不遗余力，诗中借新安老翁之口控诉说："自从洛下屯师旅，日夜巡兵入村坞。匣中秋水拔青蛇,旗上高风吹白虎。入门下马如旋风,馨室倾囊如卷土。家财既尽骨肉离,今日残年一身苦。一身苦兮何足嗟,山中更有千万家。"二是杀人甚至活卖人肉的勾当。诗中写道:"尚让厨中食木皮,黄巢机上刲人肉""夜卧千重剑戟围,朝餐一味人肝脍"。这一层诗中写得较隐约,陈寅恪、俞平伯先生据有关史料与诗意相互参考,证明确有其事。所以,对这样一首产生于动荡年代、变革时期的长诗,陈寅恪一讲就是两个月,这也显现出陈寅恪过人的学识。

在中国历史上,唐朝是强盛的,这个强盛不仅显现在国力上,还显现在文化上。稍稍有点文化的中国人都知道,唐朝盛产诗歌,"唐诗宋词""熟读唐诗三百首,不会作诗也会吟",说的就是唐诗的历史地位和影响力。唐诗不仅是多,更重要的是,创作诗歌成为当时民族的一种集体意识,就是说,在唐代,写诗和吟诗是一种普遍行为,这就使唐朝和唐诗走向社会,走向世界,走向文学的顶峰。你看,随便数数,一长串顶级诗人就出来了:李白、杜甫、白居易、王维、杜牧、王之涣、李商隐、孟浩然、王昌龄、李贺……这些诗人都是中国人熟悉,外国人也不陌生的大文豪。所以,任何一所大学讲中国古代文学,唐朝和唐诗是很有内容讲的,这是中国文学史上一座雄伟的高峰。

但是,韦庄出现了,带着他的历史长诗《秦妇吟》出现在中国的文坛,这个出场有点不合常规:人和诗是产生于唐朝,却出现在一千多年后的十九世纪;没有出现在盛唐的首都长安,却出现在千里之外的敦煌。盛唐的文化典籍上没有韦庄的《秦妇吟》。这就有点为难了。既然是从敦煌出来的,应该和那里的所有艺术品一样,都属于顶级国宝,在中国文学史、中国历史上都应有他的位置。而有资格做出这个判断并加以解读的,也应该是顶级大师。在这样的时候,陈寅恪出来了。

《秦妇吟》和所有唐诗不同,不同在两个方面:一是篇幅长,有二百二十多行，大概是唐诗中唯一一首这么长的；二是内容上属于完全灾难写实，这和唐诗的主要崇尚唯美的风格迥异。我们一提到唐诗，就会想到那些经过千百年时间打磨的脍炙人口的佳句：朝辞白帝彩云间，千里江陵一日还。两岸猿声啼不住，轻舟已过万重山。(李白)风急天高猿啸哀，渚清沙白鸟飞回。无边落木萧萧下，不尽长江滚滚来。(杜甫)白日依山尽，黄河入海流。欲穷千里目，更上一层楼。(王之涣)渔翁夜傍西岩宿，晓汲清湘燃楚竹。烟销日出不见人，欸乃一声山水绿。回看天际下中流，岩上无心云相逐。(柳宗元)春来遍是桃花水，不辨仙源何处寻。(王维)海上生明月，天涯共此时。情人怨遥夜，竟夕起相思。(张九龄)多么神采飞扬，多么飘逸，即便有些关乎民众疾苦的，如杜甫，也是泛泛提及，点到为止。也确实如此，盛唐之下，一片繁荣。

但韦庄的《秦妇吟》却一反常态，长诗中满目战火、忧伤、血泪，和其他诗人描绘的风花雪月、山河美景构成强烈的美学反差。韦庄用他的双眼如摄像机一样，将他看到的现场情景扫描下来，用心灵感受这样的场景，再用文字加以表述，就使他的这首长诗像一部黑白纪录片，将宏大的历史战乱场景真实记录下来，使得他的这部纪录片从内容到形式，与同时代的风光短片完全不同。纪录片是纪实的，记录的是一场长达两三年的战乱。除了现场描绘，韦庄还用文学的思考，借用秦妇的描述、控诉，对战争给生命带来的毁灭伤害、对战乱给人性带来的扭曲变异予以空前大胆的揭露，文学在这里直奔生命的悲壮，拷问人性的本源，升华为人学。从这个角度看去，唐代的那些众多描绘风花雪月、山河胜景的华丽诗句，在《秦妇吟》中血淋淋的生命诗句面前，已失去了重量。诗太长，只能略挑几句，如："家家流血如泉涌，处处冤声声动地"，"野色徒销战士魂，河津半是冤人血"，"南邻有女不记姓，昨日良媒纳新聘。玻璃阶上不闻声，翡翠帘前空见影。忽看庭际刀刃鸣,身首支离在俄顷。仰天掩面哭一声,女弟女兄同入井"。这些场景,就像影视扫描,让人一一看清这场战乱的血淋淋惨象。

韦庄应该是中国历史上第一个"战地记者",像现在世界上那些战火纷飞的地方,总能看到一大批冒着生命危险在忙碌着的记者的身影。尽管他不是去专程采访,尽管他有着普通人的害怕,但他身处当时的首都,没忘记自己的责任,他以亲历者的视角,把战火、杀戮、动荡、离乱、痛苦、悲伤等等,一一记录下来,使这首长诗传递出和同时代、和过去的诗歌完全不一样的信息,散发出不一样的气味,这样的诗歌是应当进入历史的。缺失了战乱动荡的篇章是不完整的唐代历史;缺失了真实反映唐代战乱动荡的文学作品是不完整的唐代文学史。但遗憾的是,很长一段时间在历史卷册是没有《秦妇吟》的完整记载的。我翻看了三十多年前上大学的课本——朱东润先生主编的《中国历代文学作品选》,只收录了韦庄的两首词,对于《秦妇吟》,只在作者简介里提到:及第前,写过一首长诗《秦妇吟》,时人称为"秦妇吟秀才"。字里行间流露出些许调侃,但也透露出一个信息:《秦妇吟》在当时已流传甚广,否则,人们不会封作者"秦妇吟秀才"这样一个雅号。究其原因,是因为韦庄后来步入了仕途,怕这首诗中直露的描写给自己和家人带来麻烦,就自己把这首诗封杀了。

韦庄有后怕,因为他有欲望——生存的欲望、功名的欲望、仕途的欲望。有欲望就会有顾忌、有害怕。而诗没有欲望,"秦妇"没有欲望,她已经遭洗劫一回,亲人死了,自己也差点死了,没有什么欲望了,只想诉说。韦庄害怕了,但他无法收回诗,无法收回他赋予了生命和灵魂的"秦妇",她飞走了,藏在一个隐秘的地方,这个地方隐藏的,都是我们这个民族的瑰宝,藏在那里静静地等待,等待还会有人来听她诉说。真要感谢那位将"秦妇"藏入敦煌的独具慧眼之士,否则,中国文学史还真的要缺失一件珍贵史料。

　　能否进入历史,最终是历史说了算。当然,作为一个唐代诗人,韦庄进不了一流行列,因为在他的前面有一大串诗人,像高原一样横亘在唐朝的文坛上,而李杜更犹如双峰并峙巍然挺立,让人仰望。台湾诗人余光中在他的《寻李白》诗中写道:

　　　　酒入豪肠,七分酿成了月光

　　　　剩下的三分啸成剑气

　　　　绣口一吐就半个盛唐

　　你看,这不能怪别人,只能怪李白太强大了,一个人就占据了半个盛唐,其他人就只能悄悄躲在远处默默眺望黯然神伤了。

　　陈寅恪出来说话了,他用历史和文学的目光拂去这首诗身上的厚厚尘埃,重新解读了这首诗,让这首失传了一千多年的诗歌重新焕发出奇异的光彩。他就这件重新发现的文学瑰宝写了一篇论文,不过瘾,开课专门讲授。两百多行的诗,讲他两个月,这样才匹配,才讲得透。在大学课堂,对一位诗人的一首诗讲两个月,可能到目前为止,没有哪一个诗人或文学家尊享过如此高规格的待遇。陈寅恪把这项待遇给了韦庄和他的《秦妇吟》。这首诗是属于中国古典文学的范畴,而诗的内容中蕴含着大量信息涉及唐代历史社会的诸多方面,属于史学范畴,这两个领域恰恰是陈寅恪学术研究的强项,而文史互证是他的创新。强强碰撞,可以想见,陈寅恪在课堂上旁征博引,引经据典,文史互证,舌卷唇飞,可谓是讲得酣畅淋漓。这一首长达二百多行的、内容十分丰富的历史长诗,讲它两个月,确实符合他奉行的"四不讲"原则。

　　再看他做研究。

　　1900年,一个偶然的机会,位于甘肃敦煌的莫高窟被打开,里面存有历经千年创作的大量壁画、经卷、石刻、彩塑,是一个世界级的艺术宝库。这一惊人的发现,就像荒漠上突然出现了一只美丽无比的梅花鹿,立刻招引来了一群饥肠辘辘的饿狼撕咬。最早引来的是一些外国人,他们用欺骗的方式,从莫高窟运走了一车又一车的艺术品和经卷,回到他们的国家大肆炫耀、展出,并写出论文,顿时引起了世界性的轰动,继而引发新一轮的掠夺。等到中国的学者发现时,大量的瑰宝已经流散到国外。在这样的情况下,一批富有强烈民族自尊心和文化责任感的中国学者,开始了对敦煌莫高窟艺术品和经文的抢救性发掘、整理、研究。陈寅恪加入到了这一行列。

　　陈寅恪是我国敦煌学的奠基人之一,1930年在《敦煌劫余录序》中首先提出"敦煌学"一说,其研究成果除前面所提到的《韦庄秦妇吟校笺》,还有《大乘稻芉经随听疏跋》《忏悔灭罪金光明经冥报传跋》《有相大人生天因缘曲跋》《须达起精舍因缘曲跋》《西游记玄奘弟子故事之演变》《莲花色尼出家因缘跋》等多篇论文;另外还在《敦煌石室写经题记汇编序》《元白诗签证搞》等论著中,利用敦煌资料补史、证史。越研究越觉得敦煌的宝库太丰富,光靠一个人或几个人一辈子也研究不完,需要中国学者的群体智慧。

　　陈寅恪说话了。1930年,他为另一位学者陈垣主编的《敦煌劫余录》一书写了一篇《敦煌劫余录序》,开宗明义提出了"敦煌学"的概念。他说:

　　　　敦煌学者,今日世界学术之新潮流也。自发见以来,二十余年间,东起日本,西迄法英,诸国学人,各就其治学范围,先后咸有所贡献。吾国学者,其撰述得列于世界敦煌学著作之林者,仅三数人而已。夫敦煌在吾国境内,所出经典,又以中文为多,吾国敦煌学著作,较之他国转独少者,固因国人治学,罕具通识。然亦未始非以敦煌所出经典,涵括至广,散佚至众,迄无详备之目录,不易检核其内容,学者纵欲有所致力,而凭籍未由也。新会陈援庵先生垣,往岁偿取敦煌所出摩尼教经,以考证宗教史。其书精博,世皆读而知之矣。今复应研究院历史语言研究所之请,就北平图书馆所藏敦煌写本八千余轴,分别部居。稽核同异,编为目录,号曰《敦煌劫余录》。诚治敦煌学者,不可缺之工具也。

在这篇序中,陈寅恪就北京图书馆所藏八千余卷敦煌写本提出九个具有研究价值的方向,即摩尼教经、唐代史事、佛教文义、小说文学史、佛教故事、唐代诗歌之佚文、古语言文字、佛经旧译别本、学术之考证,为敦煌学研究指明了方向。能够就一个新发现的材料提出创立一门新学科,并为这门学科的研究提出具体的、多达九个方面的研究方向,具备这样的学识目光和实力,将陈寅恪放在敦煌学创始人的位置上,应当没有异议。

三

陈寅恪的博才多学和学问之精深,是世人公认和钦佩的,许多大师级的学者给了他不同凡响的赞誉,肯定他的学识。但他晚年的收官力作,却引发了争议,这部给他带来争议的力作就是他花费十一年工夫,写的一部皇皇八十万字的《柳如是别传》。为什么这部著作会引起人们的关注和争议,是因为这部长篇传记的主人公柳如是是妓女。一位学富五车、学贯东西的国学大师,为一位妓女立传,在外人看来有点不可思议,不过,这件事放在陈寅恪身上,倒是符合他一以贯之的特立独行的性格。

柳如是为明末清初时期的秦淮名妓，现存的一些资料称其美艳绝代，才气过人。和一般妓女不一样的是，她极其爱国。柳读到辛弃疾的词"我见青山多妩媚，料青山见我多如是"，将自己的号称为如是。她二十出头时与年过半百的东林党领袖、文名颇著的大官僚钱谦益相识，并决定嫁给他，这在当时也是件惊世骇俗的事。清军占领北京后，明政府在南京建立了弘光小朝廷，柳如是支持丈夫钱谦益出任南明的礼部尚书。当清军兵临南京城下时，柳劝钱一起投水殉国。钱沉思无语，在柳如是的逼视下，他不情愿地下水池走了一下，说，水太冷不能下。柳看出钱的犹豫和贪生，自己奋身欲沉池水中，却被钱托住了。于是，钱腆颜降清去了北京，柳如是留在南京不随。受柳如是的影响，半年后钱谦益称病辞归，柳如是鼓励他联系反清人士，秘密反清。钱因为反清被捕，柳四处奔走将他营救出狱。不久，钱因病故去，柳如是不堪钱氏家族为家产之事与她纠缠不休，三十四天后，呕血留下遗嘱，用孝带自缢而死。

在陈寅恪笔下，柳如是短暂的一生是艳丽的，在中国历史的天空上发出过短暂而奇异的光彩。看得出他为柳如是身上那种女性的妩媚和巾帼不让须眉的气韵所打动，称她具有"民族独立之精神"，为之"感泣不能自已"。与之反衬的是钱谦益，作为一个有身份、有文化的男人，他实在太窝囊、太没有骨气、太不像个男人。每临大事的关键时刻他的骨头就发软。柳如是心里应该在责怪自己是看错了人。

中国人尤其是中国的文化人受《四书》《五经》这类传统文化熏陶较深，对男女关系一直讳莫如深，处在一种外界诱惑与传统道德规范相互纠结的尴尬的境地。作为一个长期延续的正统价值判断标准，男人可以有三妻四妾，而女子只能从一而终，男人和女人在人格上和社会地位上长期处在不对等的价值体系的两端。在世俗的眼中，男人除了可以享有妻妾成群，而且在外寻花问柳也不过是一种风流时尚；而女子只能嫁鸡随鸡嫁狗随狗，在家相夫教子，丈夫死了也只能守寡在家而不能越雷池一步，否则就是"不贞""不洁"，为舆论所抨击诟病。所以，长期以来，在文学作品中，烟花女子一直是被打入社会另册的。五四时期，新文化运动的一位干将刘半农以口述历史的形式，为清末妓女赛金花写过一部自传体的书——《赛金花本事》，也引起轰动，引起非议。非议的焦点是该不该为妓女写书，而且这个女子在八国联军入侵中国时，为侵略者采办军粮、联络妓女，为国人不齿。虽然在书中赛金花本人陈述，这样做是为了让联军主帅瓦西德下令停止联军官兵对北京市民的烧杀掳掠，但为侵略者做事，在国人眼中就等同"卖国"，而卖国是不能容忍的。对不能容忍的行为你洋洋洒洒写成书，尽管是客观记述，也不能理解。

《柳如是别传》书一出，引起了学术界的极大关注，一是因为这部陈寅恪在双目失明后的巨著，是他靠助手念材料，然后构思、口述，由助手记录整理成书的，是他的封笔之作；二是因为这是继刘半农为妓女赛金花写书后，又一位大师级的学者为一位妓女作传。吴宓评论，从这本书可以看出当时的政治、道德气节的真实情况，有着深刻的内涵意义，绝不是一种消闲谈趣的行动。但钱锺书对此颇不认同，他认为陈寅恪没有必要为柳写那么大的书。

对一位大师的著作见仁见智，学界有不同看法也是正常的。但我认为写这样一部书恰恰体现了陈寅恪性格中特立独行的那一面。

先对照一下柳如是和赛金花两人的同异。两人身份基本相同，才色、时代背景相仿，都处在改朝换代时期；所嫁丈夫身份相仿，都是朝廷高官；经历也是先甜后苦，结局凄凉、悲惨。不同点是两人性格迥异：一个刚毅宁折不弯，可以为自己认定的文化去"殉国"；一个随遇而安,为了苟活而"卖国"。

所以我分析,陈寅恪之所以写柳如是,最主要的动因就在于,一个处于社会底层的弱女子在政治环境发生大变化的情况下,居然会做出慷慨赴死的举动,这一点是足以让天下男子汗颜的,也让人深思。这个动因可以在陈寅恪为王国维写的挽词序中找到依据:"凡一种文化值衰落之时,为此文化所化之人,必感苦痛,其表现此文化之程量愈宏,则其所受之苦痛亦愈甚;迨既达极深之度,殆非出于自杀无以求一己之心安而义尽也。"陈寅恪不愧是大师,他发现人所未见,且一语中的,入骨三分。这句话是他写给王国维的挽词,因为他读懂了王国维,理解了他选择的从容平静的自杀;我觉得也可作为柳如是的挽词,因为他也读懂了柳如是,理解了她愤怒的自杀;最后成了给他自己的挽词,是人们读懂了他,理解了他逝世前为中国文化的遭受毁坏感到的痛苦。上天的安排居然是那样精巧,倒是令人难以理解。所以另一位大师傅斯年评价陈寅恪"近三百年一人而已"。是他在柳如是身上看到自己个性的影子,还是他把自己的个性在柳如是身上来了一个淋漓尽致的倾注? 只有他自己知道了。

我分析陈寅恪写柳如是的另一个原因,是他的追求完美。陈是历史学家,也是文学家,他深知史学和文学价值的真谛所在,历史是赤裸裸的、甚至是丑陋的,但文学不是,文学追求美,最高境界是完美。在柳如是身上集合了历史和文学,由历史的赤裸、丑陋,最后抵达文学的完美。你看,柳如是本来沦落为社会底层,但她偏偏有学识,不甘沉沦,好不容易以"从良"的方式将自己救赎,无非是想过上正常人的平稳日子,而这时国又亡了,这件事与她有何关? 一个弱女子又偏偏将自己的命运与国之命运连在一起,非要"与国之共存亡",而夫君又怕死不肯;夫君死了,于她来说,又是一个和国之亡差不多的伤心事,偏偏夫君家人又来和她争那些她视之为粪土的家产,她真的绝望了。国亡、家破、亲友为利反目,天地之大,竟无一寸安宁之地能容纳下一个弱女子,她只能以一死而报之。

柳如是以死展示一种凄美,凄美得走向壮烈,壮烈在她一生坚守的气节,让男人、身份地位比她高的人为之汗颜的气节。这气节如彩霞在天久久不散,非得要一位国学大师在几百年后,以一部八十万字的巨著来为她祭奠。

柳如是短暂的一生,展示了一种由美丽到幻灭的完整过程。追求完美,这是文学探寻的终极目的所在,陈寅恪集数十年学识功底于一书,倾注了他一生对生命、人生、社会的全方位思考。这也是陈寅恪为人、治学的一个鲜明性格。

但这些已远去,柳如是已随大师的皇皇巨著进入了历史,进入了文学,让人细细品味,这就够了。

四

他终于倒下了,倒在一个文化大师所最不愿看到的、一场规模空前的对中国文化的焚毁、但又称之为“文化”的大革命。大师的死,也一如他的生前一样特立独行——骨灰迟迟不能安葬,他的魂灵依然在空中游荡。想安葬在美丽的西子湖畔,不行,那里是举世瞩目的风景区;想安葬在曾经教过学的清华园,不行,有不少教授反对,校园里不宜建墓地。他的魂灵就这样没有着落地飘着,一飘就是三十四年,终于在 2003 年,美丽的庐山接纳了他。

纵观陈寅恪一生,他以超凡的才华独步学界,在他所涉及的学术领域都有着开创性的建树,为世人所钦佩;他又以桀骜不驯、特立独行的行为让人难以理解、难以亲近。但大师的骨气透射出中国学者的气节:他拒绝了日本侵略者的讲学邀请,宁愿远走漂泊;他不屑于向蒋委员长献媚，作诗讥讽；他没有听从傅斯年的安排去台湾，而是留在了大陆，在岭南大学（后并入中山大学）教书做学问，把满腹才华留在了生育他的这块土地，直至去世。所以，大师的一生，波澜壮阔，可圈可点。

一位国学大师，在一千多年前就创办了"庐山国学"的地方寻找到了他的归宿之地。对陈寅恪来说，这是个比西子湖畔、清华园更适合他的地方：他一生在山巅上游走，无论是治学还是为人，都是特立独行；现在依然是在山巅，他俯可遥望庐山下的家乡，向久违的父老乡亲们投去深情一瞥，仰则让灵魂继续和那些古代的国学先儒们自由地交流争辩，快哉！

永乐雪

第一次听到解缙的故事，是四十多年前刚参加工作不久，一位工友讲了两个故事，说，皇帝打算南游到江西，解缙知道后就说：皇上，江西这个地方你去不了。皇上不解，问为什么？解缙回答说，江西有个地方叫峡江，江面特别狭窄，鱼走那里过都被挤得扁扁的，皇上的大龙船根本过不去。皇上一想，自己吃的鱼确实是扁扁的，原来是这样来的。巡游江西就作罢了。又一次，皇上动了到江西去选妃子的念头，解缙又说了，皇上，不能去江西选妃子。皇上又问了，为什么？解缙说，我家乡的女人长得特别丑，你看，我老婆是当地长得最漂亮的，哪里选得到您满意的呢？皇上一想，是这么回事啊。解缙的老婆皇上听说过，脸上是有麻子，这算当地最漂亮的？算了。去江西选妃子也就作罢了。

我当时的工作地吉安市距解缙的家乡吉水县不过四五十里，有关解缙的此类传说很多。为写这篇文章，我去年（2012）专门到吉水去收集有关资料，在县图书馆看到好几本当地编写的解缙故事的书，我上面听到的这两个故事，书中也有，只不过细节有所不同。综合在当地民间流传的故事，可以看出，解缙是一个才思敏捷、率性直白、敢于直言，因此受到人民群众爱戴的一位好官。当然，解缙进入历史，是因为他做了一件了不起的大事——主持编纂了一部大书《永乐大典》。进入历史的解缙只有一个骨架，家乡群众用许多故事为他添上血肉，还解缙一个鲜活的人。

——

性格决定命运。纵观历史上那些敢于直言的人物，大多命运坎坷，丢官甚至丢命者不乏其人。这句话用在解缙身上，再典型不过了。解缙性格率性直白，率性得近乎天真，直白得近乎透明，这在官场是为大忌。

洪武二十一年（1388），解缙十九岁，这一年对解家来说是三喜临门：会考时解缙、解缙的哥哥解伦、解缙的妹夫黄金华三人同科考取进士，顿时，"一门三进士"天下轰动，不仅成为当时传颂的新闻，而且这一纪录一直保留到现在。吉安这一带现在仍传颂着"一门三进士，隔河两宰相，五里三状元，十里九布政"的佳话。

明太祖朱元璋得知此事后，把解缙召到御花园，刚见面就以《垂柳》《春风》为题要解缙赋诗二首。解缙吟道："御柳青青近绿池，迎来攫秀不违时。皇恩天地同生育，雨露无私亦共知"，"慢慢春风入舜韶，绿柳舒叶乱莺调。君王不肯误声色，何用辛勤学舞腰"。

应该说，初入道的解缙还是知道一点官场应对规则的，这两首诗就迎合了朱元璋的心理。诗中借柳说风雨，既歌颂了当今皇上所治直比"舜韶"，堪称盛世；又赞美君王不为声色所误。这样直露的谀美之词，朱元璋听得自然是龙颜大悦满心喜欢，当即让解缙把这两首诗写在白绢上。因解缙又写得一手好字，朱元璋对他更是爱惜。

年少的解缙不仅考取功名，还一下获得了当今皇上的垂青，这说明解缙步入官场的第一步还是用了些心机的，知道取悦皇上。这第一步走得比较好，别人可能一辈子不能达到的，解缙一下就达到了。这对于不满二十岁的解缙来说，还很难说是个好事。《明史》记载,朱元璋对解缙"甚见爱重",见他年纪还小,尚需慢慢历练,便授予解缙中书庶吉士,在皇帝身边做秘书。庶吉士并非正式官职,是给新科进士练习办事的一种称呼,因"常侍帝前",身份显要,王公大臣们也要敬让三分。还有更令人惊讶的,不知是一时高兴还是看到解缙年少有才并懂得迎合"圣意",朱元璋曾对解缙说:"朕与尔义则君臣,恩犹父子,当知无不言。"

"恩犹父子",这是多么高的褒奖,历史上能够和皇帝以父子相称的臣子恐怕只有解缙一个了。年少的解缙受宠若惊,总想着要奉献点什么给"皇父"当礼物。当天,解缙就慷慨激昂地写下了他人生的第一份政治宣言——《万言书》,也称《大庖西室封事》。

《万言书》的主要内容有:

批评朱元璋法令多变,刑罚严苛。"国初至今,将二十载,无几时不变之法,无一日无过之人。"提出应加强正面教育,"褒一大善,赏延于世,复及其身,终始如一"。

提出"禁绝倡优,易置寺阉",要彻底禁止歌舞杂技艺人,另行安置和尚与宦官。同时又提出:"绝鬼巫,破淫祀,省冗官,减细县,痛惩法外之威刑,永革京城之工役。"为明朝的发展指明了一条切实可行的道路。

批评朱元璋"台纲不肃",用人不当,相信"小人趋媚效劳之细术"。

批评朱元璋滥征税收,"土地之高下不均,起科之轻重无别,膏腴而税反轻,瘠卤而税反重"。

告诫皇上现在天下已定,人心已服,应当让老百姓休养生息,不要动不动就以各种名义发动战争。"一统之舆图已定矣,一时之人心已服矣,一切之奸雄已慑矣。天无变灾,民无患害。圣躬康宁,圣子圣孙继继绳绳。所谓得真符者矣。何必兴师以取宝为名,谕众以神仙为征应也哉。"

批评皇上任人不察、用人不当,造成天下百姓认为皇上凭个人好恶滥杀无辜。"进人不择贤否,授职不量重轻","出于吏部者无贤否之分,入于刑部者无枉直之判。天下皆谓陛下任喜怒为生杀,而不知皆臣下之乏忠良也"。

还有建议废除连坐法;除非罪大恶极的官员,不要动不动就用笞杖一类的酷刑,犯点小错,用鞭子抽打两下以示告诫就行。等等。

纵观这篇《万言书》,涉及的内容宽泛,涵盖了政治、经济、法律、文化,说明解缙对时局是深思熟虑的,显示出他的政治抱负。文笔锋利,措辞严密,文辞口气不像是大臣向皇帝上书,倒像是皇帝在训斥、告诫臣子一般。这就显露出解缙的天真、不成熟。皇上一时高兴、惜才,说了一句"恩犹父子",他就当真,当真得就像被宠坏了的孩子,对父亲指手画脚、说三道四起来,把"父子"的位置也颠倒了过来,完全不顾皇上和臣子的关系,不顾自己才十九岁,而皇上已经六十岁,做自己的父亲绰绰有余,就是做爷爷也有资格的年龄差。

朱元璋何许人也,大明王朝的开国皇帝,四十岁时打下江山,到解缙中进士时,他已在位二十年了,还真由得一个黄口小儿对他指手画脚?朱元璋是出了名的暴君,杀人如麻,仅胡惟庸一案就杀了三万余人,而对那些拐弯抹角讥笑他的人及劝谏之人处置甚重,比如司寇钱塘抗疏入谏,被箭射死;员外郎张来硕谏言,应当废止将已许配人家的少女作宫女,被碎肉而死。解缙这般赤裸裸地批判朱元璋不是送肉上砧吗?这些事件的冤死者,有的是想讨好圣上,有的是因为谏言想纠正圣上的一些小错误,但皇上感觉是臣子对他绝对权威的挑战,不容分说,一怒之下,已是人头滚滚了。所以,知道解缙上《万言书》的人无不为他捏一把汗。

史学界对明代胡惟庸案至今还没有统一的认识,但研究的结果都认为是朱元璋剪除政敌,并由此废除宰相制度,将大权集于皇上一身。朱元璋观察胡惟庸已久,发现胡的很多越轨之处。《明史》归纳主要有:办事不向朱元璋汇报,独断专行;私拆朝廷各部上奏皇上的奏疏,有对自己不利的就私藏;收受贿赂,要升官的、犯错了想逃避处罚的,都给胡宰相送礼。这些事情,都通过不同渠道上报,朱元璋一清二楚,只是要找个借口罢了。借口找到了,就将胡惟庸、陈宁等抓捕处死。同时以此为由头,对他们的死党好友穷追猛打,包括开国第一功臣韩国公李善长等大批元勋宿将皆受株连,此案共牵连致死者三万余人。除掉胡惟庸后,朱元璋罢左右丞相,废中书省,其事由六部分理,另设内阁供皇帝作为顾问。内阁大学士的权限远远不及宰相,只有"票拟"权力,奏折文件先送宦官,再由宦官太监上呈皇帝。从此中国再无宰相一职,结束了中国的宰相制度。明代史籍中关于胡惟庸案的记载多有矛盾,因此关于其是否确实谋反,当时便有人怀疑,明代史学家郑晓、王世贞等皆持否定态度。也有学者指出:所谓的胡谓庸案只是一个借口,目的就在于解决君权与相权的矛盾,结果是彻底废除了宰相制度。

大家担心的事情并没有发生,解缙并没有因为《万言书》而获罪。《明史·解缙列传》记载:"奏后,帝称其才。"日后更加重用他。不知道是朱元璋真的爱才,还是根本就不把一个刚刚通过科考录取为进士、乳臭未干的愤青放在眼里,反正这件事就这样平静过去了。

不知道是解缙受了鼓励,还是觉得《万言书》多是一种宣泄,没有将自己的政治抱负充分展示,不久,他又向皇上奏了一份万余字的《太平十策》,详细阐述自己对治国理政的见解。《太平十策》的主要内容为:"一曰参井田均田之法,二曰兼封建郡县之制,三曰正管名,四曰兴礼乐,五曰审辅导之官,六曰新学校之政,七曰省繁冗,八曰薄税敛,九曰务农,十曰讲武。谨条陈以献,名曰太平十策。惟陛下悯其愚忠,少加采览焉。"

将《万言书》和《太平十策》在内容上做一比较不难看出,前者主要倾向于破坏性的批判,后者主要为建设性的构建。二者的不同立意,则折射出解缙政治上向成熟迈进:他或许意识到《万言书》中的情绪冲动、批评有余而建设不足,迅速用《太平十策》作为弥补。但后人对解缙的《万言书》评论较多,注意力放在年少的解缙情绪冲动、批评皇上;而对《太平十策》多有忽略,没有注意到机敏的解缙多少注意到自己的冲动,并对那次的冲动迅速做了一次弥补,而恰恰是这个不太被人关注的举动,反映了解缙对官场政治的敏锐捕捉和调整。这是年轻人向成熟迈出的第一步。

这件事过去了,年少气盛性格耿直的解缙不顾官场潜规则,又做了三件事,终于惹得皇上龙颜不悦。

第一件事是和兵部官员吵架。

解缙身材矮小在朝中是出了名的,人们都亲切地叫他"解缙矮子"。解缙刚到朝廷不久,有一次到兵部去要几个差役,兵部的官员见解缙矮小,便调笑他说:"你个子那么矮还用得着保镖吗?"解缙听了很不高兴,双方遂对骂起来。有一首流传到现在的诗:"世人笑我矮砣砣,我笑世人着衣多,倒吊起来有点墨,身高一丈又如何。"应该是解缙在那个场合信口创作的"作品"。

兵部尚书沈潜知道这件事后,大肆渲染,添油加醋地把此事报告给皇上朱元璋。朱元璋听了沈潜的告状,觉得解缙确实有点"冗散自恣",因为一点小事竟和同僚在皇宫内吵架,不仅有失体统,也不懂官场潜规则。不久,将解缙调到江西洪都做监察御史。

第二件事是为李善长白冤案。

李善长为明朝开国大臣、朱元璋的亲家,官爵封为韩国公,享受自免二死、子免一死的特殊待遇。李善长的侄子是胡惟庸的侄女婿,胡惟庸做宰相又是李善长推荐。洪武十三年(1380),胡惟庸谋反案事发,五年后有人告李善长为同党,李被罢官,十年后有人再告,七十七岁的李善长被杀。

当时很多大臣想为李善长鸣冤,但又人人自危,没有一个人敢出头。这时,虞部郎中王国用想到了解缙。

洪武二十四年(1391),即李善长死后一年,王国用找到解缙,请他代写为李善长平反的奏疏。解缙血气方刚,听很多人说李善长是冤死,于是应邀写下《论韩国公冤事状》。状中阐述了几条理由,如李善长被封为韩国公,已没有谋反的功利动机;李善长年事已高,没有去冒这个险的必要;李善长的儿子李祺是皇上的驸马,谋反没有外在动力等。

朱元璋看了《论韩国公冤死状》后,大发雷霆,大骂解缙多事。

第三件事是弹劾御史袁泰。

解缙在江西洪都做监察御史时尽职尽责。监察御史是个九品官,官衔不高,但权力很大,有权对地方官员的行政、品行进行监视纠察,而且"御史纠弹,皆承密旨",可将各级官员的情况直接面呈皇上。

解缙的上司、都察院左都御史袁泰是个奸黠小人,经常窃听、告密、诬害与他意见相左的官吏。一次上朝,朱元璋问御史夏长文昨晚为何长叹,有何不满?夏长文心里大惊,大汗淋漓,知道有人在暗中监视他,并将窥探到的情况向皇上告密。无奈,只得将昨晚与妻子发生口角,独坐饮酒叹息之事照实禀告。朱元璋见他说的与告密的画像相符,才未加罪。

夏长文将这件被袁泰陷害的事告诉解缙,解缙的耿直脾气又上来了,代夏长文写了一份《论袁泰奸黠状》,弹劾袁泰。朱元璋见奏疏有根有据,理由充分,命有关部门核实后,把袁泰作了调职处罚。从此,袁泰对解缙怀恨在心。

朱元璋后来得知弹劾袁泰的奏疏是解缙代写,觉得解缙过于锋芒毕露,城府不深,容易被人利用,于是想让他经受些挫折,让他反思一下。

洪武二十四年(1391),朱元璋在朝中办了个千叟宴,解缙的父亲解开也在被邀请之列。谈到解缙时,朱元璋对解开说:解缙才学虽好,可性格太直,容易吃亏。不如你带他回去,带职进修。这孩子大器早成,十年后再来朝廷大用未晚。

就这样,一个才华横溢、有抱负、率性直白的青年解缙,仅仅在官场待了三年,又回到了家乡"带职进修"。

从皇上身边的红人,到不明不白地打道回府,解缙有什么错误吗?史书上没有记载他犯了什么错误。之所以被皇上打发回老家,只能从"性格太直"去找原因了。那么,性格太直也是错,不被官场所容忍,甚至连当初说过"恩犹父子"的皇上也不能容忍吗? 无数案例早已给出了答案就搁在那儿,只不过解缙被皇上的一句"恩犹父子"冲昏了头。在此之前的历朝历代,有哪一个帝王真把臣子当儿子的?要用你的时候好像亲密无间,一旦用不上了,鸟尽弓藏、兔死狗烹,已经是屡见不鲜的惯用手法了。不要说臣子,就是亲儿子有违皇意,照贬照杀,毫不手软。所以,在皇上手下做臣子,当事事小心,处处谨慎,夹着尾巴做人,时时要有如履薄冰、如临深渊的警醒,这是几千年延续的封建体制造成的。这个"家天下"的体制存在,你就无法改变。这就是历史。

在中国的政治中心打了个转,又回到原点,没有史料记载解缙对此有何感想,他是否真的会对自己这几年在官场的言行举止进行认真反思？有记载的是他回乡后给友人孟链写过一首诗,他这样写道:"微凉正好课书篇,熟读千回见昔贤。七略五车都阅遍,此心高解欲无言。"表示他回家正在遵照皇上旨意用功看书,看不出他对官场生涯有什么反思。看来,他并没有从皇上让他回家"带职进修"这样的处理中引出深刻反省。皇上的用意说得很明确了,"性格太直",需要进修的已经不是书本上的学问了,而是官场上的学问,是要你回家韬光养晦,修炼个性。皇上与臣子以父子相称,史家考证为史上第一人,也是唯一一人;而皇上将宠臣交其父亲带回家"带职进修",好像也是史上唯一。这件事看起来有点滑稽:一个朝廷大臣,由父亲领回家去"带职进修",怎么看都有点像现在的小学老师,叫学生家长把那些顽皮或犯事的孩子领回家去训斥数落一番一样。皇上真的是要你回家去进修学问吗?这样看来,解缙对皇上的意图并没有领悟。但这恰恰是解缙,这是他的个性。

后来发生的事证明了他真的"没有领悟"。

时间过得快,在家一晃快八年了。洪武三十一年(1398),明太祖朱元璋驾崩。这消息对于解缙来说犹如天塌一般。太祖皇上许下的必有重用的诺言怎么兑现?新天子还会重用前朝宠臣吗?还有,眼下要立即决定的是要不要去京城奔国丧? 从礼数上讲,解缙的母亲去世才一年,服孝期未满,遵礼不能离开。但皇上驾崩,做臣子的怎能安坐家中不理不睬呢? 解缙为这事左右为难,但他还是决定赴京奔国丧,他为自己找到的理由是:一来朱元璋的遗诏中有令,"内外文武臣僚同心辅政",自己应该出来工作,辅佐新天子;二来朱元璋在世时曾经说过"朕与尔义则君臣,恩犹父子"之语,世上哪里有父亲去世,儿子不去吊孝之理? 因此,阔别朝廷八年的解缙匆忙赶赴南京。

袁泰被解缙弹劾时只受到调离都察院工作的降职处分,朱元璋去世，朱允炆当皇帝后，他又官复原职，深得建文帝的信任。此时袁泰得知解缙回到京都，深感不安，忙上书说：解缙母亲新丧还没有安葬好，服丧未满就离家远行，这是不孝；太祖在世，曾令解缙回乡攻读，十年后才能进京，现今只在家只待了八年就上京，违了旨意，这是不忠。其实，他是想利用手中职权对解缙打击报复。这时，礼部侍郎兼翰林院大学士董伦出来为解缙辩解说：太祖驾崩，解缙能置家事于不顾，来京祭奠，遵旨进京辅政，实属难能可贵，不能杀。

迫于压力，建文帝下令将解缙派到河州去做了个卫吏。

太祖驾崩，连带着把解缙的命运之路也崩了个大窟窿，解缙的命运在这里拐了个大弯。好在朝廷还有正直的官员为他说话，在河州没待太久，建文帝又把解缙召回宫中为翰林待诏。

没过几年，发生了朱棣夺皇位改年号为永乐、建文帝下台的大事件。朱棣攻破南京，希望文臣之首方孝孺能够为他起草诏书，遭到拒绝后朱棣大开杀戒，灭了方孝孺十族。最后，解缙接下了起草"开国诏书"这门子生意，惹来一片非议。其实，方孝孺与解缙有着本质的区别。方孝孺是建文帝削藩的始作俑者，要是他起草了这个诏书，那才是真正的叛臣反贼；而解缙不同，他是洪武时期朱元璋的宠臣，他没有必要至死忠于建文帝。拟完诏书后，解缙被封为侍读，官阶七品。

永乐元年（1403）至永乐五年（1407），即三十四岁到三十八岁这段时间，是解缙一生最辉煌的时期，他为大明王朝、为国家做出了突出贡献。朱棣赞扬他说："天下不可一日无我，我则不可一日少解缙。"这一评价，和朱元璋对解缙的恩宠有着异曲同工之处。两朝皇帝器重解缙，是看中他的才，看中他为我所用。

永乐皇帝的器重倚靠，解缙自然高兴，但他是否会接受一点被洪武皇帝恩宠的教训，学着韬光养晦，学着在说话办事上收敛一点、谨慎一点呢?从后来发生的事情来看,解缙的个性并无多大改变,依然是直线思维,想说就说,哪怕是直犯龙颜也毫无顾忌。这就为他后来惹上杀身之祸播下了种子。

解缙在永乐朝做的第一件事情就是编纂《太祖实录》。《太祖实录》在建文二年曾修编过一次。出于政治上的需要,建文帝把朱棣的生母定为元朝皇帝的妃子。解缙在修编《太祖实录》时据实记载朱棣为马皇后所生,是马皇后的第四个儿子。这一更正当然有着重要意义。在封建社会,皇帝的继承人是十分看重血统的,朱棣被澄清为马皇后所生,是"正室"而不是"偏房",所以他穿上龙袍、坐上龙椅就名正言顺,而不是反贼了。

解缙为永乐皇帝正了名,皇帝自然高兴,解缙也因此得以入值文渊阁。文渊阁是宫廷内的一个藏书楼,能够去藏书楼当值的人自然是最有知识、最有名望的人。明朝自胡惟庸案后,就不设丞相一职,文渊阁实际代替了丞相的职务。朱棣赋予进入这栋楼当值的人很大的权力——参与核心事务。《明史》记载:"内阁预机务自此始。"朱棣给了解缙很高的待遇,赐五品服、金绮衣,享受尚书同等待遇,还说:"代言之司,机密所系,且旦夕侍朕,裨益不在尚书下也。"意思是说,讨论国家大事、起草诏文是一项绝密性工作,你们天天和我在一起工作,其工作的重要性不在尚书之下。

你看,天天陪伴在皇上左右,名有了,地位有了,利也有了,在外人看来,这份荣耀让人眼热。但殊不知,在君之侧,伴君如虎,权力越大,知道的机密越多,皇帝就会感到不安全,一旦这种感觉出现,危险就来了。解缙毕竟在深宫待的时间不长,回家"带职进修"也没修到点上,他并没有领悟到大权和荣耀下潜藏的危险。他在耀眼的荣光照射下继续前行,一步步走向险境。

危险来了。永乐二年,朱棣征求群臣的意见,为立王储作准备。

他先问手下的武将以及驸马王宁、淇国公丘福等人,得到的答案几乎是一致的:立朱高煦。朱棣再问手下的文臣,得到的答案也很统一:立长子朱高炽。

犹豫不决的朱棣,找来文渊阁首辅解缙咨询。在皇帝犹豫、大臣们分成两派相持的局面下,这个态不好表。但毫无心机的解缙,面对这件复杂微妙的事情,坦率地表明自己赞成立长子,他讲出四点理由:第一,朱高炽仁厚,天下归心。在燕京保卫战中,妇女、儿童都能为他而战,保住了朱棣的根据地北平,使他安心在外征战而无后顾之忧。第二,自古立子为长,若弃长立次,必兴争端,天下不得太平。第三,朱元璋说过"得天下靠武将,治国平天下却不能单凭勇武"。第四,皇长子且不计,难道不顾及好皇孙吗?

提及皇孙,这可是朱棣的软肋。封建帝王立王储,还要考虑到是否有合适的皇孙,这是关系到皇帝世袭代代后继有人的大问题。这时,解缙走到挂在墙上的一幅《虎顾从彪图》画前。画中一只白额大虎,正回首望着身后的几只幼虎长啸,情状甚为亲昵。才思敏捷的解缙信口吟出一首诗:"虎为百兽尊,谁敢触其怒?唯有父子情,一步一回顾。"这种说法可能大半为野史,倒也与解缙的性格和才学吻合。

朱棣看着墙上的画,听着解缙的诗,心被打动了。他下了决心,立朱高炽为太子。解缙帮助朱棣做出了一个正确的选择,也才有了后来明朝的"仁宣之治"。从历史上看,朱高炽和他的儿子,还能算得上是有作为的好皇帝。

太子人选是确定了,但这场争夺太子之位的斗争并没有因此结束。

帮助皇上确立了一个太子,却大大得罪了另一个儿子。皇上是无所谓,手心手背都是肉,立谁做王储都是自己的儿子,都能保证皇位不落到外人手中。而解缙却不一样。虽说立太子是国之大事,涉及谁是下一个皇帝,关乎江山社稷,但往小里说,这是皇帝的家事,你一个外人搅进去,里外都不能讨好。聪明点的,不表态,装糊涂,这样最安全。

全然不知韬光养晦,这一步棋,把自己逼进了死路。

汉王朱高煦本是一个无赖之徒。史书称,"太子遂定","高煦由是深恨缙"。梁子就此结下。朱高煦对解缙之恨,无以复加。在朱高煦看来,本来他很有可能坐上太子之位,然后登基当皇帝,关键时刻却被解缙给搅没了,这种恨,天下无比。他要整解缙,那是在情理之中,也不是什么难事,只不过要在合适的时候找个借口罢了。

俗话说,不怕贼偷,就怕贼惦记。这句话用在朱、解的梁子上倒是再贴切不过。

被汉王惦记的事说来就来了。第一件事的名称叫作"泄禁中语"。解缙是内阁之人,自然知道许多国之大事,而皇帝最忌讳的事情,就是将朝廷机密泄露出去。这样的事情在任何时候都是犯忌的。但是,朱高煦所说解缙泄露之事,经查证似乎是与他无干。当然,透露朝廷机密这类事情,除非有真凭实据或证人指控,一般是很难查得清楚的。朱高熙也知道这一点,他这样做的目的,是先造一个"莫须有"的罪名让你兜着,把你的名声搞坏,再来慢慢收拾你。第二件事的名称叫作"廷试读卷不公"。解缙曾主持过两次会试,一次是永乐二年(1404),一次是永乐四年。说其读卷不公,永乐二年的会试,似乎还沾得上边,因为那一年的状元榜眼探花,都是江西人,而且榜眼探花都是解缙的同乡吉水人,状元为吉水邻县永丰人,但是,这些人才都经过了廷试,皇上也亲自圈定认可,这可以解释为举贤不避亲。硬要说"不公",连皇上也牵扯进去了。说永乐四年的"读卷不公",则没有什么依据。民间有一种说法,说那一年会试,由于雷电引起火灾,烧毁了考试场所,把考生的试卷给烧掉了。但是,这和"读卷不公"是沾不上边的。

永乐五年（1407）二月，在讨论是否在安南设郡县的会议上，解缙的意见和朱棣相左。

对手们苦苦等待的机会终于来了。在一个地方设不设郡县，不是什么原则性的大事，由皇上决定就行，你一个大臣千万不要和皇上的意见相什么左，以前发生的事情，对解缙的教训还不够吗？又要将一个把柄送给对手。对于自己送上来的一个好机会，他的对手们高兴还来不及，抓住时机群起而攻之，把解缙赶出了朝廷，将他贬到西部的广西当布政司参议。

被贬广西后，解缙的心凉到了极点。离朝廷远了，离风险的中心也远了，离百姓们却近了，这未必不是件好事。广西当地的百姓、官员知道解缙的本性和才华，对他分外尊敬。广西百姓的热情融化了解缙心中的不快。他不仅在广西认真工作，还畅游了当地的名胜古迹。每到一处几乎都应景赋诗，诗作有三十余首。解缙远在西部辛苦工作，而无事生非的小人却在朝廷上落井下石，又向朱棣奏上一本，说解缙在广西游山玩水，作诗题词不算，还经常发牢骚说自己冤枉。朱棣信以为真，解缙于是又被改贬为交趾布政司右参议，督饷化州（今越南凉州）。原以为离朝廷远些，风浪小些，谁知却不尽然，小人们隔着千山万水，依然可以将险恶步步推向你，让你无法摆脱。

永乐八年（1410）一月，朱棣要解缙进京汇报在交趾的工作情况。让一个布政司右参议进京向皇上汇报工作，确实让人有些费解。难道是朱棣想重新启用解缙？二月，解缙从遥远的南方一路劳顿回到南京，不巧的是，朱棣却在前几天亲率五十万大军前往北方打仗去了。解缙这一等就是十个多月。

厄运开始降临，危险步步紧逼，而解缙浑然不知。

解缙没有见到朱棣，等了都快一年，他觉得不能再等了，就决定向监国太子朱高炽作工作汇报,然后返回交趾。

朱高煦无时无刻不在盯着太子朱高炽。现在纪纲差人来报,说解缙去向太子汇报工作。这一消息让他欣喜若狂,这个机会他哪舍得放弃,于是,一个大阴谋终于就要有结果了。

朱棣回京后,朱高煦立刻向朱棣报告,说解缙私见东宫太子。北归的朱棣此时心情很坏。虽然这次亲征打了胜仗,可宠幸的爱妃却在归途中死去了,一股怨气正无处发泄,听得朱高煦状告解缙私结太子,有图谋不轨之嫌,便气不打一处来,于是立即诏令逮捕解缙入狱。时为永乐九年(1411)六月。

解缙终于落入了汉王朱高熙的复仇阴谋陷阱,他听到了四周对手们豺狼般的咬牙切齿声。这不是个好兆头。

三

细细算来,从中进士到入狱,解缙在朝廷为官共二十三年,其中回家"带职进修"八年,他实际工作才十五年。在这有限的工作时间里,他的最大业绩是主持编纂了一部大书《永乐大典》,他正是凭借这部煌煌巨著,进入了历史,进入了中国文化史。否则,只凭着小聪明写点插科打诨的诗,或在高位和同僚们闹点宫闱争斗,是缺少品位,上不了台面的。

《永乐大典》是中国最大的一部类书,编撰于明永乐二年(1404)至永乐四年间,全书目录六十卷,正文两万二千八百七十七卷,一万一千零九十五册,约三亿七千万字。

永乐元年(1403),明成祖朱棣命令翰林学士解缙等纂修一部类书。解缙组织一百四十七人,按照《洪武正韵》的韵目,将各种资料抄入书中。次年十一月,全书编纂完成,赐名《文献大成》。史书中说,朱棣"览所进书，尚多未备"，于是再命重修。解缙领命，重组编撰力量，开馆文渊阁。参加者计正总裁三人，副总裁二十五人，纂修三百四十七人，催纂五人，编写三百三十二人，看样五十七人，誊写一千三百八十一人，续送教授十人，办事官吏二十人，共二千一百八十人。而先后"供事编辑者三千余人"。共收集了七八千种图书，包括经、史、子、集、释藏、道经、戏剧、评话、工技、农艺等，上至先秦，下到明初，统会古今，包罗万象，集古今之大成。

《永乐大典》基本将现存的民族优秀文化成果收入书中，这是一个浩大而辉煌的文化工程。但《大典》书成之后，其命运多舛，令人痛心扼腕。

《大典》成书于南京，书成后未能刻板，只抄写一部。永乐十九年(1421)朱棣迁都时，《大典》正本一起运至北京皇宫，贮于文楼，其他一百柜图书则暂存左顺门北廊。正统六年(1441)，文渊阁建成，暂存于左顺门北廊的书运入阁中，《大典》则仍贮文楼。正统十四年(1449)南京文渊阁不幸失火，《大典》所据原稿及所藏其他图书均付之一炬。自此，《大典》遂成孤本。

由于种种原因，《大典》从成书起，便束之高阁。明一代二百七十七年，历十六帝，其间除明孝宗为使自己长命百岁，曾将《大典》所辑金匮秘方书录给太医院外，只有明世宗"按韵索览，几案间每有一二帙在焉"。花费众多人力、物力，历时四五年，总数两万多卷，三亿多字，这个巨大的文化工程是对中华文化的重大贡献；而书成后却只有一个人会去看，极少的人能使用，这又是对这个巨大文化工程的一种极大浪费。

嘉靖三十六年(1557)，北京宫中失火，奉天门及三大殿均被焚毁。世宗怕殃及附近的文楼，严令将《大典》全部抢运出来。为了预防不测，他还决定重录一部副本。嘉靖四十一年(1562)秋，召选书写、绘画生员一百零九人,开始抄绘。重录前,世宗与阁臣徐阶等经周密研究,制订出严格的规章制度,誊写人员早入晚出,登记领取《大典》,并完全依照《大典》原样重录,做到内容一字不差,规格版式完全相同,每天抄写三页,不得涂改,也不允许雇人抄写。这样最大限度地保留了正本的原貌。重录工作在嘉靖四十五年(1566)十二月朱厚熜辞世时尚未竣工,到隆庆元年(1567)四月才算大功告成,共费时五年。

明亡后,永乐正本已不知下落。正本去了哪里?后人分析推测,主要有以下几种不同的看法:一是随明世宗殉葬于永陵说;二是有研究认为藏于皇史宬夹墙;三是郭沫若等先生认为大典毁于明亡之际,正本是被李自成的农民起义军焚毁;四是毁于清朝乾清宫大火说,嘉庆二年(1797),乾清宫一场大火,正本被烧毁了。

《永乐大典》副本经历兵燹火厄、人为偷盗等,据不完全统计,迄今发现散落在国内外的《大典》仅有四百册左右。

据记载,《大典》副本贮藏皇史宬配殿约一百五十年,到清雍正年间(1723—1735)被移贮翰林院敬一亭。从此这部内府藏书开始被大臣们借阅辑录佚书,从而不断遗失并遭受各种破坏。乾隆三十八年(1772)修《四库全书》曾利用此书,清查时发现已缺失两千四百二十二卷,约一千册。此次共从中辑佚书三百余种。

嘉庆、道光年间修《全唐文》和《大清一统志》时又利用《大典》,这期间由于监管制度不严,又被官员大量盗窃。咸丰十年(1860),英法联军侵占北京,翰林院遭到野蛮破坏和抢劫,丢失《大典》不计其数。尤以英侵略军抢掠最多,作为战利品运回该国。光绪元年(1875)修缮翰林院建筑时,清查所存《大典》已不足五千册。

次年翁同龢入翰林院检查《大典》只剩八百册。最后是光绪二十六年(1900)八国联军入侵北京时,翰林院成为战场,除战火焚毁破坏以外,再加上人为抢劫,使翰林院所藏《大典》副本全部化为乌有。

各国侵略者将抢劫的大量财富文物盗运回国,《大典》从此散布在世界各国图书馆和私人手中。国内一些文人书贾也竞相购买收藏,以为奇货可居。这部曾藏于明内府、清官署的万余册《大典》,不到百年几乎是灰飞烟灭。宣统二年(1910)京师图书馆成立时,教育部只拨交劫余的六十册《大典》,作为京师图书馆最初的收藏。

经过国内外学者调查,现藏《永乐大典》四百册左右。作为国家图书馆的四大专藏,《永乐大典》在国家图书馆的收藏和保存过程充满了传奇色彩。经过百年的努力搜求,今天图书馆的《永乐大典》数量已达二百二十二册,在架书为一百六十二册,其余六十册暂存台湾。

除国家图书馆的收藏外,上海图书馆、四川大学,以及英国、日本、德国、美国等国家和地区的公私藏家手中,还藏有近二百册《永乐大典》。

1949年,中华人民共和国成立之后,党和政府更加重视文化遗产的保护,《永乐大典》的收集也出现了一个崭新的局面。

1951年,苏联列宁格勒大学东方系将十一册《大典》赠还中国政府。文化部接收后即拨交国家图书馆。为纪念这一举动,国图举办了一次《永乐大典》展览,宣传《大典》的价值,介绍其惨遭劫掠的遭遇。展览极大地激发了各界群众的爱国热情。一些爱国人士和藏书单位纷纷将自己收藏的《大典》交由国图集中收藏。同年8月,周叔弢先生将家藏的一册《永乐大典》无偿捐献给国家并致信国图:"仆旧藏《永乐大典》一册,杭字韵,卷7602至7603,谨愿捐献贵馆,……珠还合浦,化私为公,此亦中国人民应尽之天责也。"几乎与此同时,在张元济先生的倡议下,商务印书馆董事会一致通过,将商务印书馆所属东方图书馆所藏二十一册《大典》赠送国图。随之,赵元方先生也将家藏的一册《大典》捐赠出来。1958年,北京大学将四册《大典》移送国图。广东文管会也移送三册。向国图捐赠大典的还有张季芗先生、金梁先生、徐伯郊先生、陈李蔼如先生以及赵万里先生。

此后在 1954 年，苏联国立列宁图书馆又送还中国五十二册，1955 年，德意志民主共和国送还中国三册，苏联科学院也通过中国科学院图书馆送还一册。

在二十世纪五六十年代，周恩来总理特批专款从香港著名藏书家陈清华手中购回了一批珍贵古籍，其中有四册《永乐大典》。至1965 年，馆藏永乐大典达到二百二十册。

2007 年中华古籍保护计划启动，在专家赴上海鉴定第一批国家珍贵古籍名录时，一个机缘，一册新的《永乐大典》又呈现眼前，两年后入藏国家图书馆。这是模字韵湖字一册，与原藏国图的部分可以实现缀合。

纵观《永乐大典》的身世，不禁让人喟叹。一部浩瀚的文化典籍，编成后只有两套，正本完全失踪，副本经过流失、火焚、战乱抢夺，所剩百之一二。既然花了巨大的人力、物力、财力编纂，为什么不多印一些，让更多的人能享用这个文化成果？当时是具备这个条件的。技术上不成问题。雕版印刷术始于隋朝，经宋代毕升的发展、完善，产生了活字印刷，使印刷技术更为方便、快捷。这项技术由蒙古人带到了欧洲，让世界的印刷行业来了一次革命，这也成为中华民族的四大发明之一。这项技术一直沿用了一千多年，最后终结在 20 世纪90 年代激光照排的出现。财力上更不成问题，以明朝的国力，印这部书能耗几两银子？不会比编纂这部书的花费更多。史书记载，朱棣即位后，兴修水利、广开漕运，奖励农桑，社会经济日趋繁荣，为编制《大典》这样工费浩繁的大类书，提供了可靠的经济基础。是他没想到吗？应该不是，既然想到要编纂一部这样的大书，后来还想到要抄绘一部副本，不会想不到是可以多印一些的。为什么不动用先进的印刷技术多印一些，那只能从皇上身上找原因了。

有学者认为,朱棣要编纂这部《大典》,其初衷一是想要消除"靖难之变"的影响。朱棣以武力从侄儿手中夺得皇位,这在程朱理学盛行的当时,很多朝臣和知识分子都认为是大逆不道。朱棣对此采取了恩威并施的办法,一方面对拒不从命者大开杀戒,另一方面用提倡文教加以怀柔。编撰群书可以把大批知识分子置于中央政府的直接控制下,埋头于断简陈编之中,可以使他们钳口不言,无暇过问政事,减少人们对"靖难"的关注。因此,明成祖即位不久,即敕修《大典》。二是《大典》的编修不仅是政治斗争的需要,也是明王朝立国以来"文治"政策发展的结果。据《明史·成祖本纪》记载,朱棣是一个"雄武之略,同符高祖"的封建帝王。他即位后,"六师屡出,漠北尘清","幅员之广,远迈汉唐"。但他并不满足,他还要把自己的"文治"也推到"远迈汉唐"的高峰。因此,用一部"序百王之传,总历代之典"的"一统之制作"来标榜自己统治的盛世,就显得非常必要了。由此看来,皇上仅仅是把这件事当作自己的政绩工程,做了,先放在库房里,除了自己谁也别用。大臣士子也好,平民百姓也好,尽可使由之,不可使知之,这是统治之术。这样看来,《大典》的出身,一开始就决定了是个悲剧。

解缙担任《大典》总裁并非挂个虚名,他对编纂这部前所未有的皇皇巨制有一套明确的指导思想。他提出的"刊定凡例,删述去取,并包古今,搜罗隐括,纠悉靡遗"的编纂思路,对《大典》的修纂起了明确的指导作用。《大典》所辑录书籍,完全按原著整部、整篇或整段分别编入,一字不易,因而许多宝贵的文献能保存其原貌,这就完整保存了资料的文献价值。全书体例"用韵以统字,用字以系事",检索非常方便。《永乐大典》汇集了上自先秦、下迄明初的八千余种古书典籍,包罗万象,是中国历史上最大的一部百科全书,它比著名的《不列颠百科全书》成书年代早了三百多年。《永乐大典》内容包括诗文、戏曲、僧、道、医药、工艺等方方面面,还收录了许多后世已经残缺或佚失的珍贵书籍,如《薛仁贵征辽事略》、宋本《水经注》等。人们称《永乐大典》为"辑佚明初以前珍本秘籍的宝库"。《大英百科全书》称之为"世界有史以来最大的百科全书"。

四

《永乐大典》编完,解缙也开始交厄运。在《永乐大典》的庆功会上,那些兴高采烈的人群中,却没有才高八斗、功勋卓著的《大典》总裁解缙的身影。因为九个月前,解缙被贬到了广西做布政司参议。后来一步步走进了监狱。

解缙入狱,一关就是五年。永乐十三年(1415)冬,锦衣卫的头头纪纲照例向朱棣呈上囚在天牢中的罪犯花名册,朱棣翻看罪犯名册,解缙两字映入他的眼帘,朱棣说了句:"缙犹在耶?"

解缙还在吗?朱棣这句话耐人寻味。

《明史》记载,朱棣先后对三个人讲过类似的话。

第一次是永乐七年(1409)针对平安说的。朱棣为燕王时,平安是他的部下,后来平安归顺建文帝朱允炆,被封为统帅,成为朱棣"靖难之师"的克星。南京失守后,平安向朱棣投降。有一次,朱棣在翻看官员名单时看到了平安的名字,便说了一句"平保儿尚在耶?"纪纲马上把平安的头割下来献给朱棣。

还有一次是针对杨溥说的。永乐十二年(1414)杨溥因"太子迎驾迟缓案"被捕入狱,杨溥也确实是个沉得住气的人,在狱中,随时有被砍头的危险,他却心如止水,每天不停地读书,这一读就是十年。一天,朱棣想起了杨溥,问:"溥犹在耶?"还好此时纪纲已死,他于永乐十四年(1416)被杀。好心的大臣告诉朱棣,杨溥还在,他在监狱里每天不停地读书。朱棣听到这个回答，告诉大臣务必好好关照杨溥。后来杨溥出狱得到重用。

这次朱棣说"缙犹在耶"这句话，结合朱棣和解缙个人的交情，以及永乐十二年九月发生的"太子迎驾迟缓"案，在永乐十三年（1415）五月已经冰释平反，朱高煦也被朱棣强迫去了封地青州，太子朱高炽的危情已趋于平稳，太子党已开始复苏，在这种情况下，朱棣应该没有杀解缙的必要。

纪纲是个绝顶聪明的人。他听了朱棣说的这句话便转动开了脑筋。皇帝突然说出这句话，是什么意思？他问"还在"，那充满疑问的语气，是表达皇上希望他"在"还是"不在"呢？希望他"不在"很容易，但皇上又为何不发个诏书明说，一杀了之？但细想一下，这诏令并不好下。解缙并没有犯下什么确有证据的叛逆大罪。旧臣远道回京述职，皇上远出，见见总理国事的太子，也不是没有先例的。逼他认下谋反的罪吧，种种酷刑都用了，解缙就是不承认。希望他"在"，就更好办了，金口一开，放人就是。但皇上既没说杀，也没说放，只是耐人寻味地问他"还在"？一揣摩，心里明白了。更何况，汉王朱高煦早已差人私下送来厚礼，密嘱他见机行事。现在机会来了。

纪纲，山东临邑宿安人，自幼习武，善骑马射箭，武艺高强，也读过点书。他是当年朱棣造反之时自愿投军效命的，在朱棣帐下任亲兵，而且救过主人的命。朱棣登基之后，纪纲就当了锦衣卫的都指挥佥事。纪纲其人桀骜不驯，诡计多端，权焰熏天，害人无数。因此，正直的解缙，曾经数度弹劾纪纲，也是自然的事。解缙讥讽纪纲的名对一直流传到现在："墙上芦苇，头重脚轻根底浅；山间竹笋，嘴尖皮厚腹中空。"他还曾讥讽纪纲纳妾，作打油诗一首："一名大乔二小乔，三寸金莲四寸腰，买得五六七包粉，打扮八九十分妖。"现在，解缙落在纪纲手里，其结局可想而知了。当然，这个纪纲，后来也没有什么好下场。其人权势过重,便会得意而忘形,落个凌迟处死,也是罪有应得。

时值寒冬,南京下起了历史上少见的大雪。

纪纲用酒将解缙灌醉,命人用草席把他卷起来扔到城外山冈上。是夜大雪纷飞,等人们发现时,曾经的天子近臣、《永乐大典》的总裁官解缙已经冻死了,时年才四十七岁。《明史》记载:"纲遂醉缙酒,埋积雪中,立死。"一代才子,竟落得如此悲惨下场,令人叹息。

纪纲这一招也很阴损。你皇上一句"缙犹在耶",态度暧昧,那好,我就来一个"缙醉酒冻毙"。皇上没有下令杀害忠良,我纪纲自然不会擅自杀害朝廷大臣的。解缙怎么死的?回禀皇上,解缙是喝醉了酒自己跑到雪地里冻死的。哦,是这样。你看,解缙之死,与皇上无关,也与锦衣卫纪纲无关,只能怪解缙自己十分不小心把自己给冻死了。

吉水县解缙墓

我是去年春天到这位先贤墓地去拜谒的。

解缙被害后,家人将他运回葬于吉水老家。嘉靖四十年(1561),知县罗黄裳奉旨将解缙墓迁葬于县城东门外东山亭。1957年,江西省文化局列解缙墓为省重点文物保护单位,拨款重修。后因修昌赣公路(105国道)取土,墓地被毁,迁移至现在的县气象局西侧。1985年,政府拨款修缮。墓碑比较简陋,碑石上面是"明右春坊大学士"一行大字,左右望柱上分别写"太平十策纾民困,永乐大典惠斯文"。主要突出了解缙生前所做的两件大事。墓地四周荒草繁茂,墓碑斑驳。

解缙死得不明不白。我长时间在想,究竟是谁害死了他?不错,是纪纲下的手。但如果把这个责任完全推给纪纲,那纪纲会觉得冤枉,因为如果皇上没有杀解缙的意思,纪纲有十个胆也不敢下手。所以也不能完全怪纪纲。是皇帝朱棣吗?他好像没有下过杀解缙的命令,仅过问了一声而已,而且,他以前还说过"我则不可一日少解缙",和他的父亲朱元璋对解缙说的"恩犹父子"有异曲同工之意。两代皇帝都看重解缙,史上少有。这样看来,不完全怪纪纲,也不好怪皇帝,那只能怪解缙自己。但以解缙的聪明才智和为人,也绝没有自己弄死自己的道理。所以,解缙死得冤。《明史》记载:"正统元年(1436)八月,诏还所籍家产。成化元年(1465),复缙官,赠朝议大夫。"尽管后面的皇帝为解缙平了反,但人已经死了几十年化为尘土了。

再往前想一想,解缙冤死,他冤在封建制度上。皇位是世袭,朝廷是家天下,容不得外人有丁点非分之想,哪怕是"莫须有",所以,皇上金口吐出的"恩犹父子"也好,"我则不可一日少解缙"也好,不仅统统当不得真,反而潜藏着巨大危险。你看,江山社稷都是朱家的,你一个外姓臣子贴得那么近想干什么?真的想当儿子篡位吗?这是决不能姑息容忍的。这就像一些家族企业,要害部位都是家人掌控,一个外人充其量多给你一点钱让你干活,是不会让你进入核心圈的。所以,在皇帝身边,越是位高权重,参与的机密事情越多,其危险性越大。尤其是关系皇位继承这样重要的事,在臣子们眼里,事关江山社稷国运兴衰,帮助皇上选拔好接班人似乎责无旁贷,应当踊跃参与,建言献计,但在皇室眼里,这是家事,旁人搅和进来纯属多事,多说两句还怀疑你居心叵测。当然,如果没有争议和矛盾,旁人说两句好话也就罢了,说了和没说没什么两样。但如果有了分歧和争议,你插进去,哪怕是正义在胸、道理在握、义正词严也好;动之以情、晓之以理也好,都会给自己留下后患。你想,能登上皇位的只有一个,而皇帝的儿子却不止一个,你帮一个上了,其他没上的心里是啥滋味,眼睁睁看着差一点到手的皇位落到他人手中,他能不恨吗?这种恨能向谁撒?向父皇吗?不能,至少不能公开。能向接班人兄弟撒吗? 虽然嫉恨是他占了你向往而且差一点就登上去了的宝座,但这口气还不好就这么向他撒,因为有皇室传统家法在,有父皇在,有满朝文武大臣在,从法理上已无更改的可能。那么,这口气就只能找你们这些出头的臣子撒了,谁让你多嘴多舌管咱家的事? 这已经不是哪一个皇帝的喜好问题了,是那种体制决定的。解缙不过是个文人,吟诗作文编书写对子是他擅长的,但他偏偏卷入太多他不熟悉的政治漩涡和官场纷争,而他的性格却又和潮流往往相悖,这就使得他常常步履维艰、烦恼缠身,最终被人落井下石,遭皇上打入冷宫,死于非命。

纵观解缙这一生,他以文化作为运载工具接通了官场,而官场却给他提供了一个世界级别的文化大平台,成就了他;官场最后毁灭了一个晶莹如雪的文化奇才,扼杀了他。循着解缙其顺与不顺的轨迹,我们看到是这样一个怪异的画面。

在中国的版图上,长江是一条分界线,以北可称为北方,以南可称为南方。而南京在长江南岸,它既是南方的最北面,又是北方的南面,所以气候特点是没有北方那么冷,但又比南方冷。永乐年的那场雪是下得有些反常有些过分。白茫茫的大雪想给大地一片洁白,但把肮脏和罪恶遮盖了;想给人间一片晶莹纯真,却把一个忠臣给冻死了。

只能长叹一声:唉,永乐雪。

庭院深深

这是一篇让我最耗神费时的文章。

是因为素材太多？是有点。我手上有《江西通史》《赣文化通志》和江西四大书院的书各一部，在网上，江西各书院的资料堪称海量。

抑或是时间太久远？也有点。江西的书院最早开办于唐朝，终止在清宣统年间，历经一千多年，期间从单纯授业讲学、学术研究，到以培养科考士子为主；从兴盛走向衰败，内容太过丰富。

还是学院和考中的进士太多？这倒是个至今令人兴奋的事。有两组数字：一是清光绪《江西通志·书院》记载，江西书院达五百二十六所。有学者根据其他各种史籍、志书、笔记、碑刻统计，认为江西古代书院足有千余所之多。这个数字远高于现在江西的大学加上中专学校的数量。据《江西年鉴》记载，截至 2011 年底，江西共有普通高校八十六所，中专类学校一百三十六所。又据《续文献通考》记载，宋元两代全国共有书院三百四十七所，江西有六十六所，位居全国第一；《明一统志》记载，全国书院三百六十二所，江西有七十七所，占总数的两成多，位居全国第一。二是自科考以来，江西考中的进士总量超过了一万人，占全国进士总数的十分之一，其中在宋代考中的就有五千多人，占全国总数的 12.72%，元代为 18.17%，明代为 16.99%。

面对这两组分量很重的数字，我陷入了长时间的思考。对这些辉煌炫目的历史业绩,我开头感到高兴,后来兴奋渐渐褪去,在平静的思考中泛起隐隐的沉重。兴奋和沉重死死纠缠,将我拖入这难以解开的纠结之中。

━

在研究了大量资料后我有一种强烈的冲动:要为中国的科考取士制度申请"非物质文化遗产"。申请的理由是:它是世界上唯一一种跨越五个历史朝代、连续在一个国家存在了一千三百多年的行政官员选拔制度;它是存在于中国文化教育领域的长城,世界独一无二。

它和长城一样是壮美的:由十万进士、数以百万计的举人,加上数量更为庞大的秀才和没能取得功名的学子,一同构筑成这座文人们精神长城的厚实墙体。进士们则是这座长城险要处的一个个关口隘口;举人、秀才、学子们是长城墙体上的那一块块砖石;而烧制这些砖石的窑场,就是遍布华夏如繁星般难以计数的学院;窑场里长须飘拂的"技师",则是早已取得功名的学者或官员,他们从一个个关隘上移步书院,按照他们的理念,打造出一块块他们满意的"文化长城"砖石。就这样,历经一千多年的绵延累积,这座文化长城气派地横亘在中华大地,让所有见到它的人都要投去敬畏的一瞥。

长城是壮美的,它横亘在大地,让城内的生民有一种安全感。它用雄奇蜿蜒的壮美赢得了世界几大奇迹之一的荣耀。这种荣耀的光环太过宏大强烈,以至于我们以为在立足的地球上还不能看全,非得乘坐航天器来到太空,才能看个周全。

文化长城也是壮美的,它横亘在中华大地上学子们的精神世界里,让里面的学子们始终保持着一种优越感和追求欲。一代又一代的学子们，在这个长城围起来的天地里，寻找着自己的梦想。它用深邃宏阔的壮美赢得了不同朝代的荣耀，这种荣耀的光环亦过于宏大强烈，以至于当时朝代的人们并未能看全，非得隔了千年，蓦然回首，才得以发现。

写作此文时，随一个文化交流团去了一趟台湾。到台湾的第一站，是参观台北的故宫博物院。北京的故宫好多年前去过，那个皇宫大院太过宏阔，在那里转悠一天也看不了多少。台北的故宫集中在一栋大楼里，依次参观很是方便。依照中国文明发展的顺序，从石器、青铜器、玉器开始，直到清代的各种精细雕刻。初看兴奋，这么多久已心仪的文化瑰宝，向你述说着华夏文化的历史渊源。看到后面，我的心情慢慢不那么爽朗，有些沉重起来。台北故宫的镇馆之宝毛公鼎，西周产物，不像我原想的那么大，而且还有些粗糙，但它是铸刻汉字最早最多的器物，所以显得弥足珍贵。这是中国作为世界四大文明古国的见证，是中国人对世界文明的一大贡献，显示出中国人的聪明才智。随着社会的发展，历朝历代收入宫廷的器物越来越精美，这当然可以展示中国的文明进程、证明中国人的聪明才智。但当统治者们的眼光慢慢内敛，专注地对那些打磨得精细光滑的玉雕、牙雕、核雕频频投去惊喜的目光时，殊不知大洋彼岸的人们对蒸汽机和发电机倾注了疯狂的热情：十七世纪，第一台蒸汽机在法国诞生，十八世纪，英国成为世界上最早利用蒸汽机作动力的国家，到十九世纪三四十年代，整个欧洲、北美到处蒸汽机声隆隆，世界进入到"蒸汽时代"；1821年，又是英国人发明了第一台电动机，十年后，又发明了发电机，在电光闪闪中，世界进入到电力时代。两次工业革命将世界推向工业化时代，而中国却仍停留在生产力落后的农耕时代。我们在唐代就有各国派"遣唐使"来进贡、朝拜、学习，长安（今陕西西安）曾经是世界最大都市，强盛的唐朝让我们傲立世界；而宋代更为富裕,汴京(今河南开封)比长安大三四倍,世界的商贾云集,让汴京成为世界的中心,有张择端的《清明上河图》为证。可惜,昔日"万国朝圣"的繁华盛景,到清末已是满目凋敝。在文明的进程中,一向领先的中国,一下被世界远远抛在了身后。

统治者的目光投向,决定了一个民族前行的方向。在这样不同的关注目光中,中国与世界的距离慢慢加大,越来越远,最终,当那些完成了工业革命的列强们,用先进的坚船利炮不断敲打着中国的大门时,统治者们如梦初醒,但已为时晚矣。所以,当中国历代的封建统治者们一双双内敛的目光滞留在那些镂空、打磨技艺上专情关注时,强盛与颓败就已见分野。

于是我们看到,万里长城内的国人,企图固守着不变的祖业,结果是对手稍稍强大,铁蹄就将长城轻易越过;精神世界"万里长城"内的人们,企图固守着不变的经典和"述而不作"的理念,结果是洋人们眼花缭乱的蒸汽加电气,将这座长城冲得墙倒城毁。

讲得好像有点远了。

还是先来看看书院。

在比较江西的几大著名书院时,我有个有趣的发现:"白鹿洞""白鹭洲",前面两字读音相同,后面一个"洞"一个"洲","洞"幽深——别有洞天;"洲"幽静——芳草萋萋。都是办学的好地方。

江西办学历史悠久,书院全国有名。在中国古代的四大书院中,不管其他几个书院位次如何变化,白鹿洞书院的地位昂然不动。

白鹿洞有个美丽的故事。唐代贞元年间(785—804),洛阳人李渤与兄弟李涉隐居庐山读书。青年人总是喜欢标新立异,他驯养了一头白鹿,常随主人外出走访游玩,所以,人称李渤为白鹿先生。宝历年间(825—826),李渤担任江州刺史,在隐居地创台榭、植花木,并正式命名此处为白鹿洞。唐朝末年,兵荒马乱,各处学校毁坏,到庐山隐居、避难的读书人,常到白鹿洞研讨学问,交流心得。南唐昇元年间,朝廷在此处建学置田,正式称之为"庐山国学",任命国子监九经李善道为白鹿洞洞主,掌管教育和学习。这就是白鹿洞开办学院之始,由此成为庐山的第一所学院。由此算来,白鹿洞正式成为高等学府的历史和办学模式,比牛津大学(1168 年创建)、剑桥大学(1209 年创立)还要早三四百年。

庐山白鹿洞书院

一头美丽的白鹿,化作书院,让读书人看到、想起,会涌出一段遐想。

当然,白鹿洞书院能成为中国四大书院之一并久负盛名,并非因为它的办学历史最早,而在于它的办学理念。

在中国,开办最早的高等学府当属稷下学宫。稷下学宫创建于春秋战国时期的齐权公 (公元前 374 年—前 357 年)时期,一说是在齐威王(公元前 356 年—前 320 年)时期。到齐宣王(公元前 319 年—前 301 年)时期,稷下学宫达到鼎盛。

由谁创办、在哪个时期创办,这些历史的细节可留给史学家们慢慢考证,在我看来,一所学院要在当时取得地位并对后世产生影响,最重要的是办学理念。稷下学宫在其兴盛时期,曾容纳了当时"诸子百家"中的几乎各个学派,其中主要的有道、儒、法、名、兵、农、阴阳、轻重诸家,汇集的天下贤士多达千人左右,其中著名的学者可以列出一长串的名单,如孟子、淳于髡、邹衍、田骈、慎到、接予、季真、环渊、彭蒙、尹文、田巴、兒说、鲁仲连、邹奭、荀子等。尤其是荀子,曾三次担任过学宫的"祭酒"(学宫之长)。当时,凡到稷下学宫的文人学者,无论其学术派别、思想观点、政治倾向,无论来自何处,年龄、资历如何,都可以自由发表自己的学术见解,从而使稷下学宫成为当时各学派荟萃的中心。这些学者们在一起平和讨论、广泛交流,甚至激烈争辩、相互诘难。这样的思想碰撞、交流,造就了一大批思想家,使稷下学宫成为真正体现战国时期"百家争鸣"的典型。更难能可贵的是,当时齐国统治者对这些学者们采取了十分尊重的姿态,封了不少著名学者为"上大夫",并给予他们相应的爵位和俸养,允许他们"不治而议论"(《史记·田敬仲完列传》),"不任职而论国事"(《盐铁论·论儒》)。

可惜的是,因战乱,稷下学宫渐渐衰落下去。到齐王建(公元前264年—前221年)时期,这所中国乃至世界最早的高等学府最终消亡。

白鹿洞自创建为庐山国学后,出现过兴盛,"生徒多时达几百人,其教授内容除传授儒家孔孟经书外,也学习史籍、诗文,以及诸子百家文集"(《千年学府——白鹿洞书院》)。

当然,仅仅靠几百生徒坐在那里摇头晃脑诵读研习儒家经典,恐怕还不能成为影响华夏文化走向的学府。它在等待着一个人的出现。

宋淳熙六年(1179),著名理学家、教育家朱熹以秘书郎权知南康军州事的身份赴军任职。他到达南康(治所在今江西星子县)后,第一批处理的事务当中,就有修复白鹿洞学馆的项目。

由于经过战乱,此时的白鹿洞已成废墟。朱熹上下奔走呼号,进行书院的复建工作。他到任的第二年三月,书院初步修复,朱熹兴高采烈,率军县官吏、书院师生共聚书院,祭祀先师先圣,举行隆重的开学典礼,并为重新修复后的书院开堂讲学,做了题为《中庸首章》的演讲。余兴未了,他还赋诗一首《次卜掌书落成白鹿洞佳句》:

> 重营旧馆喜初成,要共群贤听鹿鸣。
>
> 三爵何妨莫萍藻,一编讵敢议诚明。
>
> 深源定自闲中得,妙用原从乐处生。
>
> 莫问无穷庵外事,此心聊与此山盟。

朱熹对书院的贡献,并未仅仅停止在修复开学。其最重要的贡献,在他制定了书院教规。

朱熹制定的教规为《白鹿洞书院揭示》,也称《白鹿洞书院教条》《白鹿洞书院学规》《白鹿洞书院教规》,其本文不长:

> 父子有亲,君臣有义,夫妇有别,长幼有序,朋友有信。
>
> 右五教之目。尧、舜使契为司徒,敬敷五教,即此是也。学者学此而已。而其所以学之之序,亦有五焉,具列如左:
>
> 博学之,审问之,慎思之,明辨之,笃行之。
>
> 右为学之序。
>
> 学、问、思、辨四者,所以穷理也。若夫笃行之事,则自修身以至于处事、接物,亦各有要,具列如左:
>
> 言忠信,行笃敬,惩忿窒欲,迁善改过。
>
> 右修身之要。
>
> 正其义,不谋其利;明其道,不计其功。
>
> 右处事之要。

己所不欲,勿施于人;行有不得,反求诸己。

右接物之要。

（注：古代书写格式为竖写,所以文中的"右"等于现代横排格式的"上","左"等于现在的"下"。）

细读朱子的揭示,不太像现在的校训、院规,什么自强、创新、勤奋、团结,显得冷硬空洞,倒像一位长者和晚辈们促膝谈心,叫你如何为人处事修身养性:夫妻之间呢要有区别呀,长辈和晚辈之间呢要讲秩序呀,朋友之间呢要讲信用呀;做学问要广博,而行动要坚决呀;还有呢,自己不想要的,不要强加于别人呀,等等。娓娓话语带着暖暖体温。这些要义,人们至今信奉。

朱子的谆谆教诲,都是在教学生们如何做人,这些看似与做学问无关,其实关乎大学问——做人的大学问。一个连人都不知道怎么做的人,能指望他做得出好学问吗?朱子的《揭示》其实揭示了教育的本质:先做人,后治学。这是真正的"以人为本",这是中国古代儒家思想的晶核,朱子用《揭示》将这个晶核擦拭得熠熠闪光。

此揭示一出,就受到各地书院的普遍认同和采纳,到宋淳祐六年(1246),宋理宗下诏书颁布《白鹿洞学规》,命各州府县将《白鹿洞学规》刻在石上。这一来,全国的书院、学校就有了统一的教规,树立了统一的办学理念。这一统就是七百多年。

朱熹不愧为有远见卓识的人,他把《白鹿洞书院揭示》打造成一根标杆高高竖起,一统天下书院;揭示作为载体,则承载着他的思想灵魂,行走华夏大地。

朱熹的办学理念主要是用儒家思想教育学子们治学、明理、为人、处事。他用这套理念构筑的书院磁场吸引着志同道合的学子们前来求学。但另一个更为强大的磁场早已存在,并不断消减着他的磁场吸引力,那就是科考。"书院是名儒学者为了弥补官学在培养人才数量和质量方面的不足而创立的一种民办高等学府,它既不同于作为科举的附属物的官学,但它又置身于科举取士的封建社会而不能完全摆脱科举。"(《千年学府——白鹿洞书院》)

在两种磁场并存的情况下,书院的境地变得有些尴尬,它一面想要坚守不带功利的独立办学思想,一面迫于各方压力,它又不得不向科考靠拢。

从朱熹开始,大学者们是坚决反对书院学子参加科考的。朱熹在他的一篇《学校贡举私议》中对此作过激烈抨击,翻译过来的意思是:

所谓的最高学府太学,只不过是追逐名声势利之场;而掌管学校的领导,只不过是挑选容易成为科举范文的文章,兜售给那些科考的考生罢了。那些有志于研究义理的学子们,已经不是来求真正的学问了,他们从四面八方奔趋而来,只不过是为了挤获一个科举考生的名额而已。师生相见,像路人一样漠然,和他们交谈,也没有德行道义的真才实学,而每个月的写作、每个季度的考试,又仅仅是他们贪图不该得到的利益的一种轻薄无耻之心的表现,这绝不是国家立学教人的本意啊!

同时代的大学者陆九渊在他的《书院讲义》中也表示了明确的意见:现在的风气是以科考作为时尚,使学子们淹没在这股潮流中不能自拔,这种状况是和圣贤的办学理念背道而驰的。

但随着时代的演变,白鹿洞书院洞主们的态度慢慢发生了变化,从坚决反对到有选择地输送考生。明天启四年(1624),白鹿洞书院主洞推官李应升在他的《申议洞学科举详文》中说:查看白鹭洲书院科举一次就考中四十二人(注:原文如此。但据史书、志书记载,应为四十人),衡量他们的实际水平,恐怕我们书院的学子不在他们之下;看他们书院的历史和名气,和我们相差太远。所以呢,我跪拜请求将白鹿洞书院剩余的才子们,按照白鹭洲书院的做法,先让他们单独考一次,名额为十人。这个要求得到批准,同意白鹿洞生员八人直接参加科举,以前剩余的人才另外再考,作为永远的定例。(《千年学府——白鹿洞书院》)

不难看出,在科考的滚滚潮流冲刷之下,书院一步步退让,到后来,专门研修学问的办学理念渐渐退化,已将培养科考士子作为主要目的了。从开始的强烈抵拒批判,到后来将科举考中进士的数量作为一个衡量书院名声和办学质量的硬指标,书院洞主们的态度来了一个一百八十度大转变,他们努力为书院学子们能参加科考千方百计争取更多的名额。到后来每次都由书院资助参加科考的考生和老师。

圣洁的书院终于向势利的科考低下了高傲的头颅。由当初创办书院的学者们构筑的学问研究象牙之塔,被科考的洪流冲刷得千疮百孔。

三

知识能改变社会、改变命运,这在古今中外都有经典格言,外国的就有"知识就是力量"。宋真宗赵恒高度概括了中国古人的揣摩,并形象地加以描绘:"富家不用买良田,书中自有千钟粟;安居不用架高楼,书中自有黄金屋;娶妻莫恨无良媒,书中自有颜如玉;出门莫恨无人随,书中车马多如簇;男儿若遂平生志,六经勤向窗前读。"我们的先人比较实际,在读书与个人命运微妙曲折的关系之间,善于抓住问题的要害直奔主题。男儿想要实现自己的抱负吗?就一条路:苦读。既然读书能够带来这般多的好处,为何不去苦读呢?大家发现了这个奥秘,读书的人多起来了,自然,就得多办书院。如果说最早办书院是为了真正培养做学问的人,那么,后来慢慢遍布大地的如夜空繁星的书院,其办学目标,已完全偏离到围绕科举考试了。

书院功能的变异,可以单独作为一个命题写一本书,我稍加概括,归结为两点:其一,古代文官选拔制度的确立,动摇了最初书院定位为单纯学习研究的办学理念,引导书院的功能转变。古代朝廷各级官员的选拔,都是从科举的进士中来,要成为朝廷命官,首先得考中进士,而要考出好成绩,光自己关起门来苦读还不行,还得到书院去提升,因为书院毕竟有高水平的先生、山长,还经常请来富有名望的大学者讲学,这样的面对面辅导,无疑会提高科举的"命中率",这一来,在科举的强大引力下,书院的功能从研究学问、培养学者,转变为为科举培养生员了。据《白鹭洲书院志》记载,宋代江万里创建书院时,吉安区域内的勤奋苦读、准备科考的人有二三万之众,这个数字和现在吉安每年参加高考的学生三万余十分接近了。如此之多的应考学子,为书院提供了丰富的生源。其二,书院的教学内容与科举考试的内容范围高度暗合。书院的学规是朝廷统一颁布,采用朱熹制定的《揭示》,办学理念贯穿了朱熹的思想。白鹭洲书院就是"将《朱子读书法》作为指导生员读书的指南"(《白鹭洲书院史话》),而科考的内容范围,也是由朝廷采纳、朱熹圈定的经典学说。这样的高度暗合,书院的轨道与科考的轨道并轨,也就无缝对接了。

书院如此之多,不能一一写来,但有一所非常有代表性,不能不写,因为这所书院自宋代创办以来,到现在依然在办学,这可能是中国古代书院唯一一所到现在还在做学校的。这所书院古代叫白鹭洲书院,现在叫白鹭洲中学。

白鹭洲在赣江中游吉安段,洲兀立于江中,把江水分割成两道。

之所以叫白鹭洲,也有一个动人的历史传说:相传古时有一白鹭仙子,因羡慕人间男女情爱,飞到这里,变作一位美貌的村姑,与江边一位年轻渔人结成情侣。后遭天神迫害,水淹洲渚。为救生灵,夫妻双双化作白鹭,白鹭仙子潜入水中洲底,奋力以身托住陆洲,使洲永浮水面;渔夫化作白鹭后,日夕在洲上盘绕哀鸣,情缠意绵。后来,人们就把这座美丽的绿洲称作白鹭洲。

白鹭洲最早见于文献,是李白《登金陵凤凰台》诗中有一句"三山半落青天外,二水中分白鹭洲"。李白诗中写的是南京的白鹭洲,因为多有相似之处,都是在江中,洲上都有参天大树,树上多栖息白鹭,所以人们也就借用名家的诗句,将赣江中的这座洲叫白鹭洲。

吉安的白鹭洲渐负盛名,是在创办了白鹭洲书院以后。

书院建于南宋淳祐元年(1241)。

吉安市白鹭洲书院风月楼

虽说此时朝廷已有颓败之象,都城从汴京(今河南开封)搬到临安(今浙江杭州)已有百余年,但正是由于政治文化中心的南移,给临近的吉州(今江西吉安)带来了文化昌明的契机。吉州太守江万里为来此讲学的程大中、邵雍、周敦颐、张载、程颐、朱熹等六位儒学大师立祠,并创建了白鹭洲书院。

宝祐四年(1256),临安开考,吉州生员一下考中进士四十名,占该年"高考"全国录取进士总数的九分之一,其中文天祥以他出众的文才、志向,或许还因他的大号"宋瑞",被钦点为状元。为褒奖一所书院一次就考中众多进士,宋理宗御笔挥洒,赐亲笔题写的"白鹭洲书院"匾额。白鹭洲书院的名声自此在华夏大地播扬。

书院的名声远播,其带动效应是十分明显的。新近出版的《吉安书院志》记载了有资料留存的书院四百三十二所。据该书主编、吉安市地方志办公室主任刘后魁先生介绍,吉安的书院最早建于后唐,兴盛于宋明。由于年代久远,还有不少书院已经无资料留存而未能入志。

另外一本黄年凤著《白鹭洲书院史话》,则将吉安书院创造的业绩记载得比较详细:宋、元、明、清四个朝代吉安共考中进士二千二百三十七人,其中宋、明两朝考中的十分密集,共二千零四十九人;状元、榜眼、探花也集中在宋、明、清三个朝代,其中有状元十七人(清代两人),榜眼十六人(清代一人),探花十四人(清代一人)。更为耀眼的是,在明惠帝建文二年(1400)庚辰科和明成祖永乐二年(1404)两届考试中,前三甲的状元、榜眼、探花全部被吉安的生员囊括!像这样大包大揽的还有明成祖永乐十六年(1418)戊戌科和明英宗正统元年(1436)丙辰科,包揽了榜眼、探花;明英顺八年(1464)甲申科和明宪宗成化十四年(1478)包揽了状元、探花。而像这类彰显文化昌盛的民间故事,在吉安随处可听到,诸如"隔河两宰相,五里三状元""一门三进士""满朝文武半吉安"。

进士如井喷般涌出,为吉安、为白鹭洲书院挣了脸面。但仅有考中进士的数量,恐怕还难以让一所书院盛名传承七百多年。中国科考一千三百年的历史,产生了五百多名状元,现在大家还能记住的有几个?刚好在网上看到一道"找熟人"的趣味题,二百四十人的名单中,大多数人只认识其中的蒲松龄、罗贯中、曹雪芹、关汉卿、吴承恩五位,其余人是谁?答案:历代的科举状元!

写到这里,想起了一个有趣的故事,这是清人李调元在《淡墨录》中写的。说,有一个叫陈初哲的吴县人在清乾隆年间考中了状元,不久衣锦还乡。路过一个小村庄,见一美丽少女倚靠自家门上,手持柳枝转动,开心地笑着。陈状元见此,为少女的纯情美丽怦然心动,鼓起勇气上前搭讪,他先自我介绍,说我是状元。少女不解,把她母亲叫出来。她母亲就问了:状元是什么东西? 陈状元吭哧比画说,状元是进士的第一名,是当今皇帝亲自出题批卷钦点的。少女的母亲又问了,几年出一个啊? 陈状元答,三年出一个。少女就在旁边笑了:我还以为状元是千古一人呢,原来三年就有一个。少女的天真、懵懂、不屑,把踌躇满志的陈状元闹了个尴尬脸红。但陈状元对女孩实在是一见钟情难以割舍,不去计较她有没有文化见识。他改变策略,不再和她们探讨几年出一个状元的问题,直接从怀里掏出两块金子奉送给少女的母亲,想以此作为聘礼。少女母亲手里拿着金子又问了:这是什么东西啊? 闻闻没有香,放在手上还冰冰凉的。陈状元吃惊,他又耐心解释:这个东西叫黄金,有了它,天冷了可以买衣服穿,肚子饿了可以买粮食吃。听到这里,这位母亲作恍然大悟状,说了,我家有桑树百株,良田数亩,不会受冻挨饿的,这个黄金还给你吧。说完,将黄金丢弃在地上,不再理陈状元了。

陈状元的心情是糟透了凉透了,他想破了脑袋也不解,这母女俩不知状元还情有可原,怎么就连黄金都不知道啊! 自己多年苦读圣贤书,就是奔"书中自有颜如玉,书中自有黄金屋"去的,可现在,"颜如玉"居然连黄金都不认识,世上居然还有这样的人!

其实,陈状元遇上这两个山乡母女,有点像秀才遇到兵,完全是两个圈子里的人。状元虽说不是千古一人,但考中的难度也是令人咋舌的。钱茂伟在《国家、科举与社会》一书中,对明朝科举录取情况做过统计:一千人参加科考,大约只有四个人能考上贡生,贡生进入殿试,不被刷下才能成为进士,所以,明朝的进士录取率最多也就千分之四。陈状元确实有点冤。

相比之下，江南一带由于文化的昌明，人们对读书人青眼有加。在一本书上读到过，江南人嫁女必举秀才，吉安世俗，非士族妇人不能蹑红绣丝履，否则哗然讪笑，以为越礼。和那一对不知状元、黄金为何物的母女相比，江南的"颜如玉"们更知道士子们的价值所在。当然，说她们尊重知识尊重人才可能有点拔高，我觉得她们更看重的是士子身后的"黄金屋"、"千钟粟"、"车马如簇"，尽管她们选择富裕无忧的生活无可厚非，但我更欣赏那对母女，她们犹如原始森林里的小花小草，对身边的威猛大树毫不在意，不去仰慕攀附，只按照自己的方式简单快乐地生活着，显得更为淳朴清丽。

千分之四，可以想象，这座中国古代文人精神长城的砖墙有多么厚实！

所以，陈状元大可不必叫冤，不知道状元的人不仅仅是那一对母女，而是大多数人。

考中进士的，尤其是状元，自然有才，但有才并不能完全和有为等同。

那些绝大多数没有考中的人的命运呢？没看过这方面的详细论述，只能从一些经典中找出一些蛛丝马迹，诸如《儒林外史》中差不多疯了的范进，鲁迅笔下落魄而且迂腐的孔乙己。虽说是文学典型形象的刻意塑造，却折射出那些被科举误导而成为废人的悲惨遭遇。

状元都不知，何况进士。所以，考中进士的多少，不能完全和一所书院的名声等值挂钩。书院的名气声誉，和它的内涵精髓密切相关。白鹿洞书院的内涵精髓，在于它为天下书院确立了办学理念，树立了标杆。而白鹭洲书院呢？我以为它为天下确立了一种正气。这种正气，一个人不能缺少，一个地方不能缺少，一个国家不能缺少，一个民族也不能缺少。

为白鹭洲书院确立这种浩然正气的,是从这所书院走出去的文天祥。

手头上几本书都记载了文天祥在白鹭洲书院学习过一年,次年参加科考一举中状元。在书院"受业于欧阳守道(书院山长),深受其道德文章影响和熏陶,成为欧阳守道品学兼优的高足"(《白鹭洲书院史话》)。在书院求学期间,文天祥到吉州学宫瞻仰欧阳修、胡铨、杨邦乂、周必大四位乡贤遗像,他慨然叹道:我死后如不能像他们一样被大家供奉祭祀,就不是大丈夫!

文天祥不仅做到了,而且有所超越。超越的并不是先贤们的文才,尽管文天祥也是文采斐然;也不是先贤们的武略,尽管文天祥也带兵打过仗。文天祥超越先贤的,是他从胸臆间流淌出来的"人生自古谁无死,留取丹心照汗青"浩然正气,这种浩然正气已成为一个民族、一个国家的精神。

这样的高度,把天下所有的书院都比下去了。

现在吉安市确立的"崇文、正气、开放、图强"吉安精神中,清楚地显现出这种历史文化精髓的传承。

这样的精气神,不仅让白鹭洲书院出名,而且让书院不朽。

文天祥身上的这股浩然正气,还与一个人有关,这个人就是创办白鹭洲书院的江万里。

江万里是江西都昌人,年少时曾到白鹿洞书院求学,宝庆二年(1226)中进士。嘉熙四年(1240)知吉州军兼提举江西常平茶盐。次年创办白鹭洲书院。在书院立六君子祠,祀周敦颐、程颢、程颐、张载、邵雍、朱熹。把《白鹿洞书院揭示》公布于书院的道心堂。书院初开办还没有合适的人担任山长,江万里亲自为诸生讲学,很得生徒们拥戴。

江万里的人生亮点在他生命的最后时刻。

南宋末,江万里官居左丞相兼枢密使,他做了一件事:起用文天祥知宁国府。咸淳九年(1273)夏,他与文天祥在湖南潭州(今长沙)会面,共同平定广西、湖南一带"寇乱"。

元军攻陷襄樊后,南宋危在旦夕,江万里见大厦将倾回天无力,于咸淳十年(1274)辞职退居饶州(今江西鄱阳县)的芝山,并在家门口开凿了一口水塘名曰"止水"。德佑元年(1275),元军攻破饶州,知州唐震遇难,江万里的弟弟被元军残杀。江万里得知,从容坐守家中。元军冲入其宅,他向门人陈伟器诀别:"大势不可支,余虽不在位,当与国共存亡。"说完,牵着他的孙子,从容走入止水池殉国,他的家人多效其忠,纷纷投水相从,积尸如叠。"止水",让自己的生命终止在这水里。江万里原来早就做好了以死殉国的准备——用自己开凿的池塘,用家园的水,安放自己。

江万里死的这年,文天祥正变卖家产组织抗元义军,后作为右丞相兼枢密使去和元军谈判,被元军拘留。此后的经历,我在此书的《你好,惶恐滩》一文有较详细的叙述。在这里只想说的是,文天祥生命和心路的最后历程,和他就读的白鹭洲书院创办者江万里,有着很大的相似之处。文天祥身上散发的浩然正气,也正是从江万里这些乡贤前辈们身上吸收了许多正能量酿造而成。

鹅湖书院还值得提一笔。鹅湖书院创建稍晚些,原来只是为纪念那次史上

铅山县鹅湖书院

著名的"鹅湖会"四位主角建的"四贤寺",在宋淳祐十年(1250),朝廷命名为"文宗书院",明景泰四年(1453)重建时,称"鹅湖书院"。鹅湖书院的声名远播,在于朱熹和陆九渊、陆九龄在鹅湖会上的"辩学"。辩学是思想的迸发交锋,是学术观点的交流碰撞,是各种学派的自由吐纳,它接通了春秋战国时期稷下学宫的神韵,让学者们的思想观点自由迸发,这种宽松、自由的学术理念,成为书院的精髓,并为其他书院效仿。

由此看来,江西几大书院之所以能在中国古代书院享有盛誉,并非浪得虚名,是因为它们具有灵魂——

白鹿洞书院的灵魂是《揭示》;

白鹭洲书院的灵魂是正气;

鹅湖书院的灵魂是辩学(史称会讲)。

有了灵魂,书院才能活在历史中。

四

如果不是清末朝廷被迫下令废除科举,开办新式学堂,真不知道书院还要在中国延绵多少年,还要培养多少学子,还要考中多少进士,还要增添多少名状元。

光绪三十一年(1905),清廷颁布上谕:"著即自丙午科(注:次年的科举乡试)为始,所有乡会试一律停止,各省岁、科考试亦即停止。其以前之举、贡、生员分别量予出路。"宣布自光绪三十二年(1906)开始废除科举。这个决心下得确实被迫无奈,因为内忧,因为外患。

1900年,八国联军打进了北京城,一番震惊世界的烧杀抢夺之后,还强迫清政府签订了丧权辱国的《辛丑条约》。条约主要内容就是赔款、割地:清政府向各国共赔款四亿五千万两,以关税、盐税和常关税作担保,分三十九年还清,年息四厘,本息共九亿八千万两;划定北京东交民巷为使馆界,允许各国驻兵保护,不准中国人在界内居住。中国建筑艺术和园林艺术完美结合的瑰宝圆明园,就是在那时第二次被彻底焚毁的。

再往前推几年——1894 年,甲午中日战争中国战败,被迫与日本签订《马关条约》。条约主要内容有:中国割让辽东半岛、台湾及澎湖列岛给日本;赔偿日本军费白银二亿两;开放重庆、沙市、苏州和杭州为商埠;日本可以在中国通商口岸开设工厂。

外患极大地损害了中国的主权和利益,还动摇了清王朝的统治。这两场战争,侵略者使用的先进的坚船利炮,让国人看到了差距,感受了落后就要挨打的切肤之痛,要挽大厦于将倾,先从教育开始。

1904 年 1 月,张之洞、张百熙及荣庆上折指出:由于科举未停,导致新学堂的设立受到阻碍;而新学堂未能普遍设立,又使得科举不能立刻停止。因此,朝廷应该确立一个过渡期,使科举和学堂教育归于一途。奏折上去后,得到了清廷的认可。科举便开始逐渐减少录取名额而转向学堂选拔人才了。1905 年,在日俄战争的重大刺激下,国人要求立即废除科举的呼声大为高涨。在这种形势下,袁世凯会同张之洞、周馥、岑春煊、赵尔巽,与端方等地方督抚大员一起上奏朝廷,请求立停科举,推广学堂。慈禧接受了立刻停止科举的意见。清廷随后发布谕旨,宣布从次年开始,停止各级科举考试。

绵延一千三百多年的科考,终于走到了末路。而世界却在三百年里,发生了巨变。

中国呢?

从 1644 年清政府入主中原开始,到 1911 年清王朝灭亡,连头带尾二百六十八年,都有哪些业绩呢?在盘点清王朝的主要业绩时,脑子里不时有世界上那些影响人类生产生活的科技创造发明的影像穿插进来：

——大约从 1707 年开始，圆明园开始建造，历经康熙、雍正、乾隆三个皇帝，尤其是乾隆在位六十年，"对圆明园岁岁营构"，完成了这一宏伟巨作。

差不多与此同时，1705 年，一个名叫纽克曼的苏格兰铁匠经过长期研究，综合帕潘和塞维利发明的优点，发明制造了世界第一台空气蒸汽机。十八世纪，在英国人瓦特不断改良完善下，英国成为世界上最早利用蒸汽机作动力的国家，随后，美国人将蒸汽机装在了轮船上，开始了新的航运时代；英国人将其运用于火车上，开始了铁路运输的新时代。到十九世纪三四十年代，蒸汽机在欧洲、北美广泛应用。

——承德避暑山庄自康熙四十二年(1703)动工兴建，至乾隆五十七年(1792)最后一项工程竣工，经历了康熙、雍正、乾隆三代帝王，历时八十九年。

美国科学家富兰克林做了多次实验，并首次提出了电流的概念。1752 年，他在一个风筝实验中，将系上钥匙的风筝用金属线放到云层中，被雨淋湿的金属线将空中的闪电引到手指与钥匙之间，证明了空中的闪电与地面上的电是同一回事。

1767 年蒲力斯特里与 1785 年库仑发现了静态电荷间的作用力与距离成反平方的定律，奠定了静电的基本定律。

1800 年，意大利的伏特制成了第一个电池——"伏特电堆"，堪称现代电池的元祖。

1821 年，英国人法拉第发明了第一台电动机，十年后，他又发明了发电机。

1877 年，爱迪生改进了早期由贝尔发明的电话，并使之投入了实际使用。他还发明了他心爱的一个项目留声机；1879 年 10 月 22

日，爱迪生点亮了第一盏真正有广泛实用价值的电灯；1889年，他第一次在实验室里试验电影；1890—1899年，设计大型碎石机，研磨机，在奥格登矿，他亲自指挥用新方法大规模开挖铁矿。

——颐和园始建于1750年，原名清漪园。一百多年后耗费大量银子来修造这座园子，是因为1860年的第二次鸦片战争中，圆明园第一次被英法联军烧毁。1860年10月17日，英国首席代表额尔金以清政府"不讲道义，不顾国际法"，将捕获的"英法侨民"十八人"虐待致死"为口实，照会清政府："圆明园者，英法侨民所受痛心疾首惨刑而死之地也。（英国）誓必毁为平地。"野蛮地命英军于10月18、19两日，将曾经为清皇室引以为豪的这座皇家园林焚为灰烬。当圆明园陷入一片火海的时候，额尔金得意忘形地宣称："此举将使中国与欧洲惕然震惊，其效远非万里之外之人所能想象者。"

1886年，清政府想为慈禧太后祝寿重修清漪园，但此时国力羸弱，国库已空，最后只能挪用海军军费等款项重修，并于两年后改名颐和园，作为慈禧太后晚年的颐养之地。

当清王朝大兴土木耗费巨资建造圆明园时，欧洲正在不断改良利用蒸汽机；而承德避暑山庄和颐和园的建设时间，和电的发明利用时间基本同步。

于是我们看到，当清朝统治着们专心致志地在自己的土地上拨弄着几个园子时，西方国家完成了两次工业革命，然后，这些列强们便驾驶着坚船操持着利炮，轰开了中国的大门。历史老人最后看到：圆明园毁了；避暑山庄成了清代皇室避难场所；颐和园为老佛爷送了终，也为清朝送了终。

五

科举的废除，让书院也走向了末路，结束了其历史使命。

　　白鹿洞书院于光绪二十八年(1902)停办,宣统二年(1910)在书院旧址上改建江西高等林业学堂,辛亥革命后,书院旧址遭火灾,大部分藏书被毁。由于时局动荡战争不断,新学堂未能办下去。新中国成立后,政府几度拨款对书院旧址进行修复。现在,书院是国家级文物保护单位,成为历史标本。

　　鹅湖书院的命运多舛,兴废过程比较曲折。宋末,书院就遭受兵燹废了;明代修复过几次,到明亡,书院又废了;清代修复过几次,光绪末年,清廷废科举,鹅湖书院改为鹅湖师范学堂,后来又改为中学、农业专科学校;新中国成立后,书院里曾经办过小学、卫校、地质学校,直到1985年学校搬出,彻底终结办学历史,成为纯粹的文物保护单位。

　　豫章书院为适应新的时代潮流,不断地在调整步子:于光绪二十八年(1902)改为江西省大学堂,光绪三十年(1904)改为江西高等学堂,宣统元年(1909)改为江西实业学堂,民国元年(1912)改为江西中等工业学堂,民国二年改为江西公立工业专门学堂,民国三年改为江西省立甲种工业学校,民国四年改为江西省立第一种工业学校,民国十二年(1923)改为江西省立工业专科学校。南昌解放后与江西工学院合并,成为江西第一所工科大学。它的旧址,现在一所中学内。

　　白鹭洲书院的变化则稍微简单些,光绪三十一年(1905)改为吉安府中学堂,吉安解放后改为吉安联中、吉安高中、吉安一中。“文化大革命”期间,学校搬迁到峡江县的金坪农场,改为“金坪共大”,学校图书、仪器全部散失。1976年“文革”结束,学校搬回白鹭洲,办为吉安市第七中学,1981年定名为白鹭洲中学至今, 为省属重点中学。

　　在这几所书院中,我去得最多的是白鹭洲书院,因为,那里是我的家乡所在地,是我少年时玩耍最多的地方,是我的第一个文学梦诞生的地方,是我的至亲就读过又对它有过反哺的地方。每每看到有关它的信息,都会让眼睛在那个部位多停留一下。

小时候自来水供应比较紧缺,家家户户都是到街头的自来水供应站排队挑水,到夏天,因为要洗澡洗衣服,家庭用水难的情况就更为突出,为缓解这个矛盾,我们住在前后屋的男孩吃过晚饭去赣江里洗澡,就成为了一种快乐的仪式。离家最近的河段在地委旁边,我们从一条曲曲弯弯的小路下到江边,一双木拖板、一条要换的干净短裤往江边一扔,就呼叫着扑到江水里。几个狗刨,游到了白鹭洲上游的沙滩上。沙滩很干净,我们在那里躺着;或掏个坑躺下又用沙把自己半个身子埋起来,说是沙浴;或是几个人跳跃着互相打沙仗;有时到洲上桑树林摘桑葚吃,吃得满嘴姹紫嫣红;有时在沙滩的岸边寻找甲鱼蛋,每有收获,我们一帮小孩便欢呼雀跃……这样的玩耍,一直要到我们筋疲力尽,天色已暗,才恋恋不舍地游回到岸边来。到"文革"打派仗最厉害的两年,学校停课,我们这帮小孩整个夏天差不多从早到晚都泡在江里。上午从一个叫榕树码头的地方下水,顺流而下,漂流到白鹭洲的沙滩上休息、玩耍,然后游回岸边,回家吃饭。午饭后睡一觉,按照上午的程序再来一遍,一天就这样快活地过去了。回想起来,那时我们的玩耍只在白鹭洲上游的沙滩上,没有到下游的书院去惊扰那些先贤。

第一次恭敬地去书院造访,是三十多年前大一的那个暑假。同班的几个文学爱好者订出计划,每人在暑假拿出一篇文学作品。那时大家年轻气傲,有点不知天高地厚,不就是一篇文学作品吗?何难之有。我选择创作一部电影文学剧本,剧名叫《飞回来吧,白鹭》,是写白鹭洲中学一对父女教师、两代人献身教育事业的故事。为了写这个剧本,我认真地对白鹭洲书院进行了一番考察:在书院前面的泮月池徜徉;将名家们撰写的楹联仔细阅读并抄写下来;登上先生们为学子讲学的风月楼四下打量……当然,剧本是拿出来了,几个同学也煞有其事地讨论了一次,最后不了了之。这个浸透了我的心血汗水的文学作品,至今静静地躺在我的书柜里。为什么我的第一次文学创作,竟然没有丝毫犹豫就选择了白鹭洲?现在回想,只能说,恐怕我的基因里有白鹭洲的成分。

给我的基因里熔铸了这种成分的,自然是我的父亲。父亲少年时父母双亡,为生存,他到一个藤器铺里当学徒。但他不甘心一辈子就这样活着,在亲友们的资助下,他先考入白鹭洲上的中学,又从那里考上中山大学,学习教育管理。父亲的命运发生了逆转,从此,他一辈子结缘教育。虽说他工作时间最长的地方是与白鹭洲隔江相望的吉安一中,但他做的最有影响的一件事,是他晚年联络了几位同是吉安教育界的省人大代表,联名递交了一份要求建造白鹭洲大桥的提案。这件事发生在"文革"结束后的第五届江西省人民代表大会第一次会议期间,父亲作为吉安教育界连续四届的省人大代表,在这次大会上还接受了省电视台的专访。建白鹭洲大桥的提案立了案,经过有关部门的批复、落实资金、勘察设计施工,几年后,父辈们的提案化作一座钢筋水泥的永久性大桥横卧江面,连接白鹭洲和城内,结束了多少年来学子先生们往返白鹭洲,在浮桥上悠悠晃晃的历史。学生老师们在平坦宽阔的大桥上穿过,看洲上绿荫葱茏,睥睨桥下江水滔滔,平添快意。这件事在吉安教育界很长一段时间被传为佳话,但父亲很少和人提及他牵头写提案的事。仔细回想,父亲在写这个提案时已经退休,他为什么要选择这个时候来做这件事?我后来理解,这是他在有生之年最后一次抓住这个机会,报答白鹭洲的教育之恩。父亲是在前两年以九十五岁的高龄去世的,白鹭洲大桥是他对母校的最好回报。

六

2013 年 7 月间又回了一趟吉安，听到一个信息：为了配合吉安城区的扩大，白鹭洲中学已择地另建，白鹭洲将成为公园。这样看来，白鹭洲上七百多年办学的历史将就此终结。

后来在报上看到另外一则新闻，说停办了一百一十三年的江西四大书院之一的豫章书院复学了，地点在南昌市青山湖区罗家镇濡溪村。新闻里说，豫章书院复学的主要目的，是希望用国学中的精华部分启发 "90后"、"00后"，"使年轻学生能够将国学经典人生哲理融入自己的健康生活方式中，使他们先成人而后致于成功"。已有首批入学学生八名，开设了洒扫、进退、应答、书法、弟子规、青春自护、英语、数学等课程，学制为半年制、周末制以及夏冬令营。

这两条信息让人有些费解。

延续了七百多年办学的白鹭洲中学要搬迁，让书院回归历史；终止了一百多年的豫章书院要复学，要让历史重返现实。

真的不要去随意打扰历史。

打开庐山这本书

　　第一次知道庐山，是上小学时的课文有李白的诗《望庐山瀑布》。半个世纪过去了，这道瀑布依然在小学二年级课本里飞快地倾泻着，让现代中国人从小接受经典传统文化熏陶的同时，牢牢记住了庐山。除中国之外，日本、韩国等十六个国家和地区也将此诗编入教材，让这道飞瀑挟着千年的响动，激流飞荡轰轰隆隆走出了国门，走向世界。但现在人们引用最多的，还不是李白的这首诗，而是宋代大文豪苏轼《题西林壁》诗中那句"不识庐山真面目"。与苏轼"同题作诗"，因角度方位不一样，或思维方式的不同而意境迥异。诗人李白看到的是庐山的局部，或局部的庐山，引发的思维是跳跃而直白的；而也许苏轼更擅长挖掘隐藏在表象后面的本质，他跳出了庐山，在远处打量眺望，反而把庐山看得更为真切，这也符合美学的一个著名观点"距离产生美"。所以，在庐山留下的大量诗文中，苏轼的这首诗得以脱颖而出，让后人反复揣摩吟唱咀嚼。人们之所以不厌其烦地提起、引用东坡先生的诗，是千百年来庐山上发生的许多事情让人惊讶，让人振奋，让人激动，让人沉思，人们越发感到这座山的缥缈诡异，越发揣摩：一千多年前的苏轼，怎么就一语成谶，早早就抛出个"不识庐山真面目"让后人使劲猜想。

庐山最早在汉代司马迁的《史记》中就有记载,"余南登庐山,观禹疏九江"。庐山一出场,就显示出不同凡响的重量:两个历史人物,两件历史大事。两个历史人物是司马迁和大禹。两件历史事件是,大禹为治水在庐山地区考察过;而司马迁是为了写《史记》来考察大禹当年治水的情况。两个人的到来,是为打理我们这个民族的山河、历史。你看,才十个字,承载的内容却包含如此分量,可谓之开天辟地。我们原来知道大禹治水,是当作神话故事来看,而司马迁出来作证,这是真的事实。一想到大禹这位中华民族的远祖当年也上过庐山,我们眼前就会浮现出一个晒得黝黑、赤着双脚、袒露胳膊、衣裤上泥水斑驳的汉子,站在庐山之巅,疲惫而执着的目光没有在山上那些风景处停留,而是打量着山下九条河流翻滚撕咬、奔腾纠葛,苦苦思索着怎样才能解开这个死结,让这些河流归顺。

现在,司马迁所登的庐山主峰大汉阳峰上保留着禹王台等遗迹及后世刻碑追忆大禹的对联。

有了这种分量的出场亮相,庐山对后来发生的所有事件,都有包容吐纳的气度了。

千百年来,文人名士你来我往涌上庐山,吟诗赋文作画,放浪形骸,流

庐山如琴湖风景　宋小勇／摄

连忘返,让庐山热闹得很。

对于看惯了大漠风光的北方人来说,一进入地处江南长江边的庐山,一片葱茏翠绿、流水潺潺、飞瀑碧潭、姹紫嫣红扑面而来,那荒凉、肃杀的感觉一扫而光,全身浸泡在烟云之中,宛如进入仙境,豪情顿时激发喷涌,诗也如飞瀑倾下。

上庐山的文士中,名气最大的当数李白。李白自称"好为庐山谣,兴为庐山发",一生写庐山的诗有十五首,第一次登庐山就写下了名作《望庐山五老峰》:"庐山东南五老峰,青天削出金芙蓉。九江秀色可揽结,吾将此地巢云松。"这位大诗人放言:予行天下,所揽山水甚富,俊伟诡特,鲜有过之者,真天下之壮观也。一个名气鼎盛的大诗人,为一个风景地写下十几首诗作的情况比较少见,这说明这个地方确实有那么多美丽景色可以撩动诗人的情感,使其诗兴大发,再就是诗人不止一次到过这个地方。李白和庐山,就属于这样的关系。当然,他的庐山诗文中影响最大的还是那首《望庐山瀑布》。

李白一生数次上庐山,但不是每次都是去游山玩水的。据郭沫若先生考证,李白曾于唐天宝十四年(755)冬到其妻宗氏的寄居地梁园,适逢安禄山叛乱,他为避乱于次年春上了庐山,一直到这年岁末,永王李璘派人三顾匡庐,将他请下山。李白这次在庐山待了差不多十个月,期间,李白也作过诗,郭沫若先生考证的有《别内赴征》七绝三首,还有一首《赠韦秘书子春》,永王第三次派去的聘使就是韦子春。前面三首七绝写得有些凄婉伤感,诸如"白玉高楼看不见,相思须上望夫山""出门妻子强牵衣,问我西行几日归?""夜坐寒灯连晓月,行行泪尽楚关西"。《赠韦秘书子春》得意气风发,又把他的政治抱负表露出来了,"气同万里合,访我来琼都(注:郭沫若先生考注,琼都就是庐山)。披云睹青天,扪虱话良图。留侯将绮季,出处未云殊。终与安社稷,功成去五湖"。他在这里用了一个典故,把韦子春比作张良,把自己比作商山四皓中的绮里季,当年,为了保卫汉献帝,是张良建议把商山四皓请下山的。

李白号称"谪仙人",但其实也未能脱俗,他的功名欲望是非常强烈的,早年在一篇《代寿山答孟少府移文书》中写道:"吾与尔达则兼济天下,穷则独善其身。……乃相与卷其丹书,匿其瑶瑟,申管晏之谈,谋帝王之术,奋其智能,愿为辅弼,使寰区大定,海县清一。事君之道成,荣亲之义毕,然后与陶朱、留侯,浮五湖,戏沧州,不足为难矣。"表明了他一整套人生观:不得志时拼命想做官,得志后便尽可能明哲保身,功成身退。这一套为官哲学很有代表性,作为李氏旗幡一直飘扬着。此旗一出,旗下就不清静。直到后代有个叫范仲淹的在岳阳楼上也把自己的为官之道写在了旗幡上:"先天下之忧而忧,后天下之乐而乐。"此旗幡一出,二人的意境泾渭分明。

李白一生在入仕和出仕的边界上奔走徘徊。对他来说,庙堂既近在咫尺,又远在天涯。当今皇上并没有理解或者说根本就不理睬他的抱负,只把他看作一个诗人,最终未得重用,使得李白一直郁郁寡欢。唐人段成式在《酉阳杂俎》中记述了这样一件事:

李白名播海内,玄宗于便殿召见。神气高朗,轩轩然若霞举。上不觉忘万乘之尊,因命纳屦。白遂展足与高力士曰:"去靴!"力士失势,遽为脱之。及出,上指白谓力士曰:"此人固穷相。"

郭沫若据此得出结论:这就是唐玄宗对李白的真实评价。尽管李白在皇上面前也神气高朗器宇轩昂,大大咧咧命宠臣高力士为他脱靴,但在玄宗看来仍然是一副穷相,因为在玄宗眼里,李白和宫廷音乐师李龟年、和那些歌舞团的梨园弟子们是同样地位,只是供皇上和王公大臣们取乐的工具,是不能委以重任、进入朝廷核心圈参与朝政的。尽管唐玄宗对李白的态度有点儿轻蔑,但总体把握还是准确的,诗人有缥缈的理想,有摇摆的热情,有一时的激动,却无管束官吏、运筹军机、规划稻粱、打理商贾的能力。这就是当时的最高统治者对李白的看法。这种看法决定着李白一生的命运，只不过李白本人并不知晓或不死心，一直在官场之路上苦苦追求、期盼等待，直到晚年，他的官场梦才彻底破灭。对李白来说，追逐官场而不能遂愿，这是他一生最大的局限性和悲剧。

他的"斗酒诗百篇"恐怕有不少是借酒浇愁，把心中的郁结和不快凝结成诗发泄出来。愤怒出诗人，如果没有这种官场失意，李白的文学成就是更高还是更低，有待学者们进一步考究。看来，上庐山的人还不光是来看风景的。但不管怎么说，庐山激发了李白的诗情，提升了他的诗歌品位；而李白的诗歌，提升了庐山的文化品位。尽管他失意官场，但李白的文学成就，足以在历史的山巅傲视群芳。

除了文人墨客，一些朝代的皇帝也对庐山的风景多加溢美。明朝皇帝朱元璋《庐山诗》称"路遥西北三千界，势压东南百万州"，这位皇帝在写庐山风景时，从军事战略高度的角度稍稍描绘了一下庐山地理位置的重要性，这大概和他未当皇帝之前，与他的劲敌陈友谅在庐山下的鄱阳湖大打了一场决定命运的战役有关。清朝的才子皇帝乾隆的《白鹿洞诗》也表达了这位有作为的帝王对庐山的情思："李渤结庐后，绛帐开紫阳。经纶归性命，道德焕文章。剖析危微旨，从容礼法场。祇今传白鹿，几席有余香。"封建帝王们的诗文多有附庸风雅，能让人诵读流传的几乎没有，更不能和诗仙李白比。

庐山有一座著名的寺庙东林寺，是东晋太元九年（384）一位叫慧远的僧人建造的。据史书记载，慧远在出家之前，是位饱学的儒生，聪慧过人，《高僧传·卷六·释慧远传》这样描述："少为诸生，博综六经,尤善《老》《庄》。"二十一岁时,慧远被高僧道安的讲经折服,顿悟后皈依佛门。也许正是少年时代逐渐形成的知识结构促成了慧远在庐山东林寺所做出的一切。

至东晋时,佛教在中国已有了三百年历史,但对于大多数中国人来说,这毕竟是个晦涩难懂的外来异族信仰。

于是,慧远开前人未有之先例,将当时本土最为流行的儒学、道学、玄学三门学问同外来佛家思想糅合在一起。这样,经他重新解读后的佛学变得广为社会各阶层所接受。这也就是后世所说的"佛教中国化"与"佛教社会化"。

慧远在东林寺主持三十余年,首创观像念佛的净土法门,开创中国化佛教,代表佛教中国化的大趋势,集聚沙门上千人,罗至中外学问僧一百二十多人结白莲社,翻译佛经、著写教义,同修净土之业,成为佛门净土宗的始祖。

东林寺还有一位僧人很值得一提,他叫智恩,唐天宝九年(750),已双目失明的鉴真和尚途经东林寺并停留,与智恩志同道合,最后一次东渡时智恩同行,一道将东林寺教义传入日本。东林寺在中国思想文化交流史上产生过积极作用,日本净土宗与我国净土宗一脉相承,专门成立了"日本国庐山慧远法师赞会",定期来东林寺朝拜礼祖。

著名学者胡适1928年指出,庐山有三处古迹代表三大趋势:慧远的东林,代表中国"佛教化"与佛教"中国化"的大趋势;白鹿洞,代表中国近世七百年的宋学大趋势;牯岭,代表西方文化侵入中国的大趋势。

庐山还有一座有名的道观叫简寂观,是南朝宋孝武帝大明五年(461),由道教禅师陆修静修建,他在此编撰藏道经一千二百卷,奠定了"道藏"基础,并创立了道教灵宝派。从公元四世纪至十三世纪,庐山宗教兴盛,寺庙、道观一度多达五百多处(寺庙三百六十所,道观二百余处),蔚为大观。除了佛、道两教,还移植来了基督(新教)、天主、东正、伊斯兰四个教派。一时间,世界主要教派汇集庐山,"一山藏六教,走遍天下找不到",传教布道,好不热闹。

庐山的这种宗教文化的独特性,其意义不仅在于它集天下主要教派于一山,更重要的在于各教派在庐山上的"共生"——释道两家从互争雄长到走向携手共勉,其他教派也和平共处共同发展,使得庐山上的宗教一片兴旺景象。

从西方文明的发展轨迹来看,一神信仰的本质特征,就是把自己的精神皈依于唯一的、万能的、创造了万物的神。这种唯一性就决定了排他性,即视一切异己信仰者为异教徒,成为仇恨的对象,而且这种仇恨会因为各种原因爆发战火和屠杀。现在的中东地区战火频仍、冲突不断,其历史根源就是宗教原因。英国历史学家汤因比认为:"在一个物质上统一起来的世界里,如果佛教是唯一传教的宗教,那么个人的选择自由将能得到保障。不幸的是,基督教和伊斯兰教并没有佛教那种宽容传统。"而庐山却不一样,它包容了在中国境内的宗教并共同发展,让庐山在诸神的护佑下一片安详,这不能不说是一种文化奇迹。这种奇迹的发生,我认为是源于中华传统文化的"儒",儒家文化的精神之髓为"和","和"缔造了一种包容,包容又创造出和谐,和谐又推动着发展。于是,战火消弭了,纷争不见了,世界进入到平和的良性循环状态中。现代人们苦苦寻找的理想社会,一千多年前的庐山提供了一个绝佳的样板。

三

去过庐山的人除了对它的秀丽风景留下深刻印象外,稍稍留心,还会发现,庐山的建筑,尤其是有些年代的老建筑很有特色,它们各具风姿,散落在牯岭周边的山谷、丛林里,红色的尖顶不时在绿荫中闪现。这些现在已经成为名人别墅的欧美风格建筑,当年都是外国人建造的。

最早想到在庐山建房子的,是一个二十出头的叫李德立的英国人。1886年的初冬,这个毛头小伙子从镇江到达汉口,又由汉口乘船抵达九江。选择这样的季节上庐山,他是想在山上选一块地,建一座可以避暑消夏的房子。李德立终于登上一个叫"女儿城"的地方,当他看到岭下开阔平坦的长冲谷时,这个西方探险者改变了只想建一栋房子的主意,他决心弄到这一大片土地,让更多的人在这里建造消夏别墅。他一边借助英国领事向中国政府施加压力,提出了租借庐山土地的请求,一边暗中贿赂中国官员。几经辗转,几个月后,转租到庐山四千五百亩土地。接着,他将地皮按三万一千平方尺划成片,编成号,然后,将规划好的土地按号出售,每号地售价三百元。几年的工夫,这些土地便销售一空。到了1931年,山上已有了别墅近六百栋,居民好几千人,分别来自世界十八个国家。现在,遍布庐山山涧的六百多栋风姿各异的别墅,当年建造它们的主人,都是从李德立的手中购来的土地。1921年,在庐山牯岭度过了三十三年时光的李德立离开中国,1939年死于新西兰。1935年,牯岭租借地被中国政府正式收回。

李德立租下土地,卖给外国人建造别墅,不仅开始了庐山建筑新的历史,更标示着由此开始,中国被迫进入一个新的人文时代,这就是胡适所说的,代表西方文化侵入中国的大趋势。

庐山的别墅中,最为显赫的是"美庐",这是当年蒋介石、宋美龄夫妇的。这栋别墅人们说得太多,不再去多说了,只想说一说另外一栋别墅。人们应该知道,这栋别墅位于长冲东谷,最初住的是一个美国传教士,叫阿伯洛姆·希登斯特里然,这个名字叽里咕噜的人们记不住,而他的中文名字赛兆祥日后被人记住,因为和随他同来的女儿有关,他的女儿叫赛珍珠。

赛珍珠 1892 年出生在美国,刚出生四个月,她就和父母一同漂洋过海来到中国。她一生大半时间在中国度过。她随家人于 1895 年来到庐山,她童年的大部分时光便留在庐山。她首先学会的语言是汉语,然后她母亲才教她英语。因此,她成为一个终身将汉语作为母语之一的美国人。赛珍珠在十八岁时回美国上大学,毕业后又回到中国,之后结婚生子,直到 1935 年离开中国。中国土地的美丽连同中国人的生活,对赛珍珠产生了深刻的影响。更重要的,由于她首先学会了汉语,学会了用中国人的眼光和思维去观察中国、思考这块广袤大地的种种现象,她获得了比别人更多的认识,她把这些认识酝酿、发酵,最后注入她的文学作品中去了。她在庐山开始创作反映中国农村社会的小说《大地》,让她一举成名。1932 年,赛珍珠的小说《大地》获得普利策小说奖,这是这个奖项第一次颁给一位女性;1938 年,她又凭借《大地》获得诺贝尔文学奖。她是世界上唯一同时获得普利策奖和诺贝尔奖的女作家。文学评论家说,《大地》刻画了一个中国农民的形象,让人们触摸到真实的中国农民的灵魂。1933 年,她把中国传统小说《水浒传》翻译成《四海之内皆兄弟》的英译本,是最早把中国文化推向世界的作家之一。庐山的每一处山石,每一棵草木,甚至每一滴流水,对曾经长时间生活于此的赛珍珠来说,都是与之结缘的生命的化身。也许正是因为这种朴素的情感,赛珍珠才会在自己的回忆里满怀深情地写道,"中国的避暑胜地,没有一个堪与牯岭媲美"。赛珍珠生前曾加入中国国籍。1937 年抗日战争爆发后,她为中国人民的反侵略战争奔走。许多美国人正是通过赛珍珠的小说了解了中国,为中国人民的抗日战争解囊相助,并且经过努力促成了美国《排华法案》的废除。而她却因批评蒋介石独裁，国民政府拒绝参加她诺贝尔文学奖的领奖仪式。

赛珍珠家的这幢别墅不像想象中那么宽敞，这位诺贝尔文学奖获得者在这里待过很长时间，她的几部著作都是在这里完成。别墅现在成为赛珍珠纪念馆。在别墅的房间里，挂着不少赛珍珠的图片，看上去她很美，一种在思考中透出淡淡忧郁的美。

晚年，面对冷战中的中美关系，她曾慨叹："中国那友好的国家，我童年和青少年时期的家园，已经暂时成为禁地。我却拒绝称它为敌国。在我的记忆里，那里的人民太善良，那里的江山太美丽。"1973年3月6日，赛珍珠在对"第二祖国"的思念中离开了人世，她在自己的墓碑上只刻写了一个中国名字——赛珍珠。

尽管李德立开发的别墅带着西方文化入侵中国的深深印迹，但赛珍珠却带着对中国大地和中国人民的深厚感情，在入侵者的印迹里，栽培出一朵文化友谊之花。她用倾注着深情的文化形式、最高等级的文化荣誉，回报了这片土地。庐山，因这朵花更添文化品位。

四

1964年，第三届全国人大会议在北京召开，会议休息时，一位服务员请地质部长李四光到北京厅去，推开门一看，毛主席坐在里面，李四光以为走错了正想退出去时，毛主席走过来握住他的手风趣地说，李老，你的太极拳打得不错啊！李四光纳闷，我刚学太极拳才不久，怎么这件事连毛主席都知道了？看到李四光的困惑，毛主席朗声笑道：李老，我是指你那个地质力学的太极拳哪。

毛主席之所以夸奖李四光，是因为他自1952年担任地质部长起，根据中国人提出的"陆相生油学说"理论和他创立的地质力学理论,主持在松辽平原、华北平原开展大规模的石油普查,先后发现了大庆、胜利、大港、华北、江汉等大型油田,为中国石油工业建立了不朽的功绩,不仅摘掉了"中国贫油"的帽子,也使中国人创立的地质学理论得到最有力验证,让世界刮目相看。

李四光是世界著名的地质学家、教育家、社会活动家,是中国现代地球科学和地质工作的奠基人之一和领导人。早在二十世纪三十年代就因为证明了中国有第四纪冰川而在世界地质界崭露头角。这事和庐山有直接关系。十九世纪以来,不断有德国、美国、法国、瑞典等国的地质学家到中国勘探考察,他们都没有发现冰川现象,因此,在国际地质学界,"中国不存在第四纪冰川"的观点似乎已成定论。但李四光在太行山、大同盆地科考中发现了冰川痕迹,大胆地提出了中国存在第四纪冰川的看法。但李四光的这个观点却遭到国际上一些地质学家的集体否定。

大约在二百万年以前,地球上出现了第四纪冰川。地质和地理学家在欧洲的阿尔卑斯山区、南美洲的巴塔戈尼亚、大洋洲的新西兰、北美洲的平原、甚至在赤道附近的高山上,都发现了冰川活动的遗迹。但是,在亚洲,除了中国西部、西南部极高的山地之外,都没有发现冰川遗迹,虽然地质学家们曾花了几十年的时间进行科学考察,但仍然没有收获。

于是,地学界一致认为,在世界上冰期来到的时候,唯独东南亚一带是例外的。西方学者断言,中国东南部无第四纪冰川。持此观点最著名的有两人,一是考察过南极冰川的地质权威安迪生,一是在中国考察地质近三十年写过论述中国地质的著作的李希霍芬,他们都否认中国东南部有第四纪冰川。

然而,李四光在庐山科学考察中发现了众多的第四纪冰川遗迹,他的科学论著《冰期之庐山》,对西方学者的断言,进行了大挑战,对否认中国东南部有第四纪冰川的观点再否认,开创了中国第四纪冰川学说。庐山,成为中国第四纪冰川学说的诞生地。

1931年,李四光带着北大地质系的学生,到庐山做野外教学实习,1932年他再次来庐山进行深入科学考察,对庐山的地形、地层、地貌,对庐山的构造和构造运动、山体形成时期等,考察得清清楚楚,写出了《庐山地质志略》。李四光通过对庐山反复的考察和研究,从地质科学的角度,首先发现了第四纪冰川遗迹。他认为庐山许多第四纪沉积物,一些特殊地貌形态,不用冰川作用做科学解释,是解释不通的。他经过详细而系统地研究,深信庐山在第四纪时期发生

庐山植物园　宋小勇／摄

过多次冰川活动。1933年,李四光正式发表了《扬子江流域之第四纪冰期》论文,阐述了庐山受冰川作用的地貌证据、庐山的冰川堆积、庐山周围的冰碛物,探讨了冰期的时代。他第一次将庐山地区划分出三个冰期:鄱阳冰期、金井冰期、土楼冰期。1934年,李四光又发表了《关于研究长江下游冰川问题材料》,再次论证了庐山地区各处冰碛剖面,同时还介绍了九华山区、天目山区的一些冰川遗迹新发现。

李四光在庐山发现第四纪冰川遗迹,对于地学界来说,不啻是一个颠覆性的发现。李四光关于庐山第四纪冰川学说的发表,在国内外地学界引起强烈反响和震动。李四光的冰川学说,首先受到当时在中国工作的几个外国学者的质疑,英籍学者巴尔博、德国地质学家尼斯特拉姆、法国地质学家德日进、瑞典地质学家诺林等,他们大都

持怀疑态度。

　　但是，李四光的中国第四纪冰川学说，得到了中国地质学家丁文江、翁文灏的支持。时任研究院总干事的丁文江和中国地质调查所所长翁文灏，筹集资金，邀请巴尔博、德日进、诺林等人前来庐山考察。1934 年春夏之交，李四光引着他们考察了庐山第四纪冰川遗迹，并开了著名的现场讨论会，当时各抒己见，似乎谁也没能说服谁。此后，巴尔博、德日进等发表了不少文章，仍然发表反对庐山乃至中国东部发生过第四纪冰川作用的见解。

　　并非这些外国学者不懂科学或不尊重科学，而恰恰是因为他们知道，第四纪冰川的发生，是与早期人类活动的发展密切相关的，这就涉及了亚洲大陆究竟是不是早期人类的起源地的问题，所以，欧美的地质学者们坚持认为中国无第四纪冰川之说，其根本原因就是他们坚持"西欧文化东渐论"，从骨子里看不起中国人。

　　两年后，李四光到黄山考察，发表了"安徽黄山之第四纪冰川现象"的论文和几幅冰川现象的照片，再次引起了中外学者的关注。德国地质学教授费斯曼到黄山考察后赞叹："这是一个翻天覆地的发现。"李四光多年的艰苦努力第一次得到外国科学家的公开承认。李四光认为这远远不够，他干脆把家搬到庐山上，又在庐山脚下建立了一个冰川陈列馆，起名"白石陈列馆"，更深入地进行冰川研究。1937 年，李四光完成《冰期之庐山》书稿，因抗战爆发，十年后才得以出版。

　　1949 年 9 月，李四光冲破重重阻挠，从英国辗转回国，新中国第一个地质工作会在等他。在回国途中，他按捺不住激动的心情，写了一篇论文《受了歪曲的亚洲大陆》。长期以来，欧美的地质学者们认为，环绕太平洋的山脉是由于太平洋底陷落、边缘向大陆方面挤压而成的。而李四光经过多年的考察研究认为，"欧美传统地质学根本不能认识到亚洲或亚洲有关的构造形式及造山运动在地质学以及地质力学上的一般意义",欧美地质学者用他们的眼光来解释亚洲的造山运动,使亚洲受了冤枉。文章结尾写道:"我们的结论是,随着地球旋转加快,亚洲站住了,东非、西欧破裂了,美洲落伍了。"李四光之所以要写这篇论文,是因为他深深知道,地质科学是一种带有高度区域性的科学,"地质科学的政治性比其他科学显得特别激烈"。科学没有国界,而科学家是有祖国的。李四光是属于中国的。

李四光一生对国家的贡献是重大的,除提出华东第四纪冰川存在的理论和创建地质力学与构造体系的概念外,还为中国原子弹和氢弹的研制成功做出了突出贡献,并开创了活动构造研究与地应力观测相结合的预报地震途径。

一位杰出的科学家,是庐山作为巨大的阶梯给了他攀登科学高峰的能量,使他作为一个中国科学家站在庐山之巅,向世界发出过耀眼的光芒。

五

庐山除了众多的自然风景外,还有一个植物园,创建于1934年,占地近万亩,是中国最大的植物园,也是亚热带山地最理想的园地,不仅有天然林、人工经济林,也有风景林和生态林;既可用作开展林木的利用和研究,又是研究植物学的一个良好基地,同时,还培养了一批优秀的植物园科技人员。植物园现汇集园内外植物三千四百多种,储藏名植物标本十万多号。创建这个植物园的,是中国著名的植物学家和教育家、中国近代植物分类学的奠基人之一胡先骕,他是江西南昌人。

胡先骕在学术上的一个重大贡献,是提出并发表首次创立的

"被子植物分类的一个多元系统"和"被子植物亲缘关系系统图",这是中国植物分类学家首次创立的一个较新的被子植物分类系统,填补了中国植物学史上的一项空白。胡先生还有一项重要发现:收到一种采集到的不知名的枝叶和球花、幼球果标本,他经过反复研究、遍查文献,最后确定为水杉。这一珍奇活化石植物的发现与正式命名,引起全世界植物学家的震惊,特别是古植物学家的重视。为向世界介绍中国这一珍奇树种的重大发现,从1946年起,他相继在中国和美国的刊物发表论文。论文发表后,亚洲、非洲、欧洲和美洲各国的植物园纷纷来函索要水杉种子,或派人来考察。至新中国成立时,有50多个国家、近200处植物园先后从中国引去水杉这个古老的孑遗植物,试种均获成功。他让一种古老的植物复活,现在,水杉的踪迹已遍布世界各地。

水杉高大挺直,胡先骕的品格犹如水杉。胡先骕是一个杰出的科学家,也是一个很有正气、很有骨气的科学家。1946年7月,胡先骕上庐山参加一个暑期学术讨论会,蒋介石听说胡上山讲学,便亲笔手谕要接见他,共商高等教育之事。此时,全面内战已经爆发,胡先骕深知蒋的为人,知道蒋的用意是醉翁之意,他不屑与蒋为伍,于次日提前下山回到南昌。接见的时间到了,却不见胡先骕来,蒋极为不悦。江西省主席王陵基派人沿山遍寻不得,令蒋介石大为恼火。

胡先骕的骨气,还表现在他的敢于坚持科学真理。

1955年10月底,中科院与中华全国自然科学专门学会联合会举办了一个米丘林诞生一百周年纪念大会,来自全国的生物学界、农业科学界一千四百多人参加,但这个会后来转向了对胡先骕的批判。批判的原因,是因为他的一本书和他在书中的一个观点。这一年3月,胡先骕的著作《植物分类学简编》出版,在书中讨论物种和物种形成问题时,胡先骕针对苏联专家李森科的物种新见解提出了批评意见,这一下在全国生物界引起了轩然大波,继而引来了对胡先骕的围啄和批判。

为什么对一个苏联专家的学术观点提出不同意见,就引出如此大的风波?李森科究竟是何许人?李森科是苏联科学家,他头上不仅拥有苏联科学院、列宁全苏科学院和乌克兰科学院三科院士的头衔,他的不可撼动的权威,在于他的著作《论生物科学现状》是经斯大林看过、苏共中央批准的。

当时正值中苏关系蜜月期,中国称苏联老大哥,而且在国际共运领域,苏共也是领头大哥。领头大哥肯定的东西,是容不得否定的,特别是胡先骕在书中还特意写道:"这场论争在近代生物学史上十分重要。我国的生物学工作者,尤其是植物分类学工作者必须有深刻认识,才不致于被引入迷途。"他特意提醒大家,不要为似是而非的所谓"新概念""新见解"所迷惑,特别是苏联李森科提出的关于物种和物种形成的新见解。矛头所向,直指李森科。

在这样的背景下,胡先骕挨批,是在所难免了。在那个纪念米丘林诞辰百年的大会上,报告、总结和九个学会代表的大会发言,都充斥了对胡先骕上纲上线的批判词语,诸如"在著作中别有用心地歪曲苏联对科学事业的正确政策""污蔑苏共支持错误理论"等等,一场学术探讨演变成了政治问题。

这场对胡先骕的错误批判很快被中央高层领导得知并予以纠正。1956 年 4 月,在中央政治局扩大会上,时任中宣部长的陆定一发言,对批判胡先骕进行反思,他说:"他批评李森科的那个东西很好,那是属于学术性质的问题,我们不要去干涉比较好。"毛主席在问了一些情况后,得知胡先骕还不是学部委员,说:"还是要给,他是中国生物学界的老祖宗。"周恩来总理认为,如果是李森科不对,大家就应该向胡先骕承认错误。

就这样,在最高领导的支持下,这一年的 7 月,中科院副院长竺可桢等来到胡先骕家,代表组织,为对他的错误批判道歉,邀请他出席下月在青岛召开的遗传学座谈会。1958 年,他的著作《植物分类学简编》再版问世。这件事以胡先骕的敢于坚持真埋,中国领导人实事求是勇于纠正错误而结束。

科委和庐山植物园在植物园建造了胡先骕的墓地,庐山植物园为这位科学家树立了纪念碑。他在庐山建立的植物园是他一生的重要事业,他生前没做够,死了也守护在这里。

六

上庐山的诗人多不胜数,据统计,留下了一万六千多首写庐山的诗歌。如此之多的诗人诗歌,不可能一一写周全。但有一个诗人写的一首诗歌,却不能不写一笔,因为,庐山缺了这位诗人就缺了一个时代;庐山的诗缺了他的就缺了一种样式;庐山的文化缺了他就缺了一个高度。

这位诗人就是徐志摩。

徐志摩上庐山的时间是在 1924 年的 7 月,这正是一个最富有激情诗意的季节。但徐志摩此行并非奔风景而来,而是边工作边疗伤——抚慰心灵创伤。

这一年的 4 月,印度的伟大诗人泰戈尔访问中国,陪伴这位伟大诗人访华并兼做翻译的最佳人选,一个是徐志摩,另一个是林徽因。在泰戈尔访华的两个来月里,徐志摩和林徽因一直陪伴在泰戈尔身旁,为他当翻译,并记录他在中国各地发表的演讲。徐志摩前妻张幼仪的哥哥、美国哈佛大学英国文学博士、时任清华大学英语教授的张歆海也时常陪同泰戈尔。徐志摩与张幼仪 1922 年 3 月在德国离婚,遭到家人与恩师梁启超的反对,张歆海却表示理解,并未影响他俩之间的友谊。

泰戈尔 6 月初离开中国。林徽因也走了,她带走了徐志摩的一往情深,这让徐志摩心里很伤感。带着心里的伤感和无奈,徐志摩和张歆海带上泰戈尔在中国期间的演讲稿,上庐山来整理、翻译。在小天池旁的一栋别墅里,他们住了一个半月。

心情有些沮丧的诗人总是被住处附近的一些声响打扰,这声音有些奇怪,他过去从未听过,是一些人的低低的吼声。他好奇地为这声音吸引,走出去看,正是这一看,在他心头重重一撞:这是一群石工在劳作,他们两人一对,用一根粗大的杠子,抬着一块硕大的石块。石块是刚采下来的,用来建造房屋。庐山上的房屋,都是用山上采下的石块建造的。石块很重,石工们哼着"唉浩唉浩"的声音,脚踩着节奏,艰难前行。这场景、声音,直撞诗人心头,他胸腔里回响着俄国伏尔加河畔那些纤夫们的粗重低音传唱。诗人的灵感在这一瞬间爆发出来,有别于他以往"小布尔乔亚"风格的《庐山石工歌》就这样流泻出来了:

一

唉浩!唉浩!唉浩!

唉浩!唉浩!

我们起早,唉浩,

看东方晓,唉浩,东方晓!

唉浩!唉浩!

鄱阳湖低!唉浩!庐山高!

唉浩,庐山高;唉浩!庐山高;

唉浩!庐山高!

唉浩,唉浩!唉浩!

唉浩!唉浩!

二

浩唉!浩唉!浩唉!

浩唉!浩唉!

我们早起,浩唉!

看白云低,浩唉!白云飞!

浩唉!浩唉!

天气好,浩唉!上山去;

浩唉;上山去;浩唉,上山去;

浩唉,上山去!

浩唉!浩唉!……浩唉!

浩唉!浩唉!

三

浩唉!唉浩!浩唉!

唉浩!浩唉!唉浩!

浩唉!唉浩!浩唉!

唉浩!浩唉!唉浩!

太阳好,唉浩太阳焦,

赛如火烧,唉浩!

大风起浩唉,白云铺地;

当心脚底,浩唉;

浩唉,电闪飞,唉浩,大雨暴;

打开庐山这本书

天昏,唉浩,地黑,浩唉!

天雷到,浩唉,天雷到!

浩唉,鄱阳湖低;唉浩,五老峰高!

浩唉,上山去,唉浩,上山去!

浩唉,上山去!

唉浩,鄱阳湖低!浩唉,庐山高!

唉浩,上山去,浩唉,上山去!

唉浩,上山去!

浩唉!浩唉!浩唉!

浩唉!浩唉!浩唉!

浩唉!浩唉!浩唉!

浩唉!浩唉!浩唉!

这是诗歌,是徐志摩写的诗歌? 是的,是那位才华横溢、风流倜傥的徐志摩写的诗歌。有人统计过,全诗四十一行,共二百八十一个字,其中"唉浩""浩唉"占去了十八行一百五十八个字,两个简单的字在诗中反反复复地咏叹,这在徐志摩的诗作中,实在是绝无仅有。

徐志摩对自己这首《庐山石工歌》情有独钟。恐怕别人对这首新诗不太理解,诗一写成,他立刻交给当时《北京晨报》副刊的主编刘勉己。1925 年 3 月,他在欧游途中经过西伯利亚大地时,又特地给刘写信,希望在诗歌发表之前"加上几句注解"。他在信里详尽陈述了石工歌的创作动因和经过:

我记得临走那一天交给你的稿子里有一首《庐山石工歌》,盼望你没有遗失。那首如其不曾登出,我想加上几句注解。庐山牯岭一带造屋是用本山石的,开山的石工大都是湖北人,他们在山坳间结茅住家,早晚做工,赚钱有限,仅够粗饱,但他们的精神却并不颓丧(这是中国人的好处)。我那时住在小天池,正对鄱阳湖,每天早上太阳不曾驱净雾气,天地还只暗沉沉的时候,石工们已经开始工作,浩唤的声音从邻近的山上度过来,听了别有一种悲凉的情调。天快黑的时候,这浩唤的声音也特别的动人。我和歙海住庐山一个半月,差不多每天都听着那石工的喊声,一时缓,一时急,一时断,一时续,一时高,一时低,尤其是在浓雾凄迷的早晚,这悠扬的音调在山谷里震荡着,格外使人感动,那是痛苦人间的呼吁, 还是你听着自己灵魂里的悲声?Chaliapin(俄国著名歌者)有一只歌,叫做《鄂尔加河上的舟人歌》(注:现译为《伏尔加河船夫曲》)是用回返重复的低音,仿佛鄂尔加河沉着的涛声,表现俄国民族伟大沉默的悲哀。我当时听了庐山石工的叫声,就想起他的音乐,这三段石工歌便是从那个经验里化成的。我不懂得音乐,制歌不敢自信,但那浩唤的声调至今还在我灵府里动荡,我只盼望将来有音乐家能利用那样天然的音籁谱出我们汉族血赤的心声!

　　把徐志摩完全归结为"小布尔乔亚"式的诗人,我觉得并不十分准确,可能只因为大家对他的诗歌,尤其是那些哄传一时的脍炙人口的诗,留下太深刻的印象,加上他在爱情婚姻上的浪漫纠葛,给人以风流才子诗人的感觉,其实他的心底,依然关注着社会底层人民的生活,倾听他们的呼喊,涌荡着对他们的炽热的爱。

　　1918 年,蔡元培的《劳工神圣》和周作人的《人的文学》先后发表。他们提出的崇尚劳工、尊重平民的平等、民主思想,在中国思想界和文学界引发了强烈震动。此时,徐志摩正在北大攻读法学和政治学,准备出洋留学,"劳工神圣"的思潮对他产生了积极影响。在美英的留学的三四年中,他的主要研修方向是西方人文科学,但劳工问题一直是他研习的主要课题之一。他曾在《南行杂记》一文中回忆当年留学生活时说:"到了美国,我对劳工的同情益发分明了……劳工,多么响亮,多么神圣的名词。"1922年回国后,他对中国的黑暗现状痛心疾首,特别是对被压在社会最底层、挣扎在水深火热中的劳苦大众,更抱着同情和关注。

1926年他回到浙江海宁老家,在参观父亲经营的丝厂时,看到一百多名女工,其中包括许多七岁到十三岁的、头面上长着暑疮热疖的童工们,冒着高温酷暑,在滚烫的汤盆前缫丝捞茧,他心中着实不忍,禁不住责问,"一群猪羊似的工人们,关在牢狱似的厂房里,拼了血汗替自己家里赚几个小钱, 替出资本办厂的财主赚大钱",这"实在太不人道,太近剥削"。他坦诚地说:"这是我第一次看厂工做工。看过了心里觉着一种难受。那么大热的天在那么热的屋子里连做着将近十二个小时的工,外面的账房计算给我们听,从买进生茧到卖出生丝的层层周折,抛去开销,每丝可以赚多少钱。呒,马克思的剩余价值论,这不是剥削工人们的劳力?"他把这些见闻感想全部写进《南行杂记》之二《劳资问题》一文中。不光是文章,就是他的诗歌中,反映底层劳苦大众生活和心声的内容,也比比皆是,诸如在《灰色的人生》一诗中说:来,我邀你们到民间去,听衰老的、病痛的、贫苦的、残毁的、受压迫的、烦闷的、奴服的、懦弱的、丑陋的、罪恶的、自杀的——和着深秋的风声与雨声——合唱的"灰色的人生"!这种来自社会底层的呼号呐喊声,能在他的不少诗歌中听到:在冰冷的北风中,"一个单布裰的女孩颤动着呼声",向"车里戴着大皮帽的先生"乞讨之声(《先生,先生……》);贫苦农妇在风雪交加中为刚刚冻死的三岁儿子哀哭之声(《盖上几张油纸》);为死于饥寒的孤苦老太婆募化棺木的乞求声(《一条金色光痕》);穷人们和狗一起在垃圾堆中争抢着富贵人家倾倒的残羹剩饭的争吵声（《一小幅的穷乐图》)……。这些数量不少的作品,折射出诗人真实的另一面。可惜的是,这低沉、悲切、灰暗的一面,被诗人光鲜、亮丽、浪漫的一面所遮挡,人们眼光注视、记忆深处保留的,多为亮丽。你看,诗人的那首经典之作《再别康桥》,穿越时空,在无数的场合、被无数的人群、无数次地吟诵提起引用,在新文化运动的新诗中,堪称之最。

轻轻的我走了,

正如我轻轻的来;

我轻轻的招手,

作别西天的云彩。

那河畔的金柳,

是夕阳中的新娘,

波光里的艳影,

在我的心头荡漾。

软泥上的青荇,

油油的在水底招摇;

在康河的柔波里,

我甘心做一条水草!

那榆荫下的一潭,

不是清泉,是天上虹;

揉碎在浮藻间,

沉淀着彩虹似的梦。

寻梦? 撑一支长篙,

向青草更青处漫溯，

满载一船星辉，

在星辉斑斓里放歌。

但我不能放歌，

悄悄是别离的笙箫；

夏虫也为我沉默，

沉默是今晚的康桥！

悄悄的我走了，

正如我悄悄的来；

我挥一挥衣袖，

不带走一片云彩。

将这首诗和《庐山石工歌》稍稍比较就能看出，轻灵与沉重、浪漫与残酷、鲜亮与灰暗，反差如此强烈。这是那位浪漫的诗人徐志摩吗？是的，这是真实的徐志摩。他的这首为庐山石工写的诗歌，我倒觉得真正回归到了诗歌的本源。你看，在《诗经》里，众多劳动的原生态声音，进入了经典："坎坎伐檀兮，置之河之干兮。河水清且涟猗。……"（《伐檀》）"伐木丁丁，鸟鸣嘤嘤。出自幽谷，迁于乔木。……"（《伐木》）我们不难听出，"唉浩！浩唉！"接通了"坎坎""丁丁"的声韵，《庐山石工歌》接通了《诗经》的血脉，这血脉继续汩汩流淌，汇成了后来的"杭唷"派。

庐山三叠泉 宋小勇／摄

在庐山数以万计的描写风花雪月的诗歌中，终于有了一首描写石工们劳动的诗歌，石工们的"唉浩"声，盖过了飞瀑溪流的轰响婉转，盖过了流莺虫鸟的浅吟低唱。

朱自清先生曾说过："现代中国诗人须首推徐志摩和郭沫若。"郭沫若先生才华横溢，除了写诗，他的史学研究、甲骨文研究、戏剧创作都很有造诣，以至于他的诗歌影响力反倒不如徐志摩。

庐山有幸，没有让这位杰出的现代诗人和他的诗歌缺席。

七

我第一次上庐山是 1984 年，接受我供职的报社一个采访庐山旅游新闻的任务。总体印象，庐山确实很美，山水、树木、花草，很多风景点值得一看。仰望飞瀑，你能捕捉到千百年前文人墨客的目光在水珠后面闪烁；行走在山径，一脚下去，极有可能与哪位先贤的脚印重叠。历史和文化就隐藏在这些目光和脚印中，又传承下去。据当时的有关部门介绍，庐山真正意义上的旅游业的兴起，是从八十年代开始的。他们界定的真正旅游是指个人自费游客。他们特别提到，电影《庐山恋》的上映对庐山的旅游有一个明显推动。

他们提到的这部影片摄制于 1980 年，编剧毕必成就是庐山下的九江人。电影一放映就引起了轰动，女演员张瑜因此获 1981 年金鸡奖最佳女主角奖、百花奖最佳女演员奖，影片获百花奖最佳故事片奖。影片的故事情节不复杂，讲的是"文革"后期，侨居美国的前国民党将军的女儿周筠回国在庐山游览时，与在山上潜心攻读的耿桦相遇，双方擦出爱情的火花。但因耿的父亲正遭受审查，也因和周的接触受到传讯，两人被拆开了。几年后，周来庐山旧地重游，与正在清华大学读研究生的耿桦重逢，耿的父亲也认出周的父亲是昔日黄埔军校的同学,于是,相逢一笑泯恩仇,有情人终成眷属。

"文革"毁灭文化,毁灭美。拨乱反正之后,人们首先面对的困惑是,究竟什么才是美?这不仅涉及理论层面上的困惑,也涉及现实生活中关于美的判断标准,比如当时在青年人中流行的喇叭裤、披肩发、牛仔裤、蛤蟆镜,这些现在看来再寻常不过的现象,却在七十年代末引发全社会关于美丑的争论。面对一个民族对于美学观的思考,理论界给予一个明确解答,就显得格外重要。

就在这种全民困惑的大背景下,八十年代初在人民大会堂举行的一次西方哲学研讨会上,美学家李泽厚提出"宁要康德,不要黑格尔",此言一出,如石破天惊。稍稍年长一些的文化人都熟悉,黑格尔的哲学思想"否定之否定"和美学思想"美是理念的感性显现",在很长一段时间被我们简单理解和粗暴运用,从"政治标准第一,艺术标准第二"到"以阶级斗争为纲",这些框框禁锢着人们的思想。这是人们对黑格尔理论的误读误用。康德推崇"美是无功利的快感",李泽厚选择康德,就是想将思想文化界乃至全社会的风气,从政治标准回归到对"人"的关怀上来,回到人的生存境遇、对美好生活的向往以及人的全面发展上来,用一句世界通用语来说,就是"以人为本"。这一期间,在文艺界开展的关于"朦胧诗"的讨论,表面上看是关于中国诗歌走向的一次论争,但深层次是,冲破了思想禁锢的文艺界运用新的美学理论对文学创作做了一次创新实践。这是中国文艺界的一次思想大解放。

《庐山恋》就是在这样一个大时代背景下出来的。平心而论,这部电影的艺术性今天看来确实是有待提高。我看这部电影时正上大学,当时我们被卷入了一场对一本青年杂志的封底刊登的王子与灰姑娘接吻的剧照开展的全国性大讨论,这部电影的公开放映对这场大讨论画上了一个有明显倾向性的句号,因为这部电影的最大突破,就是男女主人公的亲吻场面,所以有影评称这是"新中国第一部吻戏,并造成万人空巷的盛景"。我的一位同学在大学毕业的1982年暑假专程只身上庐山,也期望像电影男主人公一样遇到一位梦中情人,但悻悻然而归,给我们留下一个笑资,可见这部电影当时的影响力。

《庐山恋》大大提升了庐山在人们心目中的地位,庐山风景区为此专门建了一座小型电影院,每天循环放映这部电影,并成为一个固定的旅游项目。至2011年底,《庐山恋》在这家电影院已放映一万九千六百多场。2002年,吉尼斯英国总部授予《庐山恋》"世界上在同一影院连续放映时间最长的电影"的吉尼斯世界纪录。这部影片还创造了放映场次最多、用坏拷贝最多等多项世界纪录,而且,这些纪录现在每天还在不断刷新。

一部电影,成了中国文艺园地的一朵奇葩,成为一个文化现象,不能不引起人们的思考。究其原因,是这部影片诞生时,触摸到了国人心中的一个痛处:爱。作为人性最基本的需求元素,现代中国人太缺少爱的酣畅流动了。其实在远古,我们的祖先并不缺少爱的自由表达,这在《诗经》里有太多的例证,你看,"关关雎鸠,在河之洲。窈窕淑女,君子好逑。参差荇菜,左右流之。窈窕淑女,寤寐求之"(《周南·关雎》);"死生契阔,与子成说。执子之手,与子偕老"(《国风·击鼓》);"投我以木瓜,报之以琼琚。匪报也,永以为好也"(《卫风·木瓜》);"昔我往矣,杨柳依依;今我来思,雨雪霏霏"(《小雅·采薇》);"青青子衿,悠悠我思,纵我不往,子宁不嗣音?"(《卫风·子衿》);"蒹葭苍苍,白露为霜,所谓伊人,在水一方"(《秦风·蒹葭》);"风雨凄凄,鸡鸣喈喈。既见君子,云胡不夷?"(《卫风·风雨》)……太多太多,不胜枚举。只不过这样的爱的表达随着封建社会繁多的等级制度逐步确立、层出不穷的礼教观念不断强化,爱像是被裹上一层又一层密不透风的外衣,不得外露了。爱被压抑得太久太久,犹如火山在底下奔涌,一旦找到突破口,炽热的岩浆就会喷涌而出。《庐山恋》银幕上的轻轻一吻,神州大地一片震动,封存多年的爱激活了。

感谢你,江西的老毕。

八

庐山,太多的文化积淀,让人们很难用一种简单的色彩来做一个准确定位。而恰恰是它的文化多样性,让人们千年玩味。在庐山的花草山水秀丽风景包裹下的,有那么多很有内容的人和事,从这些在庐山舞台上出现过的众多人物和事件中,信手拎出一个人物、一件事情,都能感觉到他的历史重量和文化质量,都足以让你揣摩研究一辈子。这是庐山与众不同的另外一道绚丽多彩的风景。

"不识庐山真面目",而这恰恰就是庐山。

大地履痕

　　宽阔的赣江,流过南昌八一大桥后往南岸缓缓地划出一弯弧线。在弧线岸边一个叫下沙窝的地方,2008 年 8 月 6 日,方志敏广场建成开放了,它成了附近居民休闲活动的场所,也成了南昌的一个新景点。由于家住得近,我散步常去。

　　知道方志敏这个名字,是上小学时看过《可爱的中国》这篇文章,后来又陆续读了他的《清贫》和其他文稿,了解到他写这些不朽篇章的背景和他的革命经历,对"方志敏"这个名字便更加肃然起敬了。从他留下来很少的几张照片看,方志敏有着浓密的头发和胡子,炯炯有神的眼睛透出坚毅,但有一丝淡淡的忧伤。我后来理解,他的这种淡淡忧伤,是因为看到可爱的祖国被内忧外患蹂躏得满目疮痍。

　　方志敏广场占地约有一万平方米,其雕像在广场中部,面朝东。和我想象中的"方志敏"应该是那种正气浩然、正义凛然,虽布衣褴褛而贫贱不移,虽位居"高官"而富贵不淫,虽脚镣手铐加身而威武不屈的形象不同,雕像方志敏是坐姿,像在行军打仗的间隙稍事休息,膝头铺开一本厚书,眼睛平视前方,神态安详,再细看,他的嘴角眉梢,竟露微笑。

上面这段文字,是在庆祝新中国成立六十年时,我参加一次征文活动,写的一篇《志敏,我看见了你在微笑》的文章开头部分。也是这一年,在中央宣传部、中央组织部、中央统战部、解放军总政治部等十一个部门联合组织的"一百位为新中国成立作出突出贡献的英雄模范人物和一百位新中国成立以来感动中国人物"评选活动中,方志敏被评为"一百位为新中国成立作出突出贡献的英雄模范人物"之一。

南昌方志敏广场内的方志敏雕像

方志敏是江西弋阳人,从事革命工作的主要活动范围在赣东北,主要功绩是创建了赣东北革命根据地和红十军。他被捕在玉山的怀玉山,牺牲在南昌的下沙窝。我们现在能看到的方志敏的文稿,大多数是他被捕后,在监狱里秘密写成的,请人悄悄送出后,才使先辈的革命经历和最后的心路历程得以昭示天下。他用生命的最后时光写就了对祖国的热爱和对信仰的坚贞,让后人常常缅怀,久久回味。

——

他的最后一战充满了变数,结局令人感到憋屈和无比惋惜。

那天的夜很黑。方志敏和部队左突右冲,一路搏杀,终于杀出了一条血路,冲出了敌军的重围。

为掩护中央红军长征,红十军团组成了一万余人的红军"北上抗日先遣队",孤军北上。国民党以二十个师对仅一万余人的"北上抗日先遣队"围追堵截。1935年1月中旬,部队在闽浙赣苏区外围怀玉山的陇首一带遭到国民党军伏击,部队被冲为两段。

而在此前的1934年11月初,红七军团进入闽浙赣苏区,根据中央指示,与军长刘畴西、政委方志敏领导的红十军会师,两军合编成立了红十军团。黄埔军校一期生刘畴西任军团长,寻淮洲任军团政委,以方志敏、刘畴西、乐少华、聂洪钧、刘英组成红十军团军政委员会,中共闽浙赣省委书记、闽浙赣苏区政府主席方志敏任主席,随军团行动。

方志敏与粟裕率领的八百人冲在前面,连夜突破了敌人的封锁线,回到苏区。而刘畴西与继任十九师师长王如痴率领的大部队则落到了后面。方志敏见军情紧急,一面派人通知刘畴西抓紧跟上,一面命令粟裕带先头部队火速冲出重围,自己则不顾众人劝阻,仅带着十几名警卫人员,按原路返回,和大部队会合。前面,已经是刀光闪闪、血腥味浓烈。

此时,刘畴西表现得优柔寡断。尽管接到了方志敏要求迅速突围的军令,但他觉得战士们太过疲劳,便在距离先头部队仅五华里的地方休整一晚。正是这一夜的休整贻误了时机,敌人堵死了返回苏区的通道,围成了铁桶阵。惨烈的"怀玉山血战"随之开始。红十军团左突右冲,无法冲出重围,坚持了月余之后,弹尽粮绝,无路可走。

奉命搜山的国民党军旅长王耀武见证了红军战士们战斗到最后一刻的惨烈画面:分散潜伏在山地丛林中的红军人员,在严寒的天气里,数日不得饮食,冻饿得躺在地上动弹不了。有的想拿枪向国军射击，因手冻僵，扣不动扳机，打不出去。有的挣扎着向国军投掷手榴弹，因肢体被冻硬，无力投掷，完全丧失了战斗力。

方志敏与刘畴西等人走散。他和卫士躲避在陇首高竹山的一个石煤洞里。这个卫士的姐姐家就在附近的陇首村，他本打算偷偷到姐姐家找点吃的，但一露面就被敌人抓住了。在敌人的威逼利诱下，这个卫士叛变了，他告诉敌人："方志敏还在山上。"方志敏就这样被捕了。

被捕当晚，敌人就对方志敏进行了审讯，他们一再逼迫方志敏写点什么文字，以便他们回去请功领赏。方志敏也不多说，当场挥笔，写下了一篇二百多字的自述，字字铿锵：

> 方志敏，弋阳人，年三十六岁，知识分子，于一九二五年加入中国共产党。参加第一次大革命。一九二六至一九二七年，曾任江西省农民协会秘书长。大革命失败后，潜回弋阳进行土地革命运动，创造苏区和红军，经过八年的艰苦斗争，革命意志益加坚定，这次随红十军团去皖南行动，回苏区时被俘。我对于政治上总的意见，也就是共产党所主张的意见。我已认定苏维埃可以救中国，革命必能得最后的胜利，我愿意牺牲一切，贡献于苏维埃和革命。我这几十年所做的革命工作，都是公开的。差不多谁都知道，详述不必要。仅述如上。

这篇自述成为方志敏的第一篇遗作，于1985年被收录在由邓小平题写书名的《方志敏文集》中，作为首篇。

方志敏就这样被捕，令人感到惋惜。他可以不亲自去接应大部队吗？作为当时军团的最高领导，他的确可以不亲自去，已有部下自告奋勇去接而要他先走,但方志敏没有采纳这个对自己相对安全的意见,而是决定自己重返包围圈,走上明知是凶险无比的道路。

这就是方志敏。面对安全与凶险两种结果的选择,他把自己的足迹留在后面这条路上。这样的选择是一种担当,一种领导和责任的担当,更是一种品格的担当。

我不知道方志敏被捕的地点和他的命运之间是否有什么关联,但那座山叫怀玉山,而在中华文化中,玉这种东西有皎洁、温润、坚硬、清脆的本质,受到人们的喜爱,并且升华成一种品格,古人有"谦谦君子,温润如玉"的良好比喻。所以,和"玉"字有关的词,多用于比喻美好事物。也正因为这个文化特点,人们不喜欢它受到玷污,并由此走向极端——宁愿玉碎。

在怀玉山被捕的方志敏可能不会有这样的联想,但他抱定了牺牲的准备是肯定的,因为在他的前面,已经有太多的同事、战友牺牲了。

"玉碎"——在被捕时,方志敏已做好这样的准备,从他被捕当天写的《自述》中可以看到他的决心。

但对手不准备让他轻易死去,他们知道这位多年来一直让他们头疼的赣东北革命根据地创始人、中共闽浙赣省委书记兼省苏维埃政府主席、红十军领导者的价值和作用,想让他屈服。于是,一系列纷纷扰扰的闹剧开场了。

先是庆功,从上饶到南昌,但方志敏对这些闹剧不屑一顾,很扫面子。

接下来是劝降。方志敏与刘畴西等人刚一被俘,蒋介石就密令国民党驻赣绥靖公署主任顾祝同,尽力劝说方、刘"归诚",一时间各路人马纷纷登场。然而方志敏抱定了"玉碎"的决心。曾有一名《字林西报》的记者到监狱中探访方志敏,他写道:"这是一个奇特卓绝的人物。他向我说:'各人都有自己的信念,我很高兴为自己的信念而牺牲生命。'"国民党43旅旅长刘振清、玉山县县长王振寰、弋阳县县长张抡元、南昌行营军法处副处长钱协民,乃至第五次围剿北路军总司令顾祝同先后到狱中劝降。方志敏兵来将挡,水来土掩,坦然应对。

一次审讯时,钱协民劝方志敏说:"你们的主义,是不得成功的,就是要成功,恐怕也还得五百年,顶快顶快也得要二百年,何必去为几百年后的事情拼命呢……中国有句古话'识时务者为俊杰',随风转舵是作事人必要的本领……"

方志敏回答得干脆利落:"朝三暮四,没有气节的人,我是不能做的。"

绥靖公署主任顾祝同亲自出马劝说:"方先生正值英年,来日方长,请不要持消极态度。委员长的意思,只要你发表一个声明,还想推崇你为国家做一番事业呢。"但方志敏软硬不吃,他说:"我是政治家,不是阴谋家,要我加入你们一伙绝对办不到。"

被关进监狱的方志敏自知来日无多,他有一肚子话要述说。该说了。过去搞革命活动、带兵打仗,没有空闲,现在有了,对祖国的眷恋在胸中萦绕,对人民的热爱在心中牵挂,对党的一腔忠诚在血脉中奔涌,他无法沉默,以写材料的名义要来笔和纸,记下他从心里流泻出来的述说。

据后来搜集整理,方志敏在狱中共写文章、信函十六篇(件),其中现在能看到的有十三篇(件),即《我从事革命斗争的略述》《我们临死以前的话》《在狱致全体同志书》《可爱的中国》《死——共产主义的殉道者的记述》《清贫》《给某夫妇的信》《狱中纪实》《给党中央的信》《给胡罟人的信》《赣东北苏维埃创立的历史》《记胡海、娄梦侠、谢名仁三位同志的死》《遗信》，还有三篇（件）只记有篇目而没有见到内容，即《给我妻缪敏同志的信》《给孙夫人的信》《给鲁迅的信》。

从1月底被捕当天写《自述》开始，到写最后一篇《遗信》时的6月底或7月初，短短五六个月，留下了十三四万字的文稿，清晰地记录下方志敏的心路历程，这也是他以文字的形式，在世间留下的履痕。

这已经不是一般意义上的书写了，这又是一次担当。他总是在生命的重要关头，选择一种更为艰难的担当。上一次是在已经冲出包围圈后，他选择返回；这一次是在监狱，同室狱友刘畴西和王如痴以下棋打发每天的时光，以这种方式来面对死神的来临，而方志敏却选择每天用十多个小时写文稿，用这种方式和死神赛跑。这就是方志敏，以对生命、信仰的担当，用文字将生命打磨出耀眼亮光。

三

方志敏留下的文稿，在内容上可大致分为三类，一是总结革命活动的；二是信函，从篇目上看，这类比较多，有给组织的，也有给个人的；三是纯为心胸话语的流泻和真切感情的抒发，因而走向了文学，人们现在能够记住并从中汲取精神营养的，主要是这一类的两篇文章——《可爱的中国》和《清贫》。

身处监狱，知道生命的尽头将至，用不着刻意去掩饰什么、粉饰什么，也没时间去堆砌、雕琢，只一任心中话语自然流淌，才有了这样真切的情感表达。这样的表达不是一般意义上的文字陈述，而是发乎对祖国大好河山的心灵感受，对人性高尚品德的追求赞美，因而接通了文学。

对手们万没有想到，他们把这位政敌致于绝境时，却锻造出他在文学上的光耀；他们还犯了一个常识性的错误，手铐脚镣能锁住的只是肢体,而思想的光芒是锁不住的。

尽管我们对方志敏的《可爱的中国》一文可能并不陌生,但我还是想在这里和大家再来欣赏其中的片段:

朋友!中国是生育我们的母亲。你们觉得这位母亲可爱吗?我想你们是和我一样的见解,都觉得这位母亲是蛮可爱蛮可爱的。以言气候,中国处于温带,不十分热,也不十分冷,好像我们母亲的体温,不高不低,最适宜于孩儿们的偎依。以言国土,中国土地广大,纵横万数千里,好像我们的母亲是一个身体魁大、胸宽背阔的妇人,不像日本姑娘那样苗条瘦小。中国许多有名的崇山大岭,长江巨河,以及大小湖泊,岂不象征着我们母亲丰满坚实的肥肤上之健美的肉纹和肉窝?中国土地的生产力是无限的;地底蕴藏着未开发的宝藏也是无限的;废置而未曾利用起来的天然力,更是无限的,这又岂不象征着我们的母亲,保有着无穷的乳汁,无穷的力量,以养育她四万万的孩儿?我想世界上再没有比她养得更多的孩子的母亲吧。至于说到中国天然风景的美丽,我可以说,不但是雄巍的峨嵋,妩媚的西湖,幽雅的雁荡,与夫"秀丽甲天下"的桂林山水,可以傲睨一世,令人称美;其实中国是无地不美,到处皆景,自城市以至乡村,一山一水,一丘一壑,只要稍加修饰和培植,都可以成流连难舍的胜景;这好像我们的母亲,她是一个天资玉质的美人,她的身体的每一部分,都有令人爱慕之美。中国海岸线之长而且弯曲,照现代艺术家说来,这象征我们母亲富有曲线美吧。咳!母亲!美丽的母亲,可爱的母亲,只因你受着人家的压榨和剥削,弄成贫穷已极;不但不能买一件新的好看的衣服，把你自己装饰起来；甚至不能买块香皂将你全身洗擦洗擦，以致现出怪难看的一种憔悴褴褛和污秽不洁的形容来！啊！我们的母亲太可怜了，一个天生的丽人，现在却变成叫花的婆子！站在欧洲、美洲各位华贵的太太面前，固然是深愧不如，就是站在那日本小姑娘面前，也自惭形秽得很呢！

在文学作品，尤其是散文中，描写祖国的美丽山川，抒发对祖国母亲热爱的内容占有相当大的板块，但像方志敏那样真正把祖国母亲当作"人"来如此细致真切描写的，还是第一次看到。不仅仅只有描写，他把祖国真的当作了自己的母亲，对她的现状发出心底的呼喊，对她的未来走向做了具体美好的描述：

南昌方志敏广场内的方志敏文《可爱的中国》石雕

　　不错,目前的中国,固然是江山破碎,国弊民穷,但谁能断言,中国没有一个光明的前途呢? 不,决不会的,我们相信,中国一定有个可赞美的光明前途。……到那时,到处都是活跃跃的创造,到处都是日新月异的进步,欢歌将代替了悲叹,笑脸将代替了哭脸,富裕将代替了贫穷,康健将代替了疾苦,智慧将代替了愚昧,友爱将代替了仇杀,生之快乐将代替了死之悲哀,明媚的花园,将代替了凄凉的荒地! 这时,我们民族就可以无愧色的立在人类的面前,而生育我们的母亲,也会最美丽地装饰起来,与世界上各位母亲平等的携手了。

　　这么光荣的一天,决不在辽远的将来,而在很近的将来,我们可以这样相信的,朋友!

　　在方志敏写下这篇文稿整整七十年后——2005 年,我在余秋雨先生的《借我一生》书中读到了一段关于祖国母亲的文字。这是在世界进入新千年前夕,他作为文化学者,从埃及出发,穿越中东,行程数万里,考察了这片广袤地域的人类文明早期发祥地,从尼泊尔进入祖国国境时,产生了一个有关母亲的联想,他写道:

　　本来,把祖国比作母亲是一种做腻了的小学生作文题目,但我在如许年龄产生这种联想,却有另一番苍凉之情。那就是,我们过去太不懂事,总是在左顾右盼之间责怪母亲的诸多不是,一会儿是她缺少风度,一会儿是她不够富裕,直到访遍她同龄人的种种悲剧,才让我从心底默认:母亲这一路走来真不容易!

还由此想起新中国成立之初，著名数学家华罗庚在回国途中写的、那封很具影响力的《致中国全体留学生的公开信》，他在信中大声疾呼，要大家回来报效祖国。信中有这样一段话：

> 谁给我们的特殊学习机会，而使得我们大学毕业？谁给我们所必需的外汇，因之可以出国学习？还不是我们胼手胝足的同胞吗？还不是我们千辛万苦的父母吗？受了同胞们的血汗栽培，成为人才之后，不为他们服务，这如何可以谓之公平？如何可以谓之合理？朋友们，我们不能过河拆桥，我们应当认清：我们既然得到了优越的权力，我们就应当尽我们应尽的义务，尤其是聪明能干的朋友们，我们应当负担起中华人民共和国空前巨大的人民的任务！

他在信中最后呼吁：总之，为了抉择真理，我们应当回去；为了国家民族，我们应当回去；为了为人民服务，我们也应当回去；就是为了个人出路，也应当早日回去，建立我们工作的基础，为我们伟大祖国的建设和发展而奋斗！

那个时候有这种想法和行动的，并非华罗庚一人，是一代人。

还有一个关于钱伟长去留的故事。

钱伟长也是新中国著名的科学家，"两弹一星"元勋之一。他在20世纪40年代初到美国加州理工学院，进入世界著名物理学家冯·卡门教授创立主持的航空和喷气推进研究所工作，他的卓越研究能力获得了冯·卡门教授的信任，教授特邀请他为合作者。中国抗日战争胜利后，钱伟长十分想回国，经过几次努力，终于得到批准。1946年夏，钱伟长放弃了年薪八万美金的优厚待遇，从美国回到祖国。此时国内的情况远不如美国，他在清华大学一周上课十七节，是其他教授的三倍,但一个月的收入只够买两个热水瓶,迫于生计,他只好在北京大学和燕京大学兼课,到后来,还不得不向同事、朋友借债度日。1948 年,友人捎信给钱伟长,美国加州理工学院航空和喷气推进研究所期待他回去工作,携全家去定居,待遇优厚。在这种情况下,钱伟长到美国领事馆办理签证。申请表很快就要填写完,这时他看到最后有一栏需要填写,"若中美交战,你是否忠于美国?"钱伟长不假思索,毅然填下"NO"。

他留在了祖国。对祖国的爱和忠诚,是不用选择的。

对母亲真正的爱不是抱怨、失望、无动于衷、拂袖而去,而是积极付诸行动:理解母亲的艰辛,分担母亲的重负,疗好母亲的伤病,擦去母亲身上的污垢,梳理母亲的秀发,帮助母亲用智慧和劳动摆脱贫困重整家园,换上得体的衣装,让母亲有尊严地出现在世上!

这是大爱,更是责任与担当。

在对祖国母亲的深层次感受上,方志敏和许许多多的前辈们是这样去努力的。七十多年后,余秋雨先生在考察完非洲、亚洲古代文明的兴衰后,从心灵接通了上一辈前贤,接通得丝毫不差。

而方志敏那篇《清贫》,篇幅虽短,只有千把字,但写得轻松凝练,不像是写自己被捕的沉重过程,不像是在脚镣手铐加身的阴暗监狱里写的,倒有几分像是在灯火敞亮的茶室里和人轻松聊天调侃。但你读完,就会感到这些表面看来平白朴素的文字有一种张力,直撞人心,令人沉思。

> 是不是还要问问我家里有没有一些财产?请等一下,让我想一想,啊,记起来了,有的有的,但不算多。去年暑天我穿的几套旧的汗褂裤,与几双缝上底的线袜,已交给我的妻放在深山坞里保藏着——怕国军进攻时,被人抢了

去，准备今年暑天拿出来再穿；那些就算是我唯一的财产了。但我说出那几件"传世宝"来，岂不要叫那些富翁们齿冷三天？！

清贫，洁白朴素的生活，正是我们革命者能够战胜许多困难的地方！

文学说到底是人学，文学作品的终极目的是揭示人性——倾听心灵的声音、剖析人性的本质。在监狱的暗室，不管手铐脚镣的束缚，他的思想仍然在祖国的河川大山间奔走，用心灵抒发情感。方志敏用笔将通往文学的高地之路打通。

四

在写作文稿的同时，方志敏在思考着如何将自己写的东西送出去。他清楚，这里是监狱，是关押重要人物的监狱，自然是关卡重重，戒备森严，按正常渠道无法将文稿送出，只有想其他办法。他将目光放在能够接触到的监狱中人。

第一个进入他视野的人叫高家骏，又名高易鹏，浙江绍兴人。是个未婚青年，家居杭州。他学校毕业后曾在杭州当店员，谈了个女朋友叫程全昭，但女方家里不同意，认为他地位低下。高一气之下另找出路，经人介绍赴南昌参加军法处招聘缮写员的考试，被录取为上士文书。监狱归军法处管，高有机会经常接触方志敏，听方志敏"讲故事"。热血青年被感化是在情理之中，高常为失去自由的方志敏做些递送报纸、买烧饼之类的小事。

第二个进入视野的人叫胡逸民，出现在方志敏文稿中的名字叫胡罟人。此人早年追随孙中山参加过同盟会。后来历任江西高等法院院长、国民党清党委员会主席、中央军人监狱狱长等要职。曾因国民党内部倾轧而被蒋介石打入监狱。起初他是作为"说客"来接触方志敏的，但后来反被方志敏说服了，转变态度同情革命。其三姨太向影心跟随来到南昌侍奉胡，可以经常出入牢房。

后据多方考证，为方志敏送出文稿的，就是这两个人。

从戒备森严的监狱将文稿送出很不容易，要担极大的风险，其过程曲折紧张。详细叙述过于冗长，只能简要介绍大致经过。

先说高家骏送稿。1935年夏，程全昭忽然收到高家骏让她火速前往南昌晤面的信，程全昭至南昌，高家骏告诉她："我认识了一位好人——共产党的大官方志敏。现被关在狱中，正好由我看守。"高家骏要求程全昭将方志敏的一些密件送到上海。第三天晚上，高家骏拿来一个纸包和三封信郑重地交给程全昭，并说："方志敏替你起了个化名叫李贞，他自己化名为李祥松，这样，你们便是一家人了。"

一晃过去二十多天了，高家骏一直没有收到程全昭的回信。方志敏很着急，便要求高家骏亲自去一趟上海，落实这些文稿和信件的送交情况，并再次用米汤写了几封密信，请他想办法送交宋庆龄、鲁迅和李公朴。高家骏以料理家事为由向看守所请假，于7月30日取道九江，坐轮船到上海。他很顺利地找到了李公朴，又赶回杭州找到程全昭，知道她已把文稿和信件交给了胡子婴，也就放心了。不过从此他再也没有回到南昌看守所。胡子婴接到稿子和信件后，交给了胡愈之和毕云程。中央特科负责人王世炎经显影阅看后，将文稿抄件送给莫斯科共产国际东方部，同时又由毕云程将《给鲁迅的信》和文稿抄件传给鲁迅。接着，文稿又由莫斯科传到巴黎《救国时报》社。《救国时报》是中共设在国外的一家报纸，主编为李立三，编辑部负责人是吴玉章、张报等人。方志敏被害后，他们于1936年1月29

日即方志敏被俘一周年时发表了《在狱致全体同志书》和《我们临死以前的话》两篇文章。编辑部还整理出版了《民族英雄方志敏》一书以纪念烈士。由此可以证实,程全昭送文稿的任务确已完成。

从这里,我们可以清楚地看到第一次文稿传送的全线过程:方志敏——高家骏——程全昭——胡子婴——胡愈之、毕云程——王世炎——鲁迅、莫斯科——巴黎。文稿保存在中央特科。这次文稿传送没有直接送到鲁迅手里,这批文稿全是密写稿,其中没有《可爱的中国》。

再看第二批。1936 年 11 月间一个傍晚,胡子婴在家里接收了胡逸民送来的文稿。据胡子婴的回忆:几天后,章乃器被法租界巡捕房传去,我突然想起方志敏手稿尚在家中,便立即打电话告孙夫人,旋又将手稿托章弟章秋阳(中共党员)交孙夫人,孙夫人收到后于深夜两点回了电话。新中国成立后,曾有人问过宋庆龄同志有无此事,宋回答是:"收到过文稿。后转过冯雪峰。"据档案记载:冯看后遵潘汉年嘱转给谢澹如保存在上海。1951 年上海出版公司出版的《可爱的中国》一书就是这批文稿。

从这里,我们又可以清楚地看到第二批文稿传送的全线过程:方志敏——胡逸民——胡子婴——章秋阳——宋庆龄——冯雪峰——潘汉年——冯雪峰——谢澹如。这批文稿传送到上海时,鲁迅先生已逝世。文稿中除《给党中央的信》外,全系墨书手稿,其中有《可爱的中国》。

据考证还有两次传递,一次是高家骏本人,一次是向影心。1935 年 7 月 30 日高家骏带着方志敏托付的信和文稿来到上海。高说,送了给李公朴的信之后,发现后面有人跟踪,便急返杭州,其他三人的信未送成。后来,文稿可能散失社会。新中国成立后浙赣沿线有的地方发现狱中文稿的手抄本,可能与高从狱中带出的这批文稿有直接关系。

向影心在方志敏就义后、胡逸民未出狱之前，就同国民党军界高级官员混在一起，抗日战争爆发后，辗转到了重庆，她带的那批文稿也随之散失。1940年，八路军驻重庆办事处用重金收买的那本《我从事革命斗争的略述》手稿，很可能就是这批散失的文稿之一。

至于1938年前后散见于上海、南京等地的方志敏的少量狱中文稿皆有可能与高家骏、向影心等传送者的遗落和散失有关。

值得庆幸的是，方志敏在狱中集聚生命最后一刻的能量写下的文稿，大部分传递出来了，辗转交到了组织手中，并得以见诸后世，流传开来，引起重大反响。

面对这样一支庞大而成分复杂的传递队伍，曲折而又惊险的传递过程，我在思考这样一个问题：究竟是一种什么力量让这些人甘冒巨大危险，完成这次具有历史意义的传递？

你看，传递第一棒的两个人，并非方志敏的同志、好友，他们甚至是敌对营垒的人。他们甘冒风险为方志敏传递文稿，是他们为方志敏的高尚人格感化。在接下文稿传递任务时，这两个人的人格品质也就发生了质的变化。

最后接受文稿的人鲁迅、宋庆龄也并非方志敏的同志、好友，他们甚至不认识，但方志敏在狱中将文稿托付要交到他们手中，是方志敏相信他们的人格，文稿交到他们手中才安全可靠。

循着这个思路，我们可以清楚地看到，能够完成这些文稿的传递任务，是方志敏和文稿传递者们人格互信的结果：两个文稿第一传递人是被方志敏的高尚人格感化；而文稿的接收者则是方志敏充分信赖他们的人格。这样的人格传递，是一种超越阵营、职业、信仰的互信，是开放在人性最高层面的美丽花朵。

方志敏和他的文稿已进入了历史，一段散发着光华的历史。但当人们现在聚焦这段历史时，却往往看不到一些"小人物"在这段历史中的身影。其实我们不应该忽略，在一些宏大的历史叙事中，一些由"小人物"编织的细节往往可以决定或左右历史的走向。

五

在写这篇文章时，一些杂志上摘登了陈希米写的怀念丈夫史铁生的书《让"死"活着》，我一眼被这个书名吸引了。这是一个充满着哲学思辨的文学命题，让人生发出对生命意义与死亡的绵绵思考。这一类的思考，古已有之。

汉代的司马迁是一个让死活着的典型。他因李陵一案得罪了汉武帝而被判死刑，但有人为他说情，汉武帝想想死罪似乎有点重，于是改判罚金四万或宫刑。司马迁官确实不算小，但他没有钱，实在拿不出四万罚金，无奈之下，他选择了后者。这事我们今天读来有点鼻酸：一个当朝高官、大学者，因为凑不出几万罚金，而选择以屈辱、身残的方式活下来。他想死，但没有死，走了一条让死"活"着的路——写出了彪炳史册的中国第一部历史大书《史记》。他让自己活在了这部书中，也因此活在历史中。

司马迁认为，"人固有一死，或重于泰山，或轻于鸿毛"；

三国时诸葛亮表示，"鞠躬尽瘁，死而后已"；

魏晋陶渊明写诗，"死去何所道，托体同山阿"；

宋代李清照写道，"生当作人杰，死亦为鬼雄"；

宋代文天祥写道，"人生自古谁无死，留取丹心照汗青"；

清代林则徐写诗，"苟利国家生死以，岂因祸福避趋之"；

而春秋战国时的屈原更为彻底，他说完一句"举世皆浊我独清，众人皆醉我独醒"后，就直接投江自尽了。

把生死看破,用生命的全部能量轰轰烈烈干一番自己认定的事业,反而能让"死"活着。和那些活着时就大兴土木为自己修筑陵寝、以求不朽的帝王相比,坦荡面对生死的贤士豪杰们"活"得更长久,更有分量,他们用自己独特的行为将"死"构筑成了一块文化的高地,在这块敞亮的高地上,处处充满着张扬的活力,和那些设计为"不朽"的阴气重重的陵寝形成鲜明对照。

方志敏牺牲以后,党中央和共产国际给予他极高的评价。1935年8月,在莫斯科召开的共产国际七大上,全体代表为方志敏烈士默哀。中共代表在大会上做的《论殖民地半殖民地国家的革命运动与共产党的策略》演讲中,特别赞颂了方志敏忠贞不屈的革命精神。同年9月,苏联《真理报》发表《方志敏——中国人民的英雄》一文,赞扬方志敏伟大的一生。12月9日,中国共产党在法国巴黎创办的中文报纸《救国时报》创刊号上,刊载了方志敏狱中遗著《我们临死以前的话》,称之为"抗日烈士方志敏之遗书"。1936年1月,《民族英雄方志敏》一书出版。1937年1月24日,在延安出版的中共中央机关刊物《斗争》第122期上,特别出版了"纪念民族英雄方志敏"专号。许多领导同志撰文,热情讴歌方志敏的丰功伟绩。1940年,叶剑英读了方志敏狱中遗著《我从事革命斗争的略述》后,在方志敏烈士遗照上题诗"血染东南半壁红,忍将奇迹作奇功。文山去后南朝月,又照秦淮一叶枫",将方志敏比作文天祥。毛泽东得知方志敏牺牲的消息后,深为悲痛,交代有关人员照顾好其遗属。当方志敏夫人缪敏及两个儿子来到延安后,又亲自接见他们,鼓励他们努力学习,继承方志敏遗志。组织上后来把方志敏的两个儿子送往苏联学习。缪敏在毛泽东的鼓励下,在中央妇干班学习,因成绩突出,毛泽东特奖给她一个笔记本,并在内页署名题词。

方志敏是被秘密处决的。烈士的遗体在何处?留下历史谜团。

1955年，党中央做出了寻找方志敏遗骨的决定。在刘少奇同志的直接指示下，江西省成立了以方志纯（方志敏的堂弟，当时江西省委、省政府领导人之一）等领导组成的方志敏遗骨调查小组。

有人提出，方志敏赴刑留下了刑场照片，摄影师应该知道的。调查小组打听到，被指派到刑场拍照的是南昌"真真"照相馆的一名摄影师。可调查小组将这位摄影师带到赣江边的下沙窝，面对一片茫茫荒滩，他无法辨认准确位置。

1957年春，江西化纤厂在南昌下沙窝破土动工。一天，基建工厂在挖地基时突然发现一堆骨殖，并伴有一副脚镣。调查小组得到报告后，立即指示专家和有关人员赶赴现场勘察。很快，一份以江西省政府名义发出的加急电报发往浙江东阳北麓中学。当年一度兼任看守所长的凌凤梧被邀请火速赴南昌。

凌凤梧，浙江金华人。1934年到南昌绥靖公署军法处任书记官，后调至看守所。当时，身为驻赣绥靖公署军法处看守所长的凌凤梧无法拒绝上司交给的他的对方志敏"劝降"的任务，绥靖公署主任顾祝同还亲自告诫他，这是蒋总裁的意思，马虎不得。

通过一段时间与方志敏的接触，凌凤梧却被这位共产党人的浩然正气所感动和折服。当方志敏提出换掉沉重铁镣以减轻痛苦时，凌便立即请示军法处，开始未获准，后来，凌提出"便于劝降"等理由，给方志敏换上了一副最轻小的脚镣。

凌凤梧与方志敏接触多了，方志敏常常开导他："你是个品格踏实本分之人，我们共产党一向很尊重这种人。你应远离国民党官场，否则是要吃亏的……"

方志敏就义后，狱警从烈士囚室内搜出写有"木吾兄"（即凌凤梧）的签条，内容是感谢凌为他减轻铁镣。为此军法处曾以通匪罪将凌拘押，后由于证据不充分及有人说情才从轻发落，他被撤职押回原籍。后来,凌凤梧就按方志敏生前的规劝,回家谋了个乡村教师的工作。

凌凤梧赶到南昌,次日和缪敏、方志纯等驱车直奔下沙窝。

面对埋在地下达二十二年之久的骨殖,每个人的心都在颤抖,忍悲含泪地审视着。凌凤梧双手托起那副在地下还套着两根胫骨的铁镣,掂掂它的分量,用手指抹去一些剥落的锈屑,仔细辨认镣铐。"就是这副脚镣!"面对一堆骨殖,凌凤梧禁不住流下了热泪。在场的人也一个个潸然泪下……

为了确认,遗骨送到上海,交当时的司法部法医研究所,再次进行各种复杂的技术检验、鉴定。

1958年5月,法医研究所的专家们正式签署了鉴定书,宣布有九块是方志敏的遗骨。

1977年8月6日是方志敏烈士殉难四十二周年纪念日。这天上午,人们终于迎来了一个迟到而隆重的葬礼。

江西省革命烈士纪念堂前,珍藏了二十年之久的九块烈士遗骨,用红绒布包好放进汉白玉棺内。灵棺上覆盖着鲜红的中国共产党党旗。成千上万的干部群众夹道护着灵车缓缓开出,驶向墓地。

陵墓修建在梅岭一个山冈的半腰间。站在墓前环顾周围,前边是滔滔不歇的赣江,后面是绵绵不尽的山峦。墓碑是毛泽东主席亲笔题写的"方志敏烈士之墓"。这是毛泽东早在1964年题写好的。

遗骨得以安葬,忠魂得以告慰,但故事还在绵延。

先说两个和遗骨有关系的人。一个是前面提到的凌凤梧,是他为方志敏换了一副轻的脚镣,并据此辨认出方志敏的遗骨。他也是被方志敏的人格感化过来的。

另一个叫张伟纳,是江西省公安厅的法医,他参与了方志敏的遗骨鉴定,并将遗骨保存了近二十年。尤其在"文革"期间,在"砸烂公检法"的狂潮中,他冒着风险将烈士遗骨放在工作室的一个空水池里藏了起来,使遗骨得以保存。

20世纪80年代中期,一座铜像竖立在南昌市人民公园。这座铜像是江西的学生们捐款塑造的。说起为方志敏塑铜像,当年共青团江西省委的学校部长、现已退休的文之周仍记忆犹新。他告诉我,在1984年的"一二·九"运动纪念日那天决定,由团省委学校部向全省大中小学生发出倡议,开展"以方志敏为楷模,为方志敏塑铜像,做创造型学生"的活动。倡议一出,全省学生热烈响应,"当时收到的捐款用蛇皮袋装,多是些一分、五分的硬币和纸质角币。共收到捐款二十多万元。当时的省委书记万绍芬也捐了十元"。1985年8月6日是方志敏牺牲五十年纪念日,在南昌市人民公园为方志敏铜像举行了奠基仪式。

方志敏又回到了人们中间,在这座城市最热闹的地方,人们可以看到他的英姿。

铜像塑好后,还剩下十多万元捐款,团省委设立了一个"方志敏基金会",每年奖励一百名创造型大中小学生。活动持续到1988年。

2003年,江西省委党校、共青团江西省委、上饶市委宣传部和江西教育出版社共同编写出版了《清贫精神——重读方志敏》一书,时任江西省委书记的孟建柱用一篇《提高境界开阔眼界》作为该书的代序。书出版后,这几个单位联合举办了一次主要面向大学生的读书征文活动,我有幸被邀请担任这次活动的评委。活动共收到一两千份征文,十几个评委每人审评了一二百篇,共评出一等奖十篇、二等奖三十篇、三等奖六十篇、优秀奖一百篇。当代青年学子们对方志敏追捧的热烈程度,是我始料未及的。

六

回到文章开头的方志敏公园。2009 年 8 月 6 日，设立在公园内的方志敏爱国事迹陈列馆正式对外免费开放，并成为南昌市廉政教育基地。

公园是开放式的，设计颇具匠心。进口处用鹅卵石铺就的路上，勾画出三十六个硕大的脚印，标志着方志敏短暂的生命印迹。这印迹虽少，但在大地上的痕迹却深。这是一个民族留下的前行履痕。

从方志敏牺牲后国际国内的高度评价，到新中国成立六十年时方志敏被评为"一百位为新中国成立作出突出贡献的英雄模范人物"之一；从新中国几代领导人的高度评价，到社会各界自发的纪念活动；从新中国成立后一直收入课本的文章，到为他建造的塑像、以他的名字命名的各种永久性纪念场所、出版的各类书籍、召开的各种研讨座谈会，我们看到，先辈的伟岸身影并没有随着时光的流逝而渐行渐远、身形模糊，他们在大地上留下的履痕也没有因时间久远被历史的尘埃湮没而印痕斑驳，这是因为，一个有悠久历史文化的成熟民族，因思考而将来路和前行方向看得更为清晰。

南昌方志敏广场入口处用鹅卵石砌成的足印，"1899.8.21"为方志敏出生日期

大吕黄钟

　　说来惭愧，知道况钟，是在"文革"结束后，一批"文革"前拍摄的优秀国产电影解禁，我才从戏曲片《十五贯》中第一次知道古代有个善断案的清官况钟，但仅仅是知道。这部片子给我留下深刻印象的却是另一个角色娄阿鼠，因为他的名字，因为他的形象，因为他的演技，所以，看完电影后，我和几个准备高考的工友，还时常模拟娄阿鼠和另一个角色游葫芦，用自己生造的"文言文"，编造两人的对话："游惊醒，揪娄衣，嚷道：'归吾钱。'娄恐，遂杀之。"可见娄阿鼠在我们记忆中之深。

　　而知道况钟是江西人就更晚，那是 20 世纪 80 年代末，一次去靖安采访，县里的同志告诉我，况钟就是靖安人，他死后安葬在家乡，"文革"时，有人不相信他是清官，开棺验尸，只见况钟面色如生，棺内空空，唯一随葬品只有头上一支发簪。县里同志问我是否去看看况钟墓，我愣了一下，朝那方向投去崇敬的一瞥，始终没有挪动脚步，为自己的知识浅薄、孤陋寡闻和不安心存惭愧。

　　细想起来，"文革"不仅给在任的"当权派"带来厄运，连几个古代的清官也受到牵连，拉开这场叫作"文化"的大革命序幕的，就是一篇《评新编历史剧〈海瑞罢官〉》。海瑞是公认的中国古代三位清官之一，他们的排序通常是海瑞、包拯、况钟。

　　这样看来，对况钟应该感到惭愧的，不仅仅是我了。

在中国历史中,封建社会是漫长的,从秦开始到清结束,有二千一百多年,占据了历史中很长的一个版块,这样的漫长,让封建社会有从容的时间不断完善自己的政治构架、经济社会形态,以至于这个社会制度发育成以王权为核心的超稳定结构。在这样的体制下,官员们的工作,只是围绕王权展开,听命、服务于皇上,这对于心存私心的官员们来说,又心有不甘,对于他们来说,费尽心力进入官场所何为,无非功名利禄。当然,朝廷给的俸禄可谓不薄,衣食无虞养家糊口自不成问题,还应该是达到小康。但人的欲望是在攀比之下不断膨胀的,问题就来了,怎样才能使自己更富裕,就成为朝廷各级官员们共同思考并玩命钻营的命题了。

所以,不知从何时开始,我脑子里形成了一个挥之不去的看法,总是把中国的封建社会比作为黄河:它一面灌溉养育着广袤流域的生民,哺育了灿烂的中华文明;一面它又不断决口改道、泛滥成灾,祸害着两岸的百姓,泱泱华夏既离不开它,又害怕它、诅咒它。故人们千年喟叹"俟河之清,人寿几何",期盼着"圣人出黄河清"的"河清海晏"太平盛世。

封建社会的朝廷命官分为两大板块,一是朝廷设置的各机构官员,再就是地方官员。朝廷机构很有限,职数和权限有限,而且在皇帝眼皮下,监管相对严厉。相比之下,在中国广袤的土地上,地方官的职数、权限,远大于朝廷机构,而且天高皇帝远,监管相对松软,地方官成为肥缺。

地方官代表一级政权机构,拥有政治、经济、文化和涵盖社会方方面面的处置权力,包括司法权力,这就对地方官的素质能力提出了很高的要求,既要求这个人是个全才,还要求他品行端庄。但可惜,在中国的封建社会,能完全达到这个标准的官员极少。正因为少,所以稍有成就,就会进入历史,人民就会记住。

况钟四十六岁以前在朝廷机构任职,四十七岁任地方官,而他的人生亮点,在他任地方官的时段。

明宣德五年(1430),苏州等九府官员出现空缺,宣宗皇帝命各部院大臣推举部属中廉能兼备者补缺。经三个尚书蹇义、夏原吉、胡濙和大学士杨士奇推荐,况钟任苏州知府。

苏州历来是富庶之地,"上有天堂,下有苏杭"就是一个形象概括。也正因为它的富裕,问题就来了,苛捐杂税繁多,贪官污吏横行,百姓怨声载道。所以,待况钟上任时,"天下繁剧难治之郡有九:苏州、松江、常州、嘉兴、湖州、吉安、开封、温州、琼州,苏州尤甚"(《况太守集》)。你看,除了琼州孤悬海外为未开发之地,其余八个地方都是内陆富庶之地,由此可见当时的朝政风气。

还未启程,就已见道途上荆棘丛生,前方嘈杂繁乱。况钟就是在这样的背景下赴苏州上任的。

从现存的史料来分析,况钟的上任亮相,是经过了深思熟虑和精心准备的,是和府内官吏们的一次官场博弈。

况钟刚上任,那些下属官吏们纷纷来向他请示工作,请他签批文件。不是这些官吏们工作积极,而是不怀好意,他们想试探一下这位新来的知府到底有几斤几两,是属于哪路人。

下属们装腔作势的表演,况钟心知肚明。但他不露声色,而且假装糊涂,露出一脸茫然,左顾右问,这事你们看怎么办呀?下属们心里暗暗高兴，来了一个糊涂官，好啊。你既然不懂，我们就指点你一二，这件事应该这样办，那个文件应当那样批复。好。大家兴高采烈回去了。

三天后，况钟召集下属们开会，他说话了，前几天处理公务，那件事我想这样处理，你们阻止我说不行，应当那样处理；另一件事我想制止，你们又偏要我那样去做。你们这些人平时玩弄文字游戏、随心所欲惯了，罪当死！

况钟一脸正色，一声断喝，和几天前判若两人。属下们还没反应过来时，他点了六个经过调查罪行累累的官员，命衙役当庭棍杖打死。

这一顿"杀威棒"打得惊心动魄。你看，公堂之上，挥舞的棍棒带起鲜血飞溅，衙役的呼啸与官员的哀嚎同响，一府大震。此事《明史》记载在案。

现代人来看史书上的这一段记载，可能都会有个疑问，不经过司法审判程序，一个知府怎能在公堂之上，将政府官员当场打死？这就是封建社会制度设置存在的严重问题。一个地方的"一把手"，除了要管理政治、经济、文化、社会治安等该区域内所有大小事务，还有司法行政职能，即拥有对这块土地上的生民生杀予夺的大权。由于制度的设置缺陷，加上天高皇帝远的监管缺失，所以，一个地方的官场风气、社会风气的清浊，这个地方主官的人品就是标杆。主官正，就风气正；主官不正，他身上的歪风邪气就会被无限复制放大，这个地方就会浊流翻卷、冤假错案遍地，真正遭殃的，还是那里的百姓。

震慑全府的"杀威棒"打过，况钟还让衙役们捧出一叠本子，发给最基层的官员里长，这是况钟设计的"善恶簿"，善恶簿的格式栏目也由况钟设置，规定积大善有大赏，累大恶受重惩；有小善则嘉勉。一月一报,一年累计结算一次。他令里长们秉公尽快把自己辖下的人户分列善恶两簿报上来。场上人众不禁悚然凛然。

这天公堂上血淋淋的一幕,可能会长时间储存在那些贪赃枉法或偷奸躲懒的官吏大脑中,常常在半夜睡眠中回放,令他们在噩梦中悚然惊醒,一身冷汗,两眼茫然。

况钟整肃吏治的招数一招接一招。不久,他通过调查,以贪污罪逮捕了通判赵忱、府经历傅德、常熟知县任豫;以无能之过罢免了昆山知县汪士铭等十二名县级官员。

官员腐败,殃及县乡百姓,造成冤假错案甚多。前任知府对讼案"累年莫决,囚多死于淹禁"。况钟上任后,着手处理这些案件。苏州府管辖七个县:吴县、吴口、长洲、常熟、嘉定、昆山、崇明,况钟一个县一个县地轮流审问案件,不到一年,"勘问罪囚一千五百余名,大量冤狱得以平反,百姓称为'包龙图在世'"(《江西省人物志》)。

明朝军人立有军籍,是世袭的。当兵的在服役期间死亡或逃跑了,要在原籍勾取他本人的子、弟或孙子补充。宣德三年,御史李立、同知张徽奉命到苏州清理军籍,给苏州人民带来了一场灾难。《吴江县志》记载:"县民被冤为军者四百七十三名,而被杀者不可胜计。以一府七县计之,则其数愈多矣。"况钟上任后,看到这些受尽冤屈的民众"扶老携幼,填塞道路,号哭呼天",问明缘由,上奏皇帝,愤而指出:如今那些办事的人舞文弄墨超越律法,不考虑是否得当,随便抓人充军,他们认为这样可以为国家增加几千几百世袭军人,却不知这样做非常不合时宜,造成因为国事而生发出民怨,这个损失就特别大呀!

况钟的奏请直指要害,皇上最担忧的就是"为国生怨",这样会动摇他的统治,和这个大事相比,几千几百世袭军人又算得了什么。权衡利弊,准奏。就这样,一百六十人免除了军役,一千二百四十人只本身服役,免除世役。

　　况钟清楚,要让辖内百姓们真正过上好日子,就得削减过重的税负,免除繁重的徭役。苏州官田的租非常重,一亩田"科米不等,少者一斗三升至四升止,多者自五斗至三石"。一石为一百二十市斤,一亩田多的要交三百六十斤粮租,碰上年成不好,收成可能还不够交租。虽然是官田,如果全部上缴,地方就没有积极性;如果遇到灾害歉收,上交的粮租那就只有向民众搜刮,最终的负担还是落到百姓身上。明宣宗虽然下了诏书减租,但没有得到落实。况钟上奏请减官租,被户部驳回不准,他一再上疏,指出如果不减,"仍照旧额征粮,有违恩命,抑且失信于民"。经过多次上奏力争,宣德七年(1432)得到宣宗批准,减去官田租七十二万一千六百石、荒田租十五万石,两项相加,减免粮租近九千万斤。被重租压得透不过气来的苏州人民终于重重地松了一口气。

　　还有,洪武、永乐年间,苏州府遵照命令出马役给北方各驿站,前后四百多匹,约定满三年后遣还,到况钟上任时已经三十多年了,马死了就补充,没有休止的时候;工部征收三梭阔布八百匹,浙江十一府只有一百匹,而苏州一府竟然达到七百匹。对这些不合理的陈年负担,况钟一一上奏皇上,请求下令有关部门处置。皇帝全部答复准许。

　　况钟具备了一个政治家的谋略,他清楚,一个地方的长治久安,光靠惩治贪腐、轻徭薄赋是不够的,必须发展生产、繁荣经济。他与巡抚周忱合作,制定出许多积极的具体措施:如农户纳粮,就近入仓;又创造性地设置了一个"济农仓",把免除长途运粮节省下来的耗粮一半直接让农民得利,另一半作为本金,无息贷给贫苦农民,扶助他们的生产与生活。济农仓每年积粮数十万石,宣德八年(1433),长洲、吴江、昆山、常熟四县水灾,况钟发济农仓粮食救济百姓,救活几十万人。次年,苏州地区旱灾加蝗灾,又开济农仓救济百姓,使百姓免遭逃荒流亡之厄。此外,还制定了"纳粮勘合簿"、"力役仓"等措施。时人称赞这些举措"周密而不疏,施行甚易而不烦"。

三

惩治贪腐、清理积案、减免税赋、推动生产,苏州的风气渐渐清爽,社会渐渐稳定,人民生活渐渐恢复正常,走向安康。其实,中国的百姓最为善良、朴实,能有个温饱,也就知足了。从这个角度说,中国几千年的历史,也就是老百姓一代代、一辈辈为生存、温饱而苦苦拼搏奋斗的历史。

"仓廪实而知礼仪",温饱是前提。苏州人民本来是有温饱的,但被贪官污吏、苛捐杂税搅得怨声载道民不聊生,现在,况钟来了,把老百姓失去的又还给了大家,舒心的日子又回来了,况大人在苏州人民心中的分量就重了。史书记载了四件事,说明况钟在苏州人民心中之重。

其一。宣德六年(1431),况钟的母亲去世了,按照礼制,他必须回靖安原籍守丧,这叫"丁忧",这一去,要三年孝满才能出来做官。苏州的百姓急了,担心这位好官离任太久,或就此不回来任职了,三万七千多百姓自发联名上书,向朝廷"请求夺情起复"。苏州人民还编了首歌谣:"况太守,民父母。众怀思,因去后。愿复来,养田叟。"并把这首歌谣抄在纸上,贴遍了苏州的大街小巷。明政府接受了人民请求,下旨缩短况钟"守孝"期,重回苏州做官。

其二。宣德十年(1435),况钟进京述职,苏州人民又担心他因政绩显耀,升官离去。况钟启程时,当地百姓、读书人都等候在他经过的路上,有的拉住他的车,有的甚至躺在他的车轮前,舍不得他走。

第二年（正统元年），况钟在苏州人民的一致要求下，终于再次回到苏州。

其三。正统六年（1441），况钟任期届满，按惯例赴部候升，苏州的百姓这一下真的急了，相送者百里不绝，还有两万多人浩浩荡荡前去向巡按御史张文昌陈述，请求让况大人再任。朝廷看懂了苏州人民的心意，特诏命将况钟升为正三品俸禄，仍然处理苏州府内事务。

其四。正统七年（1442）十二月，况钟在任上去世，享年六十岁。消息传出，苏州笼罩在一片悲戚之中：全城罢市，合郡哭泣，府属七县乃至松江、扬州、常州、嘉兴、湖州等地成千上万的百姓哭奔而来，哭奠逝去的太守。况钟的灵柩从运河启运回故里时，十里苏堤之上站满了哭送祭奠的人群。以后，一府七县都建况公祠，百姓家中均立况钟牌位祭祀。

四次，都以况钟的离开为由头，引发苏州百姓们自发请愿挽留或祭奠这位知府。真的可以谱写一曲《况太守情满苏州》，刚好四个乐章。随即，我又为自己这个幼稚浅薄的想法感到可笑。自古以来，让人作曲填词歌颂的王侯将相还少吗？可这样的词曲又有谁能记住？而苏州人民用几次自发的行为，把对况太守的真心爱戴，留在了长久的记忆之中。

四

况钟进入了历史，《明史·列传第四十九》为《况钟传》。况钟以自己的韬略，以自己的清正廉明，以自己对老百姓的关爱，在中国历史上树立了一个封建社会有作为的清官形象。

他在文学史上的地位呢？研究况钟的资料，我发现他的进入中国文学史，并不像不少先贤那样，是以自己的杰出诗文进入文学史，他的进入，是以别的文学家的作品中的主人公身份出现，这就很有趣。

况钟出现在中国古代的两篇文学作品中。一篇是明末文学家、戏曲家冯梦龙《警世通言》第三十五卷的《况太守断死孩儿》；一篇是清代剧作家朱素臣编写的传奇《双熊梦》，而《双熊梦》是根据冯梦龙《醒世恒言》第三十三卷《十五贯戏言成巧祸》改编而来。

"三言"是冯梦龙在广泛收集宋元明三代五百年间的话本和拟话本的基础上，经过他的整理选编、润色加工而辑撰的三个短篇小说集《喻世明言》《警世通言》和《醒世恒言》的合称。"三言"每集各收作品四十篇，其中少数几篇是冯梦龙的个人创作。史家定论："三言"是中国文学史上第一部规模宏大的白话短篇小说总集，也是白话短篇小说发展历程上由民间艺人的口头艺术转为文人作家的案头文学的第一座丰碑。

《况太守断死孩儿》文中的况太守写明了是苏州府太守况钟，故事发生在他"因丁忧回籍，圣旨夺情起用，特赐驰驿赴任，船至仪真闸口"之时，人物身份准确无异。

出现较大变化的是那篇《十五贯戏言成巧祸》。在冯梦龙的小说里，被冤死的男女主人公是崔宁和刘贵的妾陈二姐；惹祸的一个是陈二姐的官人刘贵，另一个是剪径盗窃的静山大王；报案申冤的是刘贵的妻子刘大娘子；判案的是前后两任临安府尹，小说中两个府尹都没有出现名字。而到了清代剧作家朱素臣编写的《双熊梦》中，除了主要线索十五贯之外，所有人物全变了：受冤的是淮阴两兄弟熊友兰、熊友蕙和候三姑、苏戌娟；惹祸的是苏戌娟的继父屠夫游葫芦；作案人是娄阿鼠；判错案的是无锡知县过于执；纠正冤案的是苏州新任太守况钟。这出剧后来就叫《十五贯》。新中国成立后，浙江省成立《十五贯》整理小组，在田汉支援下，由陈静执笔，将《双熊梦》重新改编。由原来的双线人物改为单线，删除了熊友蕙和侯三姑两个人物，人物更为集中；将原作的二十六出删减为八场，即现在剧目中的《鼠祸》《受嫌》《被冤》《判斩》《见都》《疑鼠》《访鼠》《审鼠》，这样使情节更紧凑。

现代版的《十五贯》只做了删减，保留了主要人物，这里不去说了。要说的是清代朱素臣的版本，将原作冯梦龙《十五贯戏言成巧祸》中的人物全部改变，况钟作为重要人物出现在这个版本中。为什么会出现如此大的改变？遍查资料没看到这方面的解读。

冯梦龙是苏州府长洲县（今江苏省苏州市）人，这里是况钟任苏州知府管辖地，有关况钟的故事应该不少，假如《十五贯》的故事确与况钟有关，相信最早的原作不会不写，而只写上没姓名的前后两任临安府尹。

朱素臣的历史资料很少，大学教科书上和网上的介绍都比较简单，生卒年不详，只知道他大约生活在清世祖顺治前后，是江苏吴县人，也是苏州府管辖的地方。他的文学成就主要是传奇，有二十种左右，以《十五贯》《翡翠园》最负盛名。那他为什么要将冯梦龙原作中的所有人物全部改变？是由于戏曲吸引观众的需要，还是况钟在这一地区影响力的原因？大学教科书上只有简单介绍：剧中熊友兰故事的部分情节，取材宋人话本《十五贯戏言成巧祸》，改编时又根据现实生活作了充实和发展。这里似乎给出了比较明确的答案："取材宋人话本《十五贯戏言成巧祸》"，这就准确告诉我们，冯梦龙收入《醒世恒言》中的《十五贯戏言成巧祸》，原作是宋人话本，而况钟是明代人，自然不可能出现在宋朝的文学作品中，那么，剩下的就只有一种可能，清代的朱素臣"根据现实生活"的需要，将原作做了"充实和发展"，人物全换，其中最为重要、最有看点的，就是将"临安府尹"

换成了明代被苏州人民称之为"况青天"的况钟。这样改动既符合大众的审美心理需求，也符合文学创作源于生活、高于生活的规律，因为况钟在任上断了那么多案，文学作品多写他一件又未尝不可。这样解释，逻辑上就通了。

如此看来，真要感谢朱素臣那巧然一改。

接下来就是新中国成立后浙江省《十五贯》整理小组的那一改了。这一改删繁就简，无论是人物还是情节，改得更为精炼紧凑，更适合于戏剧表演，所以，1956年4月17日首次在北京中南海怀仁堂演出，一炮走红，连续演出四十六场，并轰动全国，而且其轰动产生了意想不到的连锁效应：

毛泽东在中南海怀仁堂观看演出后大为赞赏。第二天，他派人到剧团传达三条指示：第一，祝贺《十五贯》的改编和演出，都非常成功；第二，要推广，凡适合演出的，都可以根据各剧种的特点演出；第三，对剧团要奖励。4月25日，《十五贯》在国务院直属机关礼堂演出，毛泽东又亲自去看了一次。周恩来也于4月19日观看了演出并接见全体演职员，鼓励大家说："你们浙江做了一件好事，一出戏救活了一个剧种。《十五贯》有丰富的人民性和相当高的艺术性。"

5月17日，文化部和中国戏剧家协会联合邀请首都文化界知名人士二百多人，在中南海紫光阁举行昆曲《十五贯》座谈会。周恩来亲自出席座谈会，做了约一小时的长篇讲话。他把昆曲誉为江南兰花，并盛赞《十五贯》是"改编古典剧本的成功典型"，是"百花齐放，推陈出新"的榜样。从4月10日至5月27日，《十五贯》在北京公演四十六场，观众达七万人次。

5月18日，《人民日报》发表了田汉执笔的题为《从"一出戏救活了一个剧种"谈起》的社论，把昆曲和《十五贯》推到了舆论的顶点。

饰演况钟的演员周传瑛被誉为"活况钟"，饰演娄阿鼠的演员王传淞一剧成名,浙江国风昆苏剧团(后改为浙江昆剧团)被称为"娄阿鼠剧团"。

由于《十五贯》的演出成功,全国各地昆剧院团纷纷成立:北昆、湘昆、粤昆、川昆、滇昆、苏昆、上昆,还创办了昆曲班和昆曲研究所。1956年至1964年,《十五贯》在国内演出一千多场,观众一百多万人次。同时还被锡剧、豫剧、川剧以及话剧、京剧等十多个剧种争相移植。梅兰芳、欧阳予倩等艺术大师先后撰文称赞《十五贯》和浙江昆剧团由此红遍大江南北。《十五贯》创造了拯救一个剧种的传奇,翻开了新中国昆剧的新篇章。

昆剧,又是昆剧,江西人真的和昆剧结下了不解之缘:况钟生在江西,死后葬在江西,却在死了五百多年后"救活"了昆剧;汤显祖生、死、葬都在江西,他辞职后回家乡创作的《牡丹亭》,却一次次让昆剧青春焕发长演不衰。写到这里,我作为江西人既感到骄傲又为之汗颜。

对昆剧《十五贯》盛大规格的评价,在那年的5月7日,文化部和中国戏剧家协会联合邀请首都文化艺术界知名人士二百多人,在中南海紫光阁举行《十五贯》座谈会。周恩来总理亲自出席座谈会,做了约一小时的长篇讲话。这是周恩来在一个月内对一出戏剧第二次发表谈话。

周恩来的这次讲话内容比较丰富,有方向引导,有系统归纳,有理论阐释,看得出他对《十五贯》演出后的轰动效应的高层次思考。

细读周恩来的讲话,敬佩他不愧为一个杰出的政治家,他优秀的个人素养涵盖对文学艺术真谛的领悟。他讲了五点,我认为最核心的是第四点,他讲到了文艺的"人民性"。他认为:

　　　首先要有人民性,要站在同情广大人民的方面。我们把历史的东西搬出来,是否就背离了现实呢?要看作品的内容。封建制度是坏的,但统治阶级中也不是一无好人,尽管他们对人民的同情是有局限性的,但是那时的人民对这些人还是歌颂的。……

我们搞艺术,不要只是搞一种单调的东西,要善于吸收,对外国的也是这样。一个民族和国家,其所以能够存在,总有它一些长处。尽管以往的社会制度一再改变,但人民是永生的,不同时代不同民族的人民总是有自己的优秀的东西。我们要学习别人的东西,但要防止盲目性。只有学到了家,才能说是吸收。昆曲和其他剧种都要保持和发扬自己的特点,也要把别人的长处吸收过来。要把人家的化为自己的,化得使人家不觉得。

这些话今天听来再正常不过,但在那个年代,人们的认识水平有局限不说,就是认识到了说出来,也要有极大的勇气。周恩来不仅认识到了,而且在这样高规格的场合说出来了。可惜的是,"人民性"还没来得及在文艺界扎根,就被"阶级性"取而代之。

这段话在理论上的普遍意义,已经不仅仅限于戏剧或者艺术了。

五

况钟不是通过科举走上仕途,和众多文学大家比,他的文采并不出众。他留下了一部《况太守集》,是后人编辑的,全书十六卷,卷首、补遗各一卷,为光绪十年(1884)刊本,津河广仁堂所刻,现在全国只有中科院图书馆、上海图书馆和甘肃省图书馆有全本藏书。另一部《况靖安集》,全书八卷,首尾各一卷,为光绪十七年(1891)刊本,原为靖安县城双溪陈氏藏版,现存江西省图书馆。况钟的诗文,《四库全书》均不录。

他的诗作比较朴实,如他的《劝农诗·其二》"田歌四起韵悠扬,阡陌循行劝课忙。父老挈觞随旆右,儿童驱犊驻车旁。丰穰有光流亡免,游情无民风俗良。早纳官租多积谷,防饥防盗乐无荒",一如和田边老农闲聊。况钟进入正史,是因为他的正直,这一鲜明个性也在他的诗文中体现。正统四年(1439),况钟任苏州知府已九年,要赴京考绩,朝见皇帝。在明朝,地方官进京朝见,一般都要带搜刮来的金银珍宝、当地名优特产,遍送京城里的势宦权贵,明代流行的一首歌谣说得很透:"知县是扫帚,太守是畚斗,布政是驻袋口,都将去京里抖。"而况钟进京朝见,却两袖清风,不带一锱一铢。他赴京临行时,作诗和前来饯行的苏州人民告别,其中二首说:

其一

清风两袖去朝天,不带江南一寸棉。

惭愧士民相饯送,马前洒酒注如泉。

其二

检点行囊一担轻,长安望去几多程。

停鞭静忆为官日,事事堪持天日盟。

挥动的马鞭暂时停一下吧,让我静静回顾一下我在任的每一天,我做的每一件事情,都对得起苍天。

况钟誓言般的诗句,苏州人民用真诚予以了证实:他们将况钟誉为"况青天",将况钟塑像恭敬地安放在苏州沧浪亭五百贤侯祠,并隆重记录下民众的心声"法行民乐,民留任迁。青天之誉,公无愧焉"。

历史记录了况钟,况钟进入了历史。细考况钟家谱,其实况钟在赴苏州上任前的四十多年里并不姓况而姓黄。

况钟祖上是南宋晚期迁居靖安的况升。况升之孙况亮在元代任常州府(今江苏常州)知府,家境较富,共有七子,其中况懋建为况钟曾祖父,曾出任过县令。但是时局已开始动荡,况懋建知难而退,辞职回乡。元代统治下,南方人能够出仕为官极为不容易。况钟祖父况渊,饱读诗书,但他并未出仕,只在家以诗文自娱。元末时天下已是沸反盈天,红巾军起义不断,到处劫杀豪强富室。况家有钱有粮家境富裕,在当地树大招风,有一伙红巾起义军窜入靖安龙冈洲况家,将满门几十口人尽屠,这些义军离开后,乡人发现年仅六岁的小少爷况以实(况钟之父)居然劫后孤留。

有个叫黄胜的同乡,家贫无妻,就把况以实收养,并将他改姓为黄,以续黄家香火。黄家一贫如洗,以实很小就出去做工。黄以实长大后尽管一表人才,又聪明勤奋,但是家中贫困,娶妻是个大问题,待碰到况钟的外公,很看重以实,将女许配与他,不收分文。黄以实成家后,更是勤俭,并且善于筹划,家道也渐渐富裕起来。黄以实生有二子,一名钟,一名镛。两个儿子渐渐长大,而家境已经很好,黄以实请来老师教授二人读书识字。待养父黄胜过世后,黄以实想让两个儿子分挑况、黄两家香火,钟续况家香火,镛续黄家香火以谢养育之恩。但是明代崇尚朱程理学,礼部专门监督仪制,身为礼部官员的黄钟想恢复祖姓几乎无望。待黄钟外放苏州知府之时,申请恢复祖姓才得到批准。因此况钟一生中只有任苏州知府的十三年才是况钟。

黄钟,这个词很熟悉,词典解释:古乐十二律之一,声调最洪大响亮。这个词往往和"大吕"合用。词典解释,大吕为钟名,音协大吕之律。黄钟大吕,最洪亮的钟声,多么震撼人心。

我一直在思索,况钟为何弃黄钟不用,而恰恰选择在赴苏州上任之前?以他的文化素养,他应该知道黄钟是个好词,他刻意想隐藏着什么?放弃洪亮钟声,只想低调为官做事,这应该是他改姓外放任官的用意之一。

他确实做到了低调做人,朴实、勤勉、廉洁、亲民,但他在做这些事的时候弄出的响动,却在民众中产生了巨大的回声,在他打理的地域久久回荡,并穿越时空,到现在仍不时在华夏大地闪现。这声音接通了他原来的名字——黄钟。

大吕黄钟,华夏最洪亮、最动人的声音。

参考文献

[1]尹世洪.江西省人物志[M].见:刘斌等.江西省志[M].北京:方志出版社,2007.

[2]刘庆华.青原区志[M].北京:方志出版社,2011.

[3]金冲及等.毛泽东传[M].北京:中央文献出版社,1996.

[4]夏道汉.江西省苏区志[M].见:刘斌等.江西省志[K].北京:方志出版社.

[5]陈文华,陈荣华.江西通史[M].南昌:江西人民出版社,1999.

[6]大余县志编纂委员会.大余县志[M].海口:三环出版社,1990.

[7]余光璧.大庾县志[M].清乾隆十三年刻本影印本.

[8]朱东润.中国历代文学作品选[M].上海:上海古籍出版社,1980.

[9]余秋雨.借我一生[M].北京:作家出版社,2004.

[10]王晓春.清贫精神——重读方志敏[M].南昌:江西教育出版社,2003.

[11]俞兆鹏,李少恒.中国地域文化通览:江西卷[M].见:袁行霈,陈进玉.中国地域文化通览[M].北京:中华书局.

[12]钟起煌等.江西通史[M].南昌:江西人民出版社,2008.

[13]杨忠民等.抚州人物[M].北京:方志出版社,2002.

[14]李国强,傅伯言.赣文化通志[M].南昌:江西教育出版社,

2004.

　　[15]郭沫若.李白与杜甫[M].北京:人民文学出版社,1971.

　　[16]徐效钢.庐山典籍史[M].南昌:江西高校出版社,2001.

　　[17]中国社会科学院文学研究所当代文学研究室.散文特写选[M].北京:人民文学出版社,1980.

　　[18]周煦良.外国人学作品选[M].上海:上海译文出版社,1979.

　　[19]周銮书等.千年学府——白鹿洞书院[M].南昌:江西人民出版社,2003.

　　[20]黄年凤.白鹭洲书院史话[M].南昌:江西人民出版社,2008.

　　[21]高立人.白鹭洲书院志[M].南昌:江西人民出版社,2008.

　　[22]鹿心社.江西年鉴:2012[M].南昌:江西人民出版社,2012.

后记

2012 年初,我向单位领导递交了一份报告,报告的内容是我正着手写一本书,一本以若干单篇组合的文化散文集。这本书和我们单位的工作内容相关,我在报告中是这样表述的:"运用丰富的地方志资料,对江西的历史名人、历史事件、历史名胜,从文化的视角切入,作深度发掘。"我请求领导给予我更多的时间和外出考察调研的机会,以便集中精力完成这项工作。

我进一步在报告中阐述了我能完成这项工作的三个有利条件:一、有二十年在省级报纸当记者、编辑,十年从事地方志工作的经历,对全省的历史文化和基本情况比较熟悉;二、有数十篇新闻、报告文学、散文作品和专业论文在全国、全省获奖,有熟练驾驭各类文体的文字功底;三、在从事地方志工作的这些年,集中看了历史文化方面的书,做了必要和充分的理论准备。所以,我在报告最后说了一句不给自己留余地的话:我能做好这件事。

本单位领导对我的要求给予了充分的理解和支持。

于是,我开始行走在赣鄱大地,一边考察搜集资料、拍照片,一边酝酿、写作。这些地方大多数原来去过,但这次去因视角不同而收获不一样。这样,我边走边思考、写作,除本省外,足迹还到达上海、河北、台湾。

但我估计不足的是,赣鄱大地上的历史人物、历史事件、历史名胜资料太过丰富,堪称浩瀚,搜集、阅读、分析、筛选这些资料的工作量太大,以至于原计划用一年左右时间完成的这部书,前后竟耗时两年。

选择的标尺是文化,这是这本书的主线。赣鄱大地上的先贤、名胜和历史事件太多,各有特色,也很有文化品位,我要做的是从这些浩瀚的素材中找到那些对中华文化的创建起了重要作用、产生了深远影响的人,和他们做的这方面的事。这些先贤不仅属于赣鄱,毫无疑问,他们也属于中华民族,属于中华文化,他们所做的不仅仅是一种文化传承,更重要的是一种文化创新和创造,这是他们对中华文化的贡献,也是对世界文化的贡献。这是赣鄱大地的骄傲。

这个过程也是一个学习思考的过程,一个和先辈前贤心灵对话的过程。历史早已存在,资料堆积如山,还有很多当代人运用这些资料编写的书。我从文化的角度去细细发掘,拂去历史尘埃,拨除粉彩泥污,每每有新的发现、新的认识、新的观点跳出来,把这些我们熟悉的历史人物、事件、名胜的突出部位打磨擦拭得焕发出本真的光泽,内心的兴奋和喜悦无可比拟。

尽管搜集资料和创作是我的事,但能完成这本书,得到了许多同行和朋友的鼎力帮助。除我供职的江西省地方志办公室领导给予支持外,下属单位江西省方志馆为我查阅资料提供了全力帮助;南昌、九江、抚州、萍乡市史志办,赣州、吉安、宜春、上饶市地方志办,瑞金、大余、龙南、宁都、吉州、青原、吉安、井冈山、永新、万安、泰和、安福、信州、万年、婺源、铅山、鄱阳、湘东、莲花、临川、乐安等县(市、区)的地方志机构也给予了大力帮助,在此,向给予过我帮助的单位、同仁和朋友表示诚挚的感谢! 由于涉及人员众多,未能一一点出,祈望理解。

对于这样一本涉及历史文化的书,由于时代久远,资料浩瀚,去伪存真是一件难度较大的工作。在资料的筛选上,我的基本原则是,信史书、志书,即正史;信当地编写的书或文字档案资料;信权威机构或经过专家科学论证并被认可的史实。对一些存在两种以上说法的史料,则按上述原则采信一种;而对一些野史、传说,尽量不用或少用,如有必要采用以点缀文章,则在文中加以说明。尽管如此,书中可能在某些细节上仍然存在错误,还望读者予以指正、谅解。

二〇一四年春